ダークサイド・オブ・ザ・ムーン

Die dunkle Seite des Mondes

マルティン・ズーター著
相田かずき訳

鳥影社

ダークサイド・オブ・ザ・ムーン　目次

ダークサイド・オブ・ザ・ムーン

第一章

「かしこまりました」

ウルス・ブランクはにこやかに答え、頭の中でフルリを張り倒すところを想像した。

「では、そのようにいたします」

本心は違った。買収される側が最後まで力を誇示したいがために何度も合併契約を書き換える。そのことに同意したのではなかった。ウルスはそのようなことのために博士号を取得したのではなかった。ニューヨークの司法試験に合格し、ガイガー・ベルク&ミンダー法律事務所で自分の名前がレターヘッドに載るようになるまで何年間も下積みを重ねたのではなかった。

交渉は長引き、三週間が経過しようとしていた。織物会社の合併の話であった。『合併』が企業買収の婉曲表現であることは明らかだった。フルリが二十三年かけて今の規模にまで成長させた〈エレガンスタ〉は、数週間のうちにそのロゴをすべて削除されるであろう。フルリにとって最後の切り札である一等地に建てられた支店は〈シャレード〉と名称を変えるであろう。そのことに対し、フルリは他のすべての関係者同様、ほとんど関心がなかった。ウルスがこの日の午後、張り倒したくてたまらなかった相手は、自分の面子を保つことしか頭になかったのである。

彼らは郊外にあるレストラン〈ヴァルトルーエ〉の奥まった部屋で秘密裏に交渉を進めていた。フルリの弁護士がこの場所を指定した。彼は交渉を楽しい冒険事のように考えているらしく、一人だけカジュアルウェアを着こんでいた。他のメンバーはみな地味なスーツ姿であったが、ウルスだけはロンドンのサヴィル・ロウで仕立てたスーツを着こなしていた。

今回は新聞発表の仕方をめぐって契約書へのサインは見送られた。フルリが自分の考えた文言を盛りこむよう要求したのだ。それは相手方が長い協議のあとでようやく許可するような新奇な条件だった。

シャレードの代表ハンス・ルドルフ・ナウアーは留保するのが常だった。ウルスは毎回、自分に決定権がないことを痛感した。シャレードの金庫には確かな出資者の資金がたっぷり詰まっているという噂があった。投資会社社長のピウス・オットーが近頃は織物工業分野に注力しているらしい。彼がシャレードに資金を提供しているとウルスは推測していた。

出席者は各自書類を片付け、次回の日取りを決めた。他のメンバーが店の前に待たせていたタクシーに乗りこむのをよそに、ウルスは歩いて停留所まで行こうと決めた。

半ば落葉した森から見上げる空は晴れ渡っていた。銀色に輝くブナの幹の間で葉が午後の日差しを受けて輝いていた。最後に森を散歩したのはいつだったろうかとウルスは考えた。

ウルスは二週間前に四十五歳になり、スイスにおける一流の企業弁護士の仲間入りを果たしていた。アメリカで取得した資格がウルスを外資系企業によるM＆Aのエキスパートに変えたのだ。ここ最近の主要なM＆Aのいくつかには彼のサインが入っていた。収入が増え、それを使うひまもなかったので、預金残高が膨らんだ。幸い子供はおらず、夫婦関係もスマートだった。妻のエブリーン・フォークトは自立した女性で、一九二〇年代から三〇年代のデザイナーズ家具の店を経営していた。

ウルスは法律を学び始めた頃に夢見ていたよりもたくさんの成功を収めた。しかし何か釈然としなかった。森の散歩を楽しむために、ドロドロとした買収交渉に何年も手を貸さねばならないとは。

道標の前でウルスは立ち止まった。『ブーヒェン停留所まであと十五分』という矢印と『オーバータル停留所まであと二十五分』という矢印があった。後者が示す小道は落ち葉で厚く覆われ、辛うじて見分けがつく程度だった。ウルスはこの道を選び、落ち葉のカサコソという音を楽しみながら歩いた。そして想いは自分の靴に及んだ。それはロンドンのジャーミンストリートで買ったもので、そこの靴職人に木型を預けているのだった。

第一章

八千メートル上空から眺める落葉したブナの森は岩の上の乾いたコケのようだった。だがこのビジネスジェットの唯一の乗客は窓のブラインドを下ろしたままだった。レバーの操作で簡単にベッドに変わるシートで体を伸ばして眠っていた。

ここ数日、十分に睡眠がとれていなかった。ことの始まりは四日前の夜だった。エストニアから雪が降ったと電話があり、翌朝の六時に発って、九時すぎに首都のタリンに着いた。狩猟ガイドに空港で出迎えられ、そこから直接猟区へ向かった。夕方頃、ガイドが雪の上にヤマネコの足跡を発見した。

その晩は隙間風の入る山小屋で過ごした。石油ストーブは暖かいどころか臭かった。すぐそばでオオカミの群れが徘徊《はいかい》し、その声にぐっすりと眠ることができなかった。

夜中にさらに雪が積もり、ヤマネコの足跡は埋もれていた。新しい足跡を見つけたときにはすでに日が暮れており、彼らは引き返さざるを得なかった。

それに引き換え、翌日はラッキーだった。ヤマネコのほうから近づいてきた。昨夜の半分も歩かないうちに足跡を見つけたのだ。

午後、彼らは相手の不意をついた。ゆうに百三十センチはある立派な雄のヤマネコがノロジカを引きずり、食べようとしていた。狙いをつけるのに十分な時間があった。

そして一夜明けた今、ヤマネコは適切に処理されてビジネスジェットの貨物室に収まり、剝製製作所の冷凍庫へ向かっていた。

ヤマネコの運命を決めた男が目を覚ました。機体は着陸のために高度を下げ、軽く揺れていた。彼はそれが収まるまで待ってから化粧室へ向かい、鏡を見ながらデンタルフロスで歯間の手入れをした。まだ三十二本生えそろっているのはこの古い習慣のおかげだった。歯茎は血行がよく、弾力があって、ぐらつく歯はなかった。

彼はまた、六十三歳にしてはよい体型をしていた。体重は五十八キロで、一メートル六十一センチの小柄な身長には理想の体重であり、徴兵検査に完璧にパスするものだった。心拍数は六十、血圧は上が百二十五、下が七十五だった。薄緑色の目は物を読むときに眼鏡をかけるくらいで、短く刈った髪は白髪ではあったが、豊かに生えていた。

彼はアフターシェーブローションを手に取り、こけた頬に軽くはたいた。そして口の両端を持ち上げ、微笑んでいるような表情を作った。

ひょっとして本当の笑顔だったかもしれない。それほど気分がよかった。ヤマネコを仕留めたのは今回が初めてではなかったが、他の動物では味わえない喜びがあった。たとえまだ保護対象には指定されていないエストニアでの狩猟であってもだ。

座席へ戻ると、副操縦士がシートの背もたれを立て直していた。

「お休みの間にハンス・ルドルフ・ナウアーさんからお電話がありました。折り返しご連絡をくださいとのことです」

彼はシート横のコンソールから受話器を取り、番号をダイヤルした。数字に対する記憶力には自信があり、仕事関係のそれは大抵暗記していた。

「ナウアー氏につないでくれ」

電話口に相手が出ると、彼は言った。

「オットーだ」

機体は小さな森と採石場の上を通過し、着陸態勢に入った。

エブリーンの店にある六枚のすべてのショーウィンドーの上には磨き抜かれたスチールの文字で『コレクションV』と記されていた。入り口にはガードマンが立ち、店内は大変な混みようだった。バウハウスのオリジナル作品のプレゼンテーションは大成功だった。

ウルスは来客の中を微笑み、うなずき、握手し、頰に軽くキスをしながらたくみに縫って進んだ。ほぼ全員が黒っぽい服装をしていた。ウルスは秘密結社の集会に参加しているような気がした。

エブリーンはビュッフェの脇に立ち、二人の男と歓談していた。二人ともスキンヘッドにしていたが、一人はそれがほぼ自然な髪型のようだった。エブリーンは一方的に二人をウルスに紹介した。

「ニクラウス・ハルターとルク・ハフナーのことは知っているわよね」

ウルスは二人とも知っていた。彼らは最近、世界中でセンセーションを巻き起こしている新しい建築学校のブランド開発に携わっていた。厳密にいえばこの二人自身がハルター&ハフナーのブランドであった。

「今ちょうど話していたんです」とハフナーは言った。「我々が現代インテリアと呼んでいるものは一九二〇年代のものとほとんど変わらない。なんとつまらないことだろうかと」

ウルスはこう答えてやりたかった。〈この会場のあちこちで耳にするそんなセリフをお前みたいな馬鹿がまるで自分のケチな糞の中で育てたみたいに口に出しても、ちっとも驚かないぜ〉

ウルスは自分を抑えた。しかし意地悪な返事をしないではいられなかった。

「建築の分野でもヴァルター・グロピウスやミース・ファン・デル・ローエ以来あまり変わっていないようですが」

ハルターとハフナーは狼狽《ろうばい》して、足元に視線を落とした。

「どこをほっつき歩いていたの！」とエブリーンが叱った。ウルスは森から出るときに落ち葉を手ですくって靴を磨いたつもりだった。湿っていた森の土が市電の中で乾き、明るい色に変わっているのを認めていた。しかしそれ以上は気に留めていなかった。ブナの葉がズボンの折り返しに挟まっているのもそのままにしていた。

「森を散歩していたんだ」とウルスは答えた。

「これは面白い」とハルターは言った。「建築を語るには森へ行くべし、ですか」

「くそったれ」とウルスは小さくつぶやいた。


「私の客を侮辱するのはやめてよ」

エブリーンは帰宅するとののしった。ウルスは居間に座り、アルマニャックのグラスを手で揺らしながらメンデルスゾーンを聴いていた。泥のついた靴をまだはいていた。

「相手には聞こえちゃいないさ。笑いながら言ったんだし」

「でも私には聞こえたの。いい気がしないわ」

「そんなつもりじゃなかったんだ。すまない」

エブリーンは部屋を後にした。足音はフローリングの長い廊下から衣装部屋へと消えた。ちょうど彼女が戻ってきたとき、ウルスは指一本分グラスに注ぎ足すところだった。エブリーンは化粧を落とし、チョコレート色の日本の着物を着ていた。黒い髪をひっつめにして、肌は乳液で潤っていた。彼女が自分の部屋で寝るときは、そのように身づくろいするのが常だった。

「あなたの仕事始めに遅刻して行って、クライアントをケツ呼ばわりしてあげるわ」

「いつでもどうぞ」

エブリーンは目を細めてウルスを見つめた。コンタクトレンズはすでに外していた。

「仕事がうまくいっていないの？」

ウルスは肩をすくめた。

「誰だってたまには落ちこむさ」

エブリーンは身をかがめ、ウルスに頬を差し出した。高級なクリームのいい匂いがした。ウルスがキスをするとエブリーンはグラスを指し、

「飲みすぎないでね。わかっているでしょうけど」

エブリーンが部屋から出て行くと、ウルスはさらにグラスに注ぎ足した。


室内プールでは一ダースのスピーカーからジャングルの音が流れていた。唯一の照明は五十メートルプールの底から放たれ、そこでピウス・オットーは日課としている水泳に励んでいた。静かに規則正しく、疲れすぎない程度にであった。

プールは地下にあり、それゆえに窓がなかった。プールの周りにはデッキチェアや寝椅子、その後ろに猟の戦利品であるカバやワニ、スイギュウ、シュモクザメなど水辺にふさわしいものが飾られていた。

オットーがターンしたとき、カウンターの赤い数字が一〇〇〇メートルを表示した。彼は泳ぎ続けた。泳ぐことが彼を落ち着かせた。ナウアーに折り返し電話をかけた自分にまだ腹を立てていた。オットーはヤマネコのおまけとしてフルリの皮を送ってくることを内心望んでいたのだ。老いぼれのフルリがまだもったいぶって契約書にサインしていない。そんな話を聞かされるのは明日以降でもよかったのだ。

オットーはエレガンスタの買収をずっと以前から計画していた。シャレードへの投資は長期的戦略の一部で、他の事業に充てるべき資金もこちらに回していた。もうけるためではなく、個人的な動機からリスクを負うのは、たしかに今回が初めてではなかった。しかし今回は設定した限度を少々超えていた。リスクをいとわない投資会社が設ける限度さえをも超えていた。

もちろん大赤字や破産といったリスクを負っているわけではなかった。それに対しては十分な安全を確保していた。しかしいくつかの事業からの撤退を余儀なくされる危険はあった。撤退はオットーの好まないところであった。

それゆえフルリの時間稼ぎには苛立ちを覚えた。さらにオットー自身はあくまで影の立役者であり、表立って介入できないため、交渉はなかなか前へ進まなかった。

カウンターが一五〇〇メートルを表示した。オットーはクロムメッキされたラダーへ向かって泳ぎ、水から上がった。産まれたままの姿であったが、それは性癖ではなかった。性欲は彼の人生でたいした意味を持たなかった。女性との交わりは、金で思いどおりになる女性との、きわめて単発的なものに限られていた。ヌーディストでもなかった。裸である唯一の理由は、自分の室内プールでは自分に合ったスタイルで泳ぎたいからというものであった。

翌朝、黒のジャガーに乗りこんだウルスはこめかみに疼《うず》きを感じた。法律事務所の地下駐車場に入ったときにようやく、三杯飲んだアルマニャックのせいだと気づいた。普段飲みすぎることのないウルスにとって、二日酔いになるのは森を散歩するよりずっと久しぶりだった。

オフィスに入ると、アシスタントのクリストフ・ゲルバーが待ちかねていた。クリストフは昨年に博士論文を書き終え、三十歳になったばかりであった。熱心によく働き、どんな仕事でも嫌がらずに引き受けた。十年ほど前の入社したばかりの頃のウルスに多くの点で似ていた。そのことがいつもならウルスを喜ばせたが、この日は癪《しゃく》に障った。

「ミーティングを三十分繰り上げてください。ベルクが裁判所へ行くことになったので」とクリストフが報告した。

「それとフルリの秘書からもう三度も電話がありました。急用だそうです。出社したらすぐに折り返し電話をくれるように、とのことです」

「あのケツ野郎、今度はまた何の用だ」

クリストフはあっけにとられてウルスを見つめた。

「君はまだクライアントをケツ呼ばわりしたことがないのかい？」

クリストフは首を振った。

「あなたはあるのですか？」

「面と向かって言ったことはないがね」

受付がファックスを手に入ってきた。フルリからのもので、先日言っていたとおりに修正された新聞発表の原稿だった。

「これに目を通して欲しい、とおっしゃっています」

「そんなものは見たくない」

「では先方にどう伝えましょうか？」

「俺のケツでも舐《な》めろ、と言え」

彼女は笑った。

「できれば言ってやりたいわ」

「遠慮しなくてもいいよ」

彼女が退室すると、クリストフが心配してたずねた。

「もし本当に言ったらどうします？」

「給料をアップしてやる」

ウルスのパートナーは全員が六十代だった。彼らは業界での人脈を大切にし、それを広げることを主要課題とみなしていた。

ガイガーは軍の関係者とのつながりに重点を置いていた。軍事裁判所に勤めていた頃は民兵の士官だった。

ミンダーの知り合いには大学の関係者が大勢いた。数年前から商科大学で無給の私講師をしていた。

ベルクはその他の分野全般を扱っていた。ゴルフが趣味だった。

ミーティングでは訴訟の経過報告よりも、顧客の勧誘活動の微調整のほうに時間を割いた。その中で特定の人物が話題になるのはよくあることだった。毎週開かれるこのミーティングは、噂話や裏情報、ゴシップを交換する絶好の機会でもあった。

「エレガンスタを買収する資金をシャレードに提供しているのはオットーらしいのですが、本当ですか？」

ウルスの質問はガイガーに向けたものだった。親しい法務官がシャレードの監査委員会に所属していた。

「断言はできないが、ほぼ間違いないだろう」とガイガーは認めた。

ウルスは周りを見回した。

「誰か理由を知っていますか？」

ミンダーが口を開いた。

「オットーはエレガンスタを持参金にするつもりなんだよ。シャレードは資金繰りに困っている。一年以内にオットーのものになるだろう。そしてあくる年にはユニバーサル・テキスタイルに売却されるというわけだ」

「それに」とベルクが付け加えた。「オットーは古株のフルリを憎んでいる」

「その気持ちは私にもよくわかります」とウルスは言った。


ウルスはアルフレートと昼食の約束をしていた。今週の水曜日は二人の定期会合の日だった。アルフレートはウルスの古い学友で、ずっと連絡を取り合っている唯一の知人だった。高校、大学と同じだった。二人の興味がまったくかけ離れているにもかかわらず、あるいはだからかもしれないが、研究生活に入ってからも定期的に会っていた。アルフレートは精神医学、ウルスは法学——互いに相手の分野を完全に無用だと思っていたが、それでも二人の友情にひびが入ることはなかった。研究で海外にいる間を除いて、できるだけ定期的に会うようにしていた。二人が成功を収めるにつれて変わっていったものといえば、レストランの趣味くらいであった。ここ二、三年は常連客が〈金獅子〉と呼んでいるレストランで二人は落ち合っていた。

フェーン風が強く吹いていた。車は日差しを照り返し、湖の向こうにあるアルプス連峰は手が届くほどはっきりと見えた。ウルスの事務所がある通りでは、コートのボタンを外した通行人が、普段よりいくらかのんびりと行きかっていた。

事務所の前にはタクシー乗り場があった。先頭の車がドアを開けると、ウルスは手を振って断った。約束の時間にはまだ余裕があるうえ、春の兆しを感じながら、いつもとは違うことをしてみたくなったからかもしれなかった。

〈金獅子〉へ行くには、公園を抜ける近道があった。公園は大勢の人でにぎわっていた。砂利道に沿ってフリーマーケットの店が並び、古本や古着、中古家電や家具、その他古道具を売っていた。ウルスは軽い驚きとともに、ポケットに両手を入れてぶらぶらと見て回った。この場所でフリーマーケットが開かれていることを彼は初めて知った。

おもちゃ屋の前でウルスは足を止め、知り合いの子供に古い人形やブリキの機関車をプレゼントするところを思い浮かべた。

懐かしい匂いが鼻をかすめた。それは小さな店から漂っていた。軒先には東洋の絹織物や腰スカーフが吊ってあり、店内には木や真鍮《しんちゅう》でできたインセンスホルダーやフレグランスのビン、小さな鐘、様々な形や大きさのマリファナのほかに瞑想《めいそう》用のアクセサリーが並んでいた。テーブルの中央で五本のインセンスが焚かれ、ウルスが気になった匂いはそこからきていた。

「何の香りですか？」

ウルスは奥にいた若い女にたずねた。

女は店で売られているような絹のスカーフや様々なショールを羽織っており、そのうちの一枚はカールした豊かな黒髪を束ねていた。

女が顔を上げた。額にある金色のティラカと黒いアイラインがウルスの目を引いた。

その瞳の色にウルスは一瞬、息を呑んだ。容姿から想像していた黒い瞳ではなく、ハスキー犬のような薄青の瞳だった。女は微笑み、スーツ姿の男が自分の店に立ち寄ったことに少しも驚かなかった。

「五種類焚いていますが、どれのことでしょう？」

女は手で一本一本あおいでウルスに香りを送った。細い銀のブレスレットが女の腕で鳴った。

「これだ」

女は香りを嗅ぎ、

「ビャクダンですね。十四フランです」

ウルスは代金を支払い、包みをコートのポケットへ入れた。


ウルスはアルフレートより先に〈金獅子〉に着いた。いつものウェイターがレモンと氷の入ったジンジャーエールを運んできた。ウルスは昼食時には酒を飲まないことにしていた。ジンジャーエールは一種の慰めのようなものだった。

店内は昼の常連客たちで徐々に埋まってきた。会社員、銀行員、弁護士、地元の名士たち。それに裕福な家庭の夫人たち——すらりと背が高く、健康美にあふれ、髪はブロンドで、ジャクリーン・オナシスばりのパステル調の衣装に身を包み、大胆なミニスカートをはいている。そして三十五歳きっかりの年齢。

ウルスが二杯目のジンジャーエールを飲んでいるとき、アルフレートが到着した。

「悪い。少したてこんで」

アルフレートはウルスより年下だったが、学生時代からすでに白髪が生え始め、肩まで届く長髪は今ではすっかり白くなっていた。彼の精神科医としての成功は、半分はこの髪型のおかげだとウルスは主張していた。ウルス自身はブルネットで、月に二度、美容室で短く刈ってもらっていた。

その他の点でも二人の容姿は異なっていた。アルフレートは長身で骨ばっており、ウルスは中肉中背、自宅のフィットネスルームで規則正しくトレーニングをしていたが、輪郭線はややたるみ始めていた。

アルフレートは肉の盛り合わせを、ウルスは仔牛のソテーを注文した。ウェイターがいつものようにミネラルウォーターを運んできたとき、ウルスは言った。

「ああ、ちょっと。ボルドーの三級を頼む」

驚いているアルフレートにウルスはたずねた。

「たまにいつもと違うことをしたり、させたり、食べたり、飲んだりしたくならないかい？」

「もちろん、あるよ」

「そんなときは、どうする？」

「君と同じさ。試してみるよ」

「患者が同じ質問をしたときは、どうアドバイスする？」

「今と同じで、やってみることを勧めるよ」

「効き目はあるかい？」

「『効き目』とは？」

「何か変化が見られるかい？」

「いいや。でも大概の患者にはそのプロセスが大事なんだ」

ウルスはニヤリとした。

「やっぱりね。君たち精神科医は患者の変身を手助けするわけじゃない。今のままでいることに妥協させるだけなのさ」

ウルスが事務所へ戻ると、受付がジェスチャーで、フルリと通話中だと伝えた。ウルスは自分のオフィスへ入り、受話器を取った。

クリストフが修正を加えた契約書を手に入ってきた。ウルスはまだ電話で話していた。

「かしこまりました」とウルスは丁重に応えた。「はい、そのようにいたします。それでは失礼いたします」

ウルスは受話器を置いてから付け加えた。

「このケツ野郎めが」

ウルスとエブリーンは屋敷が建ち並ぶ郊外の丘にある一九二〇年代の立派なマンションに住んでいた。二人はそのマンションの一階部分をすべて所有していた。手入れの行き届いた芝生の庭に面したフランス風の窓があり、そこから街と湖の一部を眺めることができた。広間は四つあった。二人は居間とキッチンを共有し、音楽を聴く部屋はエブリーンが、書斎はウルスが占有していた。シャワールームのついた寝室をそれぞれが持っていた。二人の大人の男女が互いにプライバシーを守れるように、基本的な約束事はエブリーンが決めた。

食品庫やカウンターを備えたダイニングキッチンのほかに、ランドリールーム、ソーイングルーム、掃除道具を片付ける部屋、花を育てる部屋など、様々な部屋がそろっていた。個別の玄関がついたワンルームは使っておらず、来客用のまたフィットネス用の部屋にしていた。家政婦は雇っていなかったが、週に五回、午前中に掃除婦にきてもらっていた。さらに洗濯とアイロンがけをしてくれる女性を一人。パーティーを開くときには料理人を雇った。

ウルスがコートを壁にかけると、インセンスの包みが床に落ちた。ウルスはそれを書斎にしまい、キッチンでサラダを作った。生ハムをスライサーで薄く削り、グラスに赤ワインを注いで、ダイニングの隅で夕食をとった。エブリーンから、帰りが遅くなる、と事務所への伝言があった。何か用事があるらしかったが、詳しいことをウルスは覚えていなかった。

ウルスは満たしたグラスを手に、書斎へ戻った。そこで再びインセンスの包みを手に取った。封を切って一本取り出し、香りを嗅いだ。なぜこの香りに覚えがあるのだろう？

ウルスは暖炉の上にあった灰皿にインセンスを載せ、火をつけた。部屋の中にゆっくりとビャクダンの香りが広がった。ウルスは椅子にもたれ、ワインを軽く口に含んで、目を閉じた。若い頃に出会った女の子がこんな香りをつけていた……。

ウルスはその子の顔を思い出そうとしたが、代わりにフリーマーケットで出会った青白い瞳の女が浮かんだ。

「何の匂い？」

ウルスはエブリーンの声で我に返った。

翌日、ウルスは再び公園に足を運んだ。しかしそこは閑散として、オーバーオールを着た二人の男が花壇にパンジーを植えていた。

ウルスは年かさの男にたずねた。

「今日はフリーマーケットはないのですか？」

「あれは水曜日だけだよ」と男は顔も上げずに答えた。「あんた、知らないの？」

第二章

ルシールは凍えていた。タイツをはき、手首と足首にウールの覆いをつけていた。真冬のような格好だったが、実際は三月の終わりで、先週の水曜日は春のような陽気だった。すでにシナモンティーを二杯飲み、さらにもう一杯欲しかった。それを飲むと、出店料と移送費を含め、十二フランの赤字になる。店の売り上げも大きく改善できそうにはなかった。最近はインドのスカーフもインセンスも売れなかった。

ルシールは三年前にこの店を開いた。当時のボーイフレンドから譲り受けたのだ。彼とともに年に二回、インドやインドネシアへ行って半年分の品を仕入れていた。彼が移住を決意したとき、ルシールは二十三歳だった。彼女は独りで帰国した。初めのうちは彼がルシールのために品を仕入れていた。しかし時がたつにつれ、ルシールは自分で現地から直接買うようになった。

店はルシールに生活の糧を与え、ときどきはアジアへ旅行もした。前世ではアジアに住んでいたと信じて疑わなかった。ジーンズショップで働いている女友達とルームシェアをしていたが、特定のボーイフレンドはいなかった。

寒いうえにさらに雨が降り始めた。雨脚が強まる前に、とルシールはティースタンドへ急いだ。シナモンティーを手に戻ってくると、店の前に男が立っていた。先週の客だった。

「インセンスのホルダーを買い忘れていた」と男は説明した。「どれがお勧めかな？」

「この天候でしたら、一番高価なものを」とルシールは冗談を言ってみた。

「それはどれかかな？」

ルシールは小さなスキーの形をした、真鍮製の星をはめこんだホルダーを指した。

「二番目にお勧めなのは？」

男は金を出し惜しむタイプには見えなかったが、ルシールは比較的安価な、こざっぱりとした真鍮製のホルダー群を指した。

「とてもいいホルダーだ。これを二つ買ったら、君のお役に立てるかな？」

「大助かりです」とルシールは微笑んだ。男は彼女とはまったく別世界の人間だったが、ヘアースタイルと年齢差を除いて、惹《ひ》かれるものがあった。

「お好きなものを二つ選んでください」

「君が選んでくれないかい？　僕にはよくわからなくてね」

ルシールは二つ選び、ワインレッドの薄葉紙《うすようし》で包んだ。

「インセンスは間に合っていますか？」

「ビャクダンをひとつもらおうかな」

ルシールは包みにインセンスを加えた。

「〈チベットの宝〉というインセンスをご存じですか？」

男は首を振った。

「私の一番のお気に入りなんです」

「じゃひとつ試してみようかな」

ルシールは品を探しながら、

「ビャクダンと交換しますか？　それとも両方お求めになりますか？」

男は思わず笑った。

「両方いただきたい」

「スカーフはいかがですか？」

「僕はネクタイをするから」

「奥様に、ですよ」

「妻はいないよ」


エブリーンにも定期的に会う友人がいた。ルースがそうで、この日は一緒にランチをとった。行く店はそのつど変わったが、曜日はいつも同じ、第二金曜日と決まっていた。

今回は新しくオープンした寿司バーへ行った。ルースは常に、この街のレストランや芸術、社会の最新情報に通じていた。裕福な家庭の生まれで、よく似た家柄の男と結婚していた。仕事はしていなかったが、彼女のスケジュール帳は約束でびっしりと埋め尽くされ、名刺やメモではちきれそうになっていた。人と人を引き合わせること、知人の輪を広げ、それを活用することを愛していた。エブリーンはルースからたくさんの客を紹介してもらっていた。

「テーブル席にしましょう。寿司バーのバーテンはおしゃべりが多いから」

ルースはカウンター席で待っていたエブリーンにささやいた。ルースは二十分遅れてやってきたのだが、彼女にしてはましなほうだった。

ルースは活発な女性だった。衣服やアクセサリーが派手で、身振りも大げさだった。エブリーンは彼女とは長い付き合いだったが、いまだにその容姿にはなじめずにいた。

二人はテーブル席に着き、寿司の盛り合わせを頼んだ。いなり、ちらし、にぎり、のりまき。ルースは見とれるほど上手に箸を使った。寿司をつまみ上げ、わさび醤油につける。それもエブリーンからさほど目を離さずにしゃべりながら。

エブリーンはしばらくたってから口を開いた。

「ねえ、聞いて。ウルスがインセンスを焚いているのよ」

「あのウルスが？」

「夜になると家中がインドのお寺みたいな匂いで包まれるの。それでウルスは放心状態」

「ひょっとして瞑想にふけっているんじゃない？」

「それも訊いてみたわ。ウルスはただ匂いを楽しんでいるだけだって」

「どんな匂い？」

「ビャクダンよ。チベット産らしいわ」

「チベット産？　それなら瞑想しているのよ。それだけじゃない。間歇泉《かんけつせん》が噴き出して、代官が毎月ニューヨークのリンポチェのところへ飛んでゆくんだわ」

「それならどうして私を抜きで瞑想するの？」

「たぶん、彼もまだ自信がないのよ。とりあえず一人で試したいのかも。ウルスはもともと瞑想するようなタイプじゃないもの」

エブリーンは最後ののりまきを皿に戻して言った。「瞑想するなんて、悩みを抱えている人のすることだわ」

「かもね」

「悩みなんてウルスには無縁のものよ」

「ひょっとして『ミドルエイジ・クライシス』とか」

「それなら私に相談するはずよ」

「できる男のクライシスはやっかいよ」

「ウルスが浮気しているってこと？」

「一般的な話、男の様子に変わったところがあれば、可能性は大ね」


ウルスの顧客の一人にアントン・ヒューラーがいた。彼はスイス国内最大級の保険会社〈コンフィード〉の会長であるとともに、多くの大企業の取締役を務めていた。ウルスが今の事務所にパートナーとして迎え入れられたのはヒューラーの手引きがあったからである。ウルスを溺愛しており、彼にアドバイスを請う機会が次第に増えていったため、ウルスの守備範囲が広まり、今の事務所の三人から共同経営の申し出を受けるまでになったのだ。おそらくヒューラーがそうするように促したのだろうとウルスは推測していた。

彼らは内輪で〈香部屋〉と呼んでいるヒューラーのオフィスにいた。広い部屋で、一九七〇年代に成功に沸いた建築業者のオフィスのようにしつらえられていた。木目を出し、真鍮の金具をつけた家具。フリンジのついた緑のビロードのクッションセット。銘文の刻まれた錫《すず》製の壺。真鍮のプレートがついたアイベックスの角。『我々の敬愛する中佐に感謝の思いをこめて。一九八七年六月二十四日　第二大隊下士官一同』

ヒューラーはそのオフィスにごく親しい仕事仲間だけを招いた。通常の会議は堂々とした会議室で行われた。そこはトップ幹部のために社内のチームが新しい企業方針にのっとってデザインしたもので、ヒューラーには居心地が悪かった。

ヒューラーは単刀直入にものを言うタイプだった。

「これから私が話すことは君の同僚のまだ知らないことだ。わがコンフィードはブリティッシュ・ライフ、セキュリテ・デュ・ノール、ハンザ・アルゲマイネと合弁会社を設立し、保険業界の巨大コンツェルンになる。それも途方もない規模のだ」

ウルスがそれ相応の驚きを見せるまで待ってから、ヒューラーは続けた。

「君に手伝ってもらいたい」

ウルスはちょうど今、畑違いの大きな訴訟を任されていた。だがウルスの返事はこうだった。

「全力を尽くします」

ヒューラーは笑った。

「不安かね？」

ウルスも合わせて笑った。しかし十五分後、〈香部屋〉を出たときには、ウルスは引き受けたことを後悔していた。


コンフィードの合弁は通常であればミーティングの最大の議題になるはずだった。しかしウルスは一言も触れなかった。自分の受け持ちに自信がなかった。そしてこの仕事を降りたいと言えば、パートナーたちから言語道断だと返されるのは目に見えていた。

必然的に話題はシャレードとエレガンスタの合併の件になった。ミンダーがウルスに向き直ってたずねた。

「合併話はこれ以上隠し通せない。みなが知っていて、なぜ公表しないのかといぶかっている」

ウルスは説明した。

「フルリがもったいをつけているんです」

「彼は合併に反対なのか？」とベルクがたずねた。この質問はみなに向かってされたものだった。

ガイガーが咳払いをした。

「私の情報では、それはない」

パートナーたちが耳ざといことにウルスはいつも驚かされた。

「情報って何ですか？」

「フルリは来年末までに破産する。負債が山ほどあるからな」

「詳しく聞かせてください」

「ロシア・キャンペーンだ」

「やっぱり」

〈ロシア・キャンペーン〉はロシア市場への進出を狙ったフルリの試みだった。ちょうどその頃にルーブルが下落し、フルリは痛手を負って引き揚げざるを得なかった。

「負債額は？」

「彼は二百万、多くて二百五十万と見積もっているが」

ガイガーは笑いながら続けた。

「ゼロをもう一つ加えろって話だ」

「本当ですか？」

ガイガーはうなずいた。

「悪用するなよ。でもこの合併がフルリの頼みの綱だとわかったら、君の交渉もやりやすくなると思うがな」

会議が終わり、メンバーが解散するとベルクがウルスの腕を押さえた。

「少しだけいいか？」

ウルスはうなずいた。二人は再び席に着いた。

「この時間には君は酒を飲まないんだったね？」

「あとの仕事に障りますから」

「たまにはいいだろ？」とベルクは言い、ウルスの返事も待たずに秘書に電話をした。「二人分を頼む」

すぐに秘書が盆を持ってやってきた。バーボンと氷と二つのグラスが載っていた。

ベルクはハサミを取ると、グラスに氷を三つずつ入れた。

「私が君くらいの年齢の頃には、朝に目を覚ますと自分の人生がどえらい誤りのように感じたものさ。理由もなく、たいしたきっかけもなく、すべてが望みのままに動く。本当にずっとこのままでいいのかと」

ベルクはバーボンをグラスに注いだ。

「単なる気の迷いで、すぐに忘れるだろうと思っていた。だが意外としぶとくてね。翌週になっても、翌月になっても、まだ頭から離れなかった。自分はそれまで間違ったことばかりしてきたんだと」

「それにどう対処したんですか？」

「何もしなかったね。自分ではどうしようもないんだよ」

ベルクはグラスを持ち上げ、一口飲んだ。ウルスも少しだけ口をつけた。

「アンネッテ・ベーバーを覚えているか？」

「昔ここにいた研修生……ですか？」

ウルスは思い出した。彼女は当時、事務所内で人気があった。何人かがデートに誘ったが、一度も応じなかった。不倫をしているとの噂だった。研修が終わると自然と忘れられた。

「彼女が一種の抵抗だったんだ」

「え？」

「自分が間違った映画に出ているという感情に抗うためにね」

ベルクの説明でウルスはやっとわかった。

「あなたと不倫していたんですね」

ベルクは小さく笑った。

「なるほど」

「わかってくれたか？」

「それで、何のためにその話を？」

「何となくね。――ところで君はヒューラーからの依頼をどうして黙っていたんだ？」


「昼ごはんの間、お店はどうするんだい？」

ウルスはスカーフと新しいインセンスの代金を払いながらたずねた。

「誰か代わりに見てくれる人がいれば、近くでさっと済ませます」

「今日は誰か見つかった？」

「いいんですか？」

ウルスはうなずいた。ルシールはウルスを頭のてっぺんからつま先まで眺め回した。

「その服装で店番をするのはちょっと……」

「君と食事をするには差し支えない格好じゃないかな?」

ルシールは笑った。

「てっきり店番をしてくださるものだと」

ウルスは一瞬、ルシールのために店番を代わってやろうかとも思った。

「いや、誰か代わりの人がいれば、一緒に軽い食事でもどうかと思って」

「今日はあいにく誰も見つからなくて」

「それは残念だ。じゃ、また今度」

「ええ」

ウルスは二つの包みをコートのポケットにしまい、店を出ようとした。

「あの、もしよろしければ、出前を取ってここで食べることもできますが」

「たとえばどんなものを?」

「何でもいいです。お肉が入ってなければ」

ウルスは近くに生鮮食品の店があることを思い出した。そこにサンドイッチを六つ注文した。サーモンサンドを二つ、モッツァレラ&トマトサンドを二つ、そしてためらうことなくキャビアサンドを二つ。さらにミネラルウォーターを二本と、あらゆる場合に備えてワインのハーフボトルを一本。

ルシールの店に戻る途中、ウルスはアルフレートとの約束を思い出した。そして〈金獅子〉へ電話をし、予定外の仕事が入ったとの言伝《ことづて》を頼んだ。

何が予定外だ、とウルスは小さく笑いながら携帯を胸ポケットにしまった。

「トマトサンドを二ついただいてもいいですか？」

ウルスが袋を開けると、ルシールがたずねた。

「私、肉類が苦手なんです」

「これは魚だよ」

「でも、目玉のあるものですから」

「じゃ、キャビアは？　目玉なんて持っていないよ。卵と同じさ。卵も食べないのかい？」

「卵は取り出すのに母鳥のおなかを切ったりはしません」

ウルスはルシールと並んでベンチに腰を下ろした。

「でもワインは飲むだろう？」

ウルスは配達のボーイに栓を抜いてもらい、カウンターにボトルを置いた。ルシールはうなずいた。

この日は穏やかな天気で、近くの銀行や役所、事務所のサラリーマンたちが公園で昼食をとっていた。二人の昼食は何度も客の対応で中断された。おそらくルシールの隣でサーモンやキャビアのサンドを食べているスーツ姿の男を不思議に思って立ち寄ったのだろう。

ウルスは知り合いに目撃されないことを祈っていた。

クリストフは自分の女友達がフリーマーケットでウルスを見かけたときの様子を受付嬢に話していた。ヒッピー風の娘とカナッペを食べていたらしい。そのときフルリの秘書から電話があった。次回の会合を取りやめねばならなくなったとウルスに伝えて欲しいとのことだった。契約書を弁護士と見直した結果、疑問点が浮かび上がり、ウルスと話してはっきりさせたいと。木曜日の朝七時十五分に社に立ち寄って欲しい。それが無理なら同じ日の一時間早い時刻ではどうかと。クリストフはウルスに伝えると約束した。

「七時十五分か、それより一時間早くに？」とウルスは呆然としながら繰り返した。

「あなたのおっしゃっていたとおり、ゲス野郎ですよ」とクリストフは顔をしかめた。

〈そしてお前はゲスなペコペコマシーンだ〉とウルスは心の中でののしった。

クリストフが退室すると、ウルスはすぐにシャレード側に電話をかけた。ナウアーは契約の締結が延期になったことを知り、うめき声を上げた。

「どれだけ先延ばしをすれば気が済むんだ？」

「あなたがストップと言うまでです」

「私が？」

「もう結構だ、合併はなかったことにしてくれ、とおっしゃってください。考えが変わったと」

「そんなことをしたらすべてが水の泡だ」

「相手は譲歩します」

「一時間後に会えないか？　私の家で話そう。街の景色でも眺めようというわけじゃないよ」

「信じてください」

「何を根拠に？」

「必ずなります」

「もし、そうならなかったら？」

ナウアーは三十分考えさせて欲しいと言った。

十五分後、ウルスにオットーから電話が入った。


オットーの屋敷のすばらしさはそのロケーションにあった。東北側を森にさえぎられ、南西側は谷と湖が見渡せた。建物自体は不思議な印象を与えた。築三年もたっていなかったが、丸みを帯びたコンクリートは七〇年代後半のスタイルだった。

黒っぽいスーツ姿の体格のいい男がウルスのジャガーを正門横の駐車スペースに誘導し、オットーの仕事部屋へ案内した。

部屋は百畳以上の広さで、サファリのロッジのようにしつらえられていた。壁は木を模した天井まで鏡板が張られ、床は磨き抜かれた寄木張りで異国情緒あふれる様々な木材が使われていた。奥と手前に巨大な暖炉があり、その周りに大きな革張り椅子が並べられていた。そして中央の卓球台のような大きなマホガニーのデスクにオットーが窓を背にして座っていた。オットーにとっては、窓から谷や税率の低い愚直な村を眺めるよりは、向かいの壁に飾ってある獣の剝製を眺めるほうがずっと気分がよかった。

ウルスが部屋に入ると、二頭のダックスブラッケが吠えながら向かってきた。オットーが口笛を一つ吹くと、犬はおとなしくマホガニーのデスクの下へ戻った。

巨大な家具をしつらえた広い部屋の中では、ウルスが仕事の付き合いで何度か会った際に見覚えていたよりも、この小柄で偉大な投資家オットーがさらに小さく見えた。

「急に呼び出してすまない。理由は察しのとおりだ」

オットーはウルスを暖炉へ導いた。二人はそれぞれ革椅子に腰を下ろした。

「シャレードとエレガンスタのことですね」

「そのことで君の知恵を借りたいんだが」

白いリネンの上着を着たボーイが中国茶の盆を持ってきた。

「私は最近ラプサン・スーチョンに凝っていてね。君も一杯どうだ？」

ウルスがうなずくと、ボーイはお茶を注いだ。オットーは自分のカップを取り、湯気に顔を近づけたまま話を続けた。

「では、フルリにはエレガンスタを売却する以外に選択肢はないと君は考えているんだね？」

「そう確信しています」

「何を根拠に？」

「それに答えることは弁護士の守秘義務に反します」

ウルスはごく薄い陶器のカップから慎重に一口すすった。

「ロシア・キャンペーンのことか？」

「……」

オットーは話題を変えた。

「合併契約書の中に、相手側の隠れた負債に対しては債務を負わない旨を盛りこむことはできるか？」

「そういった付帯条項は珍しいものではありません」

「はたしてフルリがそのような契約にサインするだろうか？」

「負債の上限をいくらとするかによります」

「というと？」

「ある額以上ならサインせざるを得ないでしょう。さもなければより大きな負債が隠れているのではないかと疑われるからです」

オットーはカップに口をつけた。

「なるほど。君ならいくらに設定するかね？」

ウルスは肩をすくめた。

「二千万くらいでしょうか？」

オットーは眉を上げ、軽く口笛を吹いた。

「二千万を超過した分をフルリが負担することになるのか？」

ウルスはそれを打ち消した。

「いえ、負債額が二千万以上の場合は全額です」

オットーは信じられないというふうに首を振った。

「彼はサインしない」

「サインを拒めば、周りからはどう見られるでしょう？」

「もし本当にその付帯条項のとおりになったら？　もしもの話だが」

「彼は破産するでしょう」

オットーは考えこむようにうなずき、喫煙用の小さなテーブルにあった葉巻入れを開けた。

「私は最近〈ロミオとジュリエット〉を吸うんだ。君もやってみるか？」

「ありがたいのですが、私は吸わないので」

「たまにはいいじゃないか」

「また今度にとっておきましょう」

オットーは葉巻を手に取り、灰皿の横にあったハンティングナイフで吸口を切った。

「君はフルリを特に嫌っているようだね」

「いえ、それほどでは」

オットーはウルスにナイフを見せた。柄は黒檀《こくたん》で刀身には飾り文字で銘文が刻まれていた。

『汝、ためらうなかれ《ネバーヘジテイト》』

「君も猟を？」

ウルスは首を振った。

「まあいい。とっておきなさい。友情の証だ」

付き人がウルスを外へ送り出す間、火のついていない葉巻を口にくわえたまま、オットーは椅子に座っていた。

午後の日差しが部屋に降り注ぎ、それに反応して窓のブラインドが自動で数センチ下がった。

オットーは受話器に手を伸ばし、ナウアーの番号をダイヤルした。

会話はものの数分で終わった。オットーは受話器を下ろし、葉巻に火をつけた。


ウルスが事務所へ戻ると、ナウアーからファックスが届いていた。

『これ以上延期するようであれば、交渉を中止してくれても構わない』

ウルスはフルリに電話をしたが、秘書が出ただけだった。

「フルリはミーティング中でございます。伝言を承ります」

「交渉相手は期限を守る、と伝えてくれ」

ウルスはこの秘書をよく知っていた。五十代後半で、他の秘書よりも内部事情に詳しそうに見受けられた。彼女はしばらく黙っていたのち、一言こう言った。

「承りました」

すぐにフルリが電話をかけ直してきた。

「相手が期限を守るとはどういう意味だ？」

「これ以上の延期には応じられないということです」とウルスは説明した。

「もちろん期限は守る」とフルリは大声で答えた。

「その約束が果たされない場合には」

ウルスは笑いを嚙み殺しながら続けた。

「交渉の中止をあなたに知らせるように私は依頼されています」

しばらくの沈黙ののち、フルリは電話を切った。

三十分とたたないうちに彼の秘書が本来の期限を守ることを伝えてきた。


「てっきりパトロンかと思った」

ルシールのルームメイトであるパートは言った。二人はキッチンのテーブルで、パートの好きなバナナリキュールを飲んでいた。パートは昼休みの間、自分の店を同僚に任せ、ルシールと店番を交代しようとのぞきに行ったところ、ルシールが男とサンドイッチを食べているのを目撃し、そのまま引き返したのだった。

パートはこの男の正体を詳しく知りたがった。リキュールはルシールに自白剤として作用した。

「あれは仕事用のスーツなの。弁護士なのよ。本当はすごく軽い人」

「軽い弁護士だって！」

「きれいな手をしていたわ。目もきれいで、声だってそう」

「それにあのスーツもね」

「そんな言い方はよして」

「どうしていけないの？」

「あなたは先入観で人を見すぎよ。つまらない」

「何か不釣り合いだわ。特にあのスーツ姿が」

ルシールは笑った。

「別に結婚するわけじゃないんだから」

「じゃ、あの男は何が目的なの？」

「あの人は違う世界に住んでいて、私が住んでいる世界に興味があるのよ」

灰色の子猫がルシールの足元をうろついた。ルシールは猫を抱え上げ、リキュールのグラスを鼻に近づけた。猫は匂いを嗅ぎ、驚いて首を引っこめた。パートとルシールは笑った。

「またあの男と会うつもり？」

「わからない」

パートの部屋で電話が鳴った。自分のベッドで使ったまま、キッチンの所定の場所に返さないままになっていたのだ。パートは部屋に行き、電話に出て、ルシールのもとへ戻ってくると、受話器を差し出しながら言った。

「あの男からよ」


春のような陽気のあとには寒波が待ち受けていた。街中で突風が吹き荒れ、氷のように冷たい小雨が吹きつけた。ウルスが乗るタクシーの窓を打つ雨は、郊外へ向かうほど、みぞれに変わっていった。

レストラン〈ヴァルトルーエ〉は空いていた。会合のために予約しておいた奥まった席はよどんだ煙の臭いがし、うすら寒かった。ウルスは待ち合わせの時刻よりも早く着いた。ペパーミント茶を注文し、コートを羽織ったままでいた。

メンバーが続々と集まってきた。フルリとその弁護士――今回は最新のスキージャケットという装い――はいつものごとく最後にやってきた。しかし今回初めて慇懃《いんぎん》に謝罪した。

契約内容を確認している間、フルリは一言もしゃべらなかった。弁護士が債務責任に関する新しい付帯条項に注意を促したとき、初めて老いぼれのあまのじゃくがうずいた。

「この付帯条項にはサインできない」とフルリは言った。「なぜこんなものが必要なのだ？」

この質問はウルスに向けられたものだった。

「アメリカの合併契約の形式にのっとっています」

「ここはアメリカじゃないぞ」

「ただ契約書を国際的に通用する形へ標準化するためだけのものです。負債額が二千万以上の場合のみを規定していますので、ほんの形だけのものになります。しかし全員の了承がいただければ、この条項を削除することもできます」とウルスは言って、周りを見回した。

ナウアーが異議を唱えた。

「初めからなかったのなら構わないが、なぜ取り消されたのか、私が監査委員会から問われることになる。フルリさん、私はどう答えればいいんですか？」

「あとから付け加えたものだから削除したと」

「あとから付け加えたものは、これだけじゃないでしょう？」

「じゃ、あなたはこの条項の削除に反対だと？」

「少しいいですか」とウルスは間に入って説明を始めた。「原因の発端は私にあります。スタッフが標準的な契約書からうっかり間違えて引用してしまい、私がそれを見逃したのです。正直に申し上げますと、二千万という額は現実離れしていますので、問題にはならないだろうと判断したのです」

今回の会合で初めてフルリが声を荒らげた。

「もちろんそんな負債はありえない」

「しかし条項が削除されれば、そうはみなされない」

ナウアーの反論に一同はうなずいた。フルリの弁護士でさえも。

フルリは一瞬ためらい、そしてうなった。

「先へ進めてくれ！」

以後、フルリは黙りとおした。作成された契約書の六十四ヵ所にサインを終えてようやく、ため息をついただけだった。

ウルスはよく冷えたシャンパンを二本、ウェイターに運ばせた。一同、シャレード＝エレガンスタの未来に乾杯した。

参加者が互いに別れのあいさつをする段になっても、フルリはグラスにほとんど口をつけていなかった。ウルスはこのアッシュドブラウンのスリーピースを着た老人を見送った。疲れきっているように見えた。あらゆる独善的で不遜な態度は消え失せていた。一度も振り返ることなく、手間取りながらタクシーのリアシートによじ登るさまを見て、ウルスは少し気の毒に思った。

悪天候にもかかわらず、ウルスは今回も市電の駅まで歩こうと決めていた。前回に森を散歩したときの清々しさをよく覚えていた。

雨は雪に変わっていた。雪片は濡れた葉に触れるとすぐに融けた。ウルスは乗馬コートとハンチング、それに数年前に型を取って作らせて以来まだ一度もはいていなかったゴツゴツとした短靴という格好だった。

ウルスは落葉したブナの森を静かに歩いた。ときおりぬかるんだ箇所で靴が立てる音以外には何も聞こえなかった。雪は徐々に激しく降り始めた。渦巻き、互いに混じり合っているように見えた。まさに雪が舞っているようだった。

道は軽い上り坂だった。ウルスは歩調を緩めずに歩き、坂の上で少し息切れがした。風で雪が目に入った。

ウルスは立ち止まり、まばたきをした。再び目が見えるようになると驚いた。すぐ目の前にキツネが立っていた。しばらくの間両者ともじっと動かないまま見つめ合った。そのあとキツネは回れ右をし、慌てる様子もなくトコトコと歩いて去った。

分岐点で今回は近道を選んだ。

エブリーンはいつもより早く帰宅した。風邪を引いたらしく、店では一日中震えていた。玄関脇のクロークにウルスの濡れたコートがかかっていた。靴箱の横には泥のついた短靴があった。

「ウルス、帰っているの?」

エブリーンは居間に入りながら呼びかけた。返事はなかった。ウルスの部屋に入ると、今日着ていった背広がサイドテーブルにかけてあった。着替えをしてまた出かけたらしい。最近は夜を別々に過ごすことが多かった。今までなら前もって電話をするかメモを残しておくのが常だったが、電話横のメモ帳は空白のままだった。

エブリーンはがっかりした。このような日に独りでいるのは辛かった。彼女はヨーグルトを食べ、寝酒を作り、アスピリンを飲んで、ウルスのベッドで眠った。


オットーは契約の締結をロンドンへの飛行機の中で知った。ちょうどよいタイミングだった。なぜならロンドンでユニバーサル・テキスタイル社のヨーロッパ担当者と話し合いを持つ予定だったからである。まだこの情報を漏らすわけにはいかなかったが、どのような情報量の差でも交渉を有利に進めることはできた。

機体は市内の空港へ向かっていた。オットーは空からの街の眺めを楽しんだ。すべては彼の思惑どおりだった。

ウルスのことが頭に浮かんだ。今回の買収はひとつにはウルスのおかげでもあった。ウルスのことを気に入っていた。オットーは何人もの弁護士と仕事をしてきたが、ウルスほど狩猟本能を内に秘めた弁護士はほかにいなかった。ウルスの事務所と手を組むのもいいかもしれない。ガイガーとの関係を一新することが望まれた。

ウルスは郊外にあるインド料理のレストランの噂を耳にしていた。〈牛《べこ》〉という名の田舎の店で、オーナーである地主が店の改名に反対しているらしかった。

インド料理には肉を使わないメニューがたくさんあることをウルスは知っていた。それに片田舎にある〈牛〉という名の店では知人に出くわす心配もなかった。

ウルスはルシールをアパートへ迎えにいった。〈L＋P〉と書かれた表札のベルを押すと、古びたアパートの四階の窓が開き、ルシールが応えた。

「今いきます！」

すぐにルシールが現れた。翡翠《ひすい》色の人工毛皮のロングコートから重そうなウォーキングシューズがのぞいて見えた。ウルスは車までエスコートした。ルシールは羨望のまなざしで見られて有頂天になった。毎日黒のジャガーで送迎されているかのような、理屈抜きの喜び。

車が郊外へ出るとルシールがたずねた。

「どこへ行こうというんです？」

「田舎にある〈牛〉という店だよ」

「ベジタリアン向きではなさそうですね」

「行ってみればわかるよ」

店内は空いていた。予想どおり客の中に知り合いはおらず、ウルスは胸をなでおろした。ルシールの格好が人目を引くには十分すぎたからである。

ルシールは人工毛皮の下に様々なアジア民族の衣装をアレンジして着こなしていた。立て襟の軽い中国風ジャケットの下はインド風の丈の短い絹のブラウスだった。それに様々な産地の絹のスカーフをベルト代わりに巻いたタイのサロン。それは彼女の重たそうな靴と面白い対照をなしていた。

〈牛〉がインド料理の店だと知ってルシールは熱狂し、ウェイターに勝るとも劣らないヒンディー語をしゃべった。ウェイターの母国語はマラーティー語で、ルシールの額にある金色に縁取られた赤い星に困惑した様子を見せた。

ウルスは料理の注文をルシールに任せた。トマト・コリアンダーソースのカリフラワー、ガーリック風味のナス、ココナッツとジャガイモ入りのカレーがかかったムング豆。それと様々なピクルスとチャツネ。飲み物はミントで香りをつけた冷えたクミン茶。

ルシールは、わからないことはわからないと、はっきり言うタイプだった。ウルスはそのような人間に会うのは初めてだった。二人の間に知識量の差や通じない言葉、考え方の違いがあっても、ルシールは決して物怖じしなかった。彼女の好奇心と知識欲は無限だった。年齢差が大きい

 こともあって、ウルスはついパトロンぶってしまい、自分でいけないと思い直すことがたびたびあった。

これほど自分を飾らず、また相手の虚栄に過剰に反応しない人にウルスはそれまで会ったことがなかった。

食事のあと、今日は何をしていたかとルシールがたずねた。ウルスは答えた。

「一人の老人を破産させた」

ルシールは驚いた様子もなく、

「気の毒だと思いますか？」

ウルスはよくよく考えた。

「少しはね」

「それはまたよかった」

これでルシールにとってこの話題は終了した。

ウルスがアパートへ送っていく途中、ルシールは言った。

「あ、あそこの駐車場が空いています」

数時間後、ウルスはビャクダンの香りが今後何を連想させるかを知った。それは絹のスカーフでやわらげられた淡い光であり、青白い瞳をした若い女の体であり、彼女の腕輪が立てる音であり、二人を見つめている灰色の子猫であった。

エブリーンは目が覚めた。ナイトテーブルの淡い光の中に人影が見えた。ウルスだった。じっと立ったままエブリーンを見下ろしていた。エブリーンは寝ているふりをした。

再び目を開けたとき、ウルスはいなかった。

「ウルス、どこ？」

返事はなかった。エブリーンは明かりをつけ、ベッドから起き上がった。居間は暗いままだった。オーディオのデジタル時計が三時半を表示していた。

キッチンにはまだ表面の曇っているミネラルウォーターの空き瓶があった。エブリーンは隣の配膳室へのドアを開けた。来客用の部屋から明かりが漏れていた。中をのぞくと、ウルスの服が椅子に脱ぎ捨てられ、シャワーを使っている音がした。

部屋には変わった匂いが漂っていた。それはウルスの服から発散していた。龍涎香《りゅうぜんこう》？ ビャクダン？ それともパチョリ？

シャワーの音がやんだ。エブリーンはそっと部屋を後にした。

かつての恋人のパブロが変わった香水の匂いをさせて朝帰りした日、エブリーンはまったく間違ったことをした。パブロをどこまでも問い詰め、嘘の塗り重ねを強いた。彼が自分の立場の圧倒的な不利を悟って、寝ているふりをしたとき、エブリーンは歯磨き用のコップに冷たい水を汲んで、頭の上からかけた。彼は立ち上がり、服を着て出て行った。

それからの数週間、夜遅くまで話し合った。自殺をすると言って脅したり、和解する素振りを見せたり、別れるとか、やり直すとか。夢でうなされることが幾晩続いたかしれない。だがパブロが過去の男となったとき、かつて互いに抱いていた感情は、少しも残っていなかった。

エブリーンはそのような経験を経て三十八歳になり、少しだけ賢くなった。今の彼女なら馬鹿なまねはしないだろう。

エブリーンは時計の鐘の音を聞いた。四、五、六、七回。それからバスルームへ行き、長い時間湯船に浸かった。そして何事もなかったかのようにキッチンへ行き、ウルスと一緒に朝食をとろうとした。しかしテーブルにしぼりたてのオレンジジュースとメモがあるばかりだった。

『朝早くに出かける用がある。すまない。ウルスより』

第三章

シャレードとエレガンスタの合併は新聞のトップを飾った。大半のコメントは、発表された公式声明にはエレガンスタの譲渡の面を先に打ち消す狙いがあるのだろうという点で一致していた。いくつかの新聞はフルリの人となりを紹介していた。ゴシップ誌ではフルリの役員報酬と民兵部隊の士官としての収入が取り上げられ、リベラルなジャーナリストはエレガンスタの独立性を失ったことに対するフルリの責任を追及していた。そしてすべての記事に追悼のような趣があった。

アルフレートは経済ニュースには興味がなかった。トップ記事であってもそれは変わらなかった。彼はウェイターが持ってきた新聞の文化欄を読みふけった。

ウルスは待ち合わせに三十分遅れて現れた。

「悪かった」

ウルスは開口一番謝り、アルフレートの前にインセンスの包みを置いた。

「これは何だい？」

「遅刻した理由さ」

「インセンスが？」

アルフレートは職業柄、聞き手に回ることには慣れていた。黙ったまま食事をとり、ごくまれに小さな質問を挟んだ。好奇心からではなく、ウルスにルシールについての独り語りを中断させ、とうに冷めた料理を一口食べさせる機会を与えるためだった。

食後のコーヒーを飲みながら、アルフレートは一番気になっていたことをたずねた。

「エブリーンは知っているのか？」

ウルスは肩をすくめた。

「エブリーンは一言も訊かないんだ。質問もしないし、問い詰めもしない。まるで何事もなかったかのように振舞うんだ。気づいていないはずはないんだが。僕はことさら隠すつもりはないし、訊いてくれたほうが逆にありがたい」

アルフレートはうなずいた。

「それは知らないふりをしているんだよ。目をつぶって、過ぎ去るのをじっと待っている。そんなふうに対処する女性たちを見てきたよ。何も女性に限らないが」

「エブリーンはまるで無関心なんだ」

「本当にそうだろうか？　君の浮気を黙って見ているのは、自分が不利な立場にいると思っているからだよ」

「遅かれ早かれ、エブリーンとは一度きちんと話し合う必要がある。それまではずっと目をつぶっていてくれればいい。終わるのは僕とエブリーンの関係だ。それ以外にはありえない」

ルシールがウルスにもたらした変化は大きかった。ウルスはヒューラーからの仕事の依頼を俄《が》然《ぜん》引き受ける気になった。行動する意欲が湧き上がり、多国籍コンツェルンと公園のフリーマーケットの間を行き来する自分の姿を想像して、生きがいを感じた。別の人間に成り代わり、もう一人のウルスがグローバルプレイヤーのリングで有能なことがどのように実証されるかに胸を躍らせた。

ウルスは臨時の会議を開き、ヒューラーの件を話した。パートナーたちは話の内容よりも、ウルスがこの件を話してくれたことに喜んでいるようだった。

ウルスがあらかじめ冷やしておいたシャンパンで乾杯すると、ベルクがささやいた。

「アンネッテ・ベーバーに乾杯だね」

当初からルシールは食事の誘いには食事でお返しをするという主義だった。それが自立性を守る彼女なりのやり方だった。二人は互いに場所と予算を相手に任せることにした。

そうやってウルスはそれまで存在すら知らなかった居酒屋になじんでいった。キリスト教婦人会が営む六フランの日替わり定食屋や食器をレジまで自分で運んで支払いをする、サラダビュッフェのある大学の食堂、それでなくとも安い料理を閉店間際にさらに値下げする、バイキング形式のデパートのレストラン、子供がペイントしたブリキの箱に小額の寄付金を投げ入れるような大きな共同住宅にある個人経営の店、状況に応じてレイアウトを変えられる薄暗い民宿酒場、認可の下りていない延命料理を作る店などなど。

この年の四月には珍しく晴れた日などは、ルシールは湖畔の公園のベンチで春巻きをふるまった。ときどきウルスとパート、灰色の飼い猫トロールのために料理の腕をふるった。

ウルスは最初の頃は、自分の知っている穴場的な店にルシールを連れて行った。この道に詳しいベルクから、知り合いに出くわすことのないような、また見られても気まずい思いをしなくても済むような店を教えてもらった。

しかしエブリーンが、ルースに対して語るところの〈ウルスのとっぴな行動〉を無視すればするほど、ウルスはデートの場所の選択に大胆になった。ウルスとヒッピー娘の姿が〈タイ〉や〈フジヤマ〉、〈サハラ〉など、街の有名な異国レストランで頻繁に見かけられるようになった。ただ〈金獅子〉にだけは、ウルスはルシールを誘わなかった。エブリーンとの大切な思い出の場所として、この店には特別の敬意を払っていた。


ルースは手のひらほどもある金の貝殻の耳飾りをつけていた。それは彼女の振る舞いをしとやかにさせ、王族のような雰囲気をかもしだしていた。

ルースはエブリーンのことを心配し、〈金獅子〉へ誘った。というよりはむしろ強引に連れ出した。

二人は店内を見渡せるニッチの席に着いた。エブリーンはまるでここ二、三日ほとんど寝ていないかに見えた。

「急加齢しないように気をつけなさい」

ルースはエブリーンに忠告した。

「急加齢って何？」

「女は一気に年をとるものよ。何年もほとんど変わらないと思っていて、ある朝ふと鏡をのぞいたとき、急に老けたと感じるの」

「最近毎朝それよ。仕方ないでしょ。もう慣れたわ」

二人とも女らしくない料理を注文していた。レスティを添えた仔牛のひき肉ソーセージと生ビール。ルースはもりもり食べた。エブリーンはルースを見て、食事のあとにトイレで喉に指を入れて吐いているのではないかと、ときどき疑った。そうでなければ彼女の細い体型の説明がつかなかった。だが今のところエブリーンも体型を心配する必要はなかった。四キロやせて、無理やり規則正しく食事をとっている有様だった。エブリーンはソーセージにもほとんど手をつけていなかった。

「わざと浮気を無視して、もうどのくらい？」

「五週間」

「効き目はあった？」

エブリーンは首を振った。

「でしょうね。ウルスは以前よりも頻繁に小娘と出歩いているみたいよ。マヤは〈サイゴン〉で、スザンヌは〈タイ・スター〉で、私は〈パンツァ・ヘルデ〉で二人を見かけたわ」

「それってどんなお店？」

「ベジタリアン向けのレストランよ。そんなことより、もっと訊きたいことがあるでしょ」

「かわいい子？」

「ヒッピー風の若い娘が好きな男からすればね」

「あぁ……」

ルースは正直に打ち明けることにした。

「恐ろしくかわいいわ。せいぜい二十代半ば。ほっそりとして、黒い髪に、褐色の肌。それにあの瞳の色。黒髪であんな瞳の色をしている女は今まで見たことがないわ」

「どんな色なの？」

ルースは少し考えた。「スミレとヒナゲシとミルクを混ぜたような」

エブリーンは絶句した。

「そろそろ反撃するときよ」

「どうすればいいの？　その子をピストルで撃つ？」

「ウルスを家から放り出すのよ」

「彼を失いたくない」

「とうに失っているでしょ」

エブリーンの目にみるみる涙が溜まった。

「あのね、エブリーン。一度追い出したほうが戻ってくる可能性が高いのよ。私の経験を信用しなさい」

「もしウルスが戻ってこなかったら？」

「少なくとも自尊心は守れる」

エブリーンはナプキンで目の周りを慎重に軽く押さえた。そしてビールを一口飲んだ。

ルースはウェイターを呼んで、ビールをさらに二杯注文した。

「ウルスを追い出しなさい、エブリーン。人間の尊厳にかかわることだから」


ウルスは深夜の一時に帰宅して、すぐに異変に気づいた。電気をつけたままの部屋でエブリーンが青ざめた顔をしてコルビジェの黒いソファにじっと座っていたのだ。ウルスはミネラルウォーターのボトルを手に、エブリーンの向かいに腰を下ろした。

「あなたにこの家から出て行ってもらいたいの」

エブリーンの一言目はこうだった。ウルスはうなずいた。

「わかった」

「ほかに言うことはないの？」

「残念だ」

「何よ、それ」

「君には関係ないよ」

「ずいぶんのめりこんでいるようね」

エブリーンはあざけるように言った。

「聞く気があるなら説明するよ」

エブリーンはグラスを口に運んだ。中味はビールだった。

「僕が靴に泥をつけて君の店のパーティーに出た日のことを覚えているか？」

「私の大切な客をケツ呼ばわりした日？」

「あの日、僕は〈ヴァルトルーエ〉で合併交渉をしたんだけど、急にもう何千回も繰り返してきたような気がしてね。同じメンバーで同じセリフで、同じシチュエーション、同じ背景。交渉のあと、歩いて森へ行ってみたんだ。そのとき、街のすぐ近くにまったく別の世界があることに気づいた。違う掟、違う優先順位を持った、人間をはるかに超越した世界がね」

ウルスはミネラルウォーターを一口飲んだ。

「そのあとで君の店に行って、あまりの違いに愕然《がくぜん》としたよ。森の散歩が僕の目を他の世界へ開かせてくれた。そして残念なことに僕たちの関係をも見直すことになったんだ。正直に言おう。僕はこの世界には満足していない」

ウルスは自分のモノローグに酔いしれた。今まで自分でもこれほどはっきりとは意識していなかったのだ。

エブリーンは冷笑した。

「そんなの嘘よ。どうしてはっきり言わないの？　あなたのことを偉いって思ってくれる若い子がいいんでしょ？」

エブリーンはビールを飲み干して続けた。

「別の世界なんて単なる空想よ。あなたは以前と同じ世界に住んでいる。違うのは若いガールフレンドができたってことだけ。中年の男によくあることよ。若い女に手を出すなんて」

翌日ウルスはホテル・インペリアルのスイートルームに住居を移した。サロンの窓からは小さな中庭と、クルーズ船がつながれた桟橋が見えた。ホテルから事務所やフリーマーケットまでは十分とかからなかった。

ウルスはこのホテルが気に入っていた。静かに会話ができる落ち着いたロビーと誰にも邪魔されずにワーキングディナーがとれるすばらしいレストラン。様式の整った記者会見を開くための様々なホール。

ウルスの事務所では海外からの特別な客をこのホテルに泊めることにしていた。ホテルの支配人は事務所との長い付き合いやシーズンオフである点などを踏まえて、ウルスに月当たり一万二千フランだけでこのスイートルームを提供した。

ウルスは兵役を終えた日以来の最大の自由を満喫した。一流ホテルの匿名性と安全性はこれまでに何度も味わっていた。しかし今回は新しい経験だった。自分の街にいながらよそ者のような気がし、知らない人にまぎれながら家にいるようにくつろいだ。

インペリアルはあの森やフリーマーケットのようだった。ウルスの世界の中心にある、彼だけのものだった。

広いロビーにはわずか数人が安楽椅子に座っているだけだった。面会人を待つ宿泊客と宿泊客を待つ面会人。二人の男がウイングチェアの陰で話し合っていた。離れたところからは彼らの肘の辺りしか見えなかった。二人の若いボーイがバーへの通路に立ち、客の様子に目を配っていた。唯一聞こえる話し声はアメリカの老婦人のもので、若い連れに何度もこう言っていた。

「いつになったら来るのよ。もうこれ以上は待てないわ」

ウルスは六人がけのソファに一人で座り、ポートワインを飲んでいた。すべての予定をキャンセルして事務所に新しい住所を告げ、外部に漏らさないように忠告した。ウォークインクローゼットに荷物をしまい、思っていたよりもずっと早く引っ越しの後片付けを済ませた。ルシールとレストランで会う約束の時間まで、まだ一時間以上あった。食事のあと、自分のスイートルームへ招いて驚かせるのを楽しみにしていた。それまではいつもルシールの部屋の床に敷いたマットレスの上で、猫の気味の悪い視線を感じつつ夜を過ごしていた。

バーからピアノの演奏が聞こえてきた。専属のピアニストが出勤してきたのだ。

ボーイがロビーを通り過ぎた。『ウェリントン様』と書かれたプレートを掲げ、ときどき手元の小さなベルを鳴らした。

「あれがそうなの?」とアメリカの老婦人が声を上げた。

ウイングチェアの二人が立ち上がった。ウルスには誰だかわかった。同僚のガイガーと、なんとオットーであった。

ガイガーのほうでもウルスに気づいた。彼はオットーに別れを告げ、ウルスに近づいてきた。

オットーは遠くから会釈をし、去っていった。

「誰かと待ち合わせか？」とガイガーがたずねた。

「まだ時間があります。どうぞおかけください」

ガイガーは腰を下ろした。

「住み心地はどうだ？」

「悪くないですね」

「私が昔ここに住んでいた頃は少しかび臭かった。十五年も前の話だが」

「あなたもここに住んだことがあるのですか？」

「君と同じ理由でね」

ウルスは驚いた。ガイガー夫妻にも危機があったとは思いもしなかった。ガイガー婦人は封建時代のような、性を感じさせない人となりであり、ベルクと二人で「国婦みたいだな」とささやき合ったこともあった。

「オットーと何の話を？」

「彼抜きで仕事を進めるのがだんだん難しくなってきてね」

ガイガーはワインをグラスで注文した。ウェイターが運んでくるまで二人は黙っていた。

「オットーは君のことを高く買っているよ」

「ただ扱いやすいのでしょう。彼の自宅に行ったことがありますか？」

ガイガーはワインを一口飲んだ。

「ああ、つい最近。驚いたね」

「誰だって驚きますよ。ところでオットーがなぜフルリを目の敵にしているか、ご存じですか?」

「話は軍隊にいた頃にさかのぼる」

三人の子供を連れた若夫婦がロビーに現れ、騒がしくなった。アメリカの老婦人とその連れが出迎えた。彼らがその場を去ったあとで、ガイガーは語った。

「フルリはオットーの上官だった。射撃訓練の際、立ち入り禁止区域で木こりが瀕死の重傷を負う事故が起こり、オットーが責任をとらされた。彼のキャリアはそこで終わったんだ」

「理由はそれだけですか?」

「立ち入り禁止期間よりも前に、将校らが待ちきれずに射撃訓練を始めたことをオットーは告発したんだ。それに対して、フルリは猛烈に異議を唱えた」

「実際はオットーの言ったとおりだった……」

ガイガーは肩をすくめた。

「いずれにせよ、そのあとフルリは異常な早さで昇進した。最後には最年少の大佐にまで昇りつめたそうだ」

「それは何年前の話ですか?」

ガイガーは少し考え、「もうすぐ四十年になるかな」

「オットーはしぶといですね」

「猟師気質というんだろう」

オットーは付き人のイゴールに指示して、色街にある老舗のホットドッグ店に車を寄らせた。イゴールは万事心得ていた。彼はキャデラックのエンジンをかけたまま、マスタードのついたホットドッグと紙コップ入りのビールを買ってきた。それから近くの小さな緑地に行った。そこはドラッグの売人がいることで有名だった。初めてのとき、オットーがヤク漬けの街娼を探しているのか、あるいはオットー自身が麻薬を欲しがっているのではとイゴールは勘ぐった。だがオットーは後部座席に座ったままホットドッグをかじり、ビールを飲んで、外の様子には目もくれなかった。回数を重ねるにつれ、イゴールは思った。単にオットーは危険な場所でホットドッグを食べたくなることがときどきあるのだと。そのためにはやはりボディガードが必要なのだ。

この日は特別にホットドッグがおいしいとオットーは感じた。ガイガーとの話し合いがその理由だった。目からうろこの話だった。オットーはある大物ブローカーについての極秘の裏情報をガイガーに教え、代わりに〈ロシア・キャンペーン〉でフルリが出した損失額を正確に教えてもらった。オットーがもしフルリの立場だったら、何もせずに手をこまねいているはずはなかった。

ルシールがホテルのレストランに入ってくると、数人が振り返った。寺の修道女のようなメイクをして、オレンジ色のスカーフで髪を高く結っていた。そのうえ様々なアジア風の衣装をアレンジして着こなしていた。

ルシールは旬の採れたてのアスパラガスと新鮮な自家製リコッタチーズを詰めた、セージバターのラビオリを食べた。

食事を終え、ウルスがエントランスではなくエレベーターのほうへ歩きだすのを見て、ルシールはたずねた。

「どこへ行くんです？」

「びっくりするよ」

ウルスは二階のフロアを抜けてスイートルームへ案内した。ウルスがドアに鍵を挿したとき、ようやくルシールは悟った。

「このホテルに部屋を借りてるんですね」

さして嬉しそうでもなかった。

ウルスは部屋に招き入れ、ルシールは素直に感嘆した。広い大理石の浴槽、ウォークインクローゼット、古い様式を模して作った家具の並んだサロン、ファクシミリのある仕事机、直通の電話、フランス風の大きなダブルベッドを置いた寝室。

ひととおり案内したあと、ウルスは用意しておいたシャンパンを開けた。

「水をいただけませんか？」

ルシールはたずねた。

ウルスは冷蔵庫からミネラルウォーターを取り出し、スイートルームのすばらしさを語った。

ルシールは黙ったまま聞いていた。そして最後に、

「パートの言ったとおりだわ」

ウルスはすぐにはわからなかった。

「本当につまらない人。若い恋人ができたっていうのに」

「それだけの余裕のある中年たちと同じでね」

ウルスは補足した。

「あら、そう。私の周りには、そんな人はいないわ」

「今は一人知っているだろう？」

ルシールは立ち上がった。

「行きましょう」

「どこへ？」

「私のアパート」

「ここに泊まるとばかり思っていた」

「今晩はパートが帰ってこないんです。トロールが一人ぼっちだわ」

ウルスは真夜中すぎに目が覚めた。隣にルシールの姿はなかった。ウルスは起き上がり、廊下へ出た。ルシールの声がキッチンから聞こえた。ドアを開けると、ルシールが独りでテーブルの上にいるトロールと向き合っていた。

「ニャンニャン、プー」

ルシールは猫に話しかけていた。猫は真面目な顔をして聞き入っていた。

ルシールはウルスに気づいた。

「猫語なの」

ルシールは説明した。そして親指と人差し指でつまんだ吸いかけのジョイントをウルスに差し出した。大麻の臭いがウルスの鼻についた。

「いや、遠慮しておくよ」

「違う世界が見られるわよ」

「知ってるよ」

「ねえ聞いた、トロール？　知ってるだって」

「ジョイントを発明したのは僕らの世代だからね」

「じゃ、そこに座って一服したら？」

ウルスは腰を下ろし、大きく吸いこんで肺の中にしばらく溜め、思わず咳きこんだ。ルシールは笑った。

「発明者、ね」

「ずいぶん昔のことだから」

ウルスはジョイントをルシールに返した。

「当時は流行ったの？」

「何人かの友達がはまっていた」

「あなたは？」

「ほんの少しだけ」

「トリップの経験はある？　ＬＳＤとかマジックマッシュルームとかは？」

「一度も」

ルシールは信じられないといったふうにウルスを見つめた。

「一度も？　じゃ今から違う世界に案内してあげる」

大麻が効きだし、ウルスは相手に合わせて答えた。

「何事を始めるにも遅すぎるということはないさ」

第四章

目の前には次々と山が現れた。満開の桜と手入れの行き届いた農家の屋敷。まだ生えそろっていない春の牧草地。やわらかな緑の萌《も》え始めた広葉樹林。カーブの多い田舎道の雪のように白いセンターライン。空には絵本のような、迷える雲の子羊が五頭。

ウルスとルシールは車の窓を全開にし、音楽を大音量で流しながらドライブしていた。ピンク・フロイドの〈ダークサイド・オブ・ザ・ムーン〉。ルシールが用意したものだった。

「世界で一番トリップに合うアルバムよ」とルシールは言った。

「ピンク・フロイドも僕たちの世代さ」とウルス。

二人はルシールがいうところの〈瞑想的週末〉に向かう途中だった。ウルスがジョイントで気持ちよくなったはずみで漏らした言葉をルシールは聞き逃さず、ぜひ本物のトリップに案内したいということになった。

道順はルシールがナビゲートした。ウルスはこの小旅行の目的地を知らされていなかった。ルシールはただ、キャンプ場で一晩泊まる支度をするように、とだけ言っていた。ウルスはキャンピングショップで相談し、寝袋と救急シート、デイパック、防水性の書類入れ、洗面具入れ、救急セット、ダウンジャケット、ゴアテックスの下着を買った。合計で三千フランを少しオーバーした。わずかな防寒着の入ったルシールのバッグと寝袋をトランクの自分の荷物の横に積むとき、ルシールはすでに車の助手席に乗っていたので、ウルスはほっとした。

ルシールはウルスを野道に誘導した。山の中のつづら折りを上っていくと、ひらけた場所に出た。その端に古い民家があり、車が数台停まっていた。

ウルスがジャガーを停めると、小さな牧羊犬が吠えながら走ってきた。

「おだまり、ブラーマ」

戸口に現れた六十代のやせた男が命令した。灰色の髪を肩まで垂らし、襟のない青い酪農家のシャツの上に、小さな鏡を縫いつけたインド風のベストを着ていた。ルシールは古い知人のようにあいさつした。

「ジョー、こちらがウルスさんよ」

ジョーはウルスの目をのぞきこみながら握手をした。

「やあ、あんたがウルスさんか」

ジョーは意味深にあいさつをした。

ウルスは職業の違いから上等な服を着ていた。キャラメルブラウンのコールテンのズボンは五年前に仕立てたものだった。栗色の古いカシミアセーターを首に巻き、ウルス・P・Bとイニシャルの入った柔らかいフランネルのシャツの一番上のボタンを外していた（セカンドネームのペーターの頭文字を特別に入れてもらったものだ）。ネクタイをするのはあきらめていた。

にもかかわらず、天井の低い家の中へ案内されたとき、ウルスは着くずし方が足りなかったと感じた。そこではスージーやベニー、ピア、エドウィンが二人の到着を待っていた。

スージーは三十代半ばの中学教師。ベニーはせいぜい二十歳でストリートミュージシャン。ピアは主婦で五十代そこそこ。エドウィンはその夫で銀行員だった。

ジョーがウルスを他のメンバーに紹介するとき、その投げやりな態度から自分が疎ましがられているとウルスは感じた。企業弁護士といったきわめて地位の高い職業に触れるときも、ジョーは同じく抑えた調子でさりげなく言った。

ウルスは瞑想の体験をさせられるものと覚悟していた。前日は軽い野菜スープしかとらないようにとルシールからアドバイスがあり、これに近いことをするのだと思っていた。だがジョーが「今回初めて参加する人がいるので」とルールを説明し始めたとき、ウルスはここがキノコサークルだと知った。

「今から行う儀式は人類の歴史と同じくらい古い。サハラの遺跡にある壁画にはマッシュルームカットした人物が描かれている。シベリア地方のシャーマンは神託を得るためにキノコを用いた。メキシコ原住民は彼らのいう〈かぐわしい夢〉を見るために幻覚作用を持つキノコを使った。ジョン・アレグロという過激な学者は、キリスト教の起源はベニテングタケ崇拝であるとまで主張した」

ジョーは文章を暗記している旅行ガイドのようにしゃべった。

「他の薬物と同様、シロシビンやシロシンを含むキノコの摂取はもちろん法律で禁止されている。だからこのサークルのことやキノコの入手経路について他言しないよう、みなさんにお願いしたい」

参加者全員が大きくうなずいてようやく、ジョーは話を続けた。

「私の指示に従うこと。やむを得ないときだけ脱け出してもいいこと。何が起こっても自己責任だということ」

ジョーはこれらのルールにも同意させた。ウルスはここにきたことを後悔した。

他のメンバーはザックをかついでウキウキしながら森の中へ入っていった。ウルスはそのあとを追いながら、自分は彼らとは異質なのだと、また同じことを考えていた。ジョーと並んでおしゃべりをしながら急な山道を息を切らして登っているルシールでさえ、ウルスの目には異様に映った。

一行は急な崖に囲まれた平坦地にたどりついた。はるか上方の岩が突き出し、そこから流れ落ちる水が滝つぼにしぶきを上げていた。沢は平坦地の脇を流れ、中央に建てられた大きなティピーから煙がかすかに立ちのぼっていた。さらにやや滝寄りに木の小屋があり、入り口に毛布がかけられていた。

「シバ！」とジョーが呼んだ。

ティピーからプラチナブロンドの娘が出てきた。北米インディアンのような長いフリンジのついた革製の服を着ていた。近くで見るとウルスが思っていたよりも老けていた。

「彼女がガイド役だ」とジョーは紹介した。

シバはジョーと同じく、意味ありげにウルスと握手をした。

ティピーの中では火が焚かれ、拳ほどの大きさの石が火を囲んでいた。メンバーはその周りに腰を下ろした。シバは日曜学校の教師のような声の調子で、最後の指示を出した。

「内なるすべてのこだわりを捨て、頭で考えずに、今から起こることをそのまま受け入れなさい」

ウルスはシバに対してすぐに嫌悪感を抱いた。ジョーから火の周りの熱い石を小屋へ運ぶのを手伝ってくれと言われ、ウルスはほっとした。ジョーは古い炭入れに火ばさみで石を入れ、ウルスはそれを小屋へ運んで中央のくぼみに空けた。

儀式の始まりはウルスの予想よりもはるかにひどいものだった。ウルスはちょうど最後の石を運び終え、空のバケツを手に小屋から出るところだった。全員がウルスに向かって近づいてきた。裸だった。

ウルスは性道徳に関して上品なわけではなかったが、趣味の違いから公共のサウナやヌーディストビーチを避けていた。他人の裸を見るのが失礼だと考えているからではなく、嫉妬のまなざしで見られるのが嫌だからであった。たしかに以前ほど肉体に自信があるわけではなかったが、スタイルは相変わらず崩れていなかった。メンバーの中でほかに美しいといえるのはルシールだけだった。

ウルスはティピーに行き、小声でののしりながら服を脱いで、偶然手にしたかのようにタオルを持って小屋へ戻った。

シバはまるで普段から裸で歩き回っているかのように振舞った。肌は先ほどまで着ていた革ジャンパーのようだった。そのうえ陰毛をハート型に剃っており、ウルスはつい凝視してしまった。

ジョーは裸になると衣服をまとっていたときよりもやせこけて見えた。頭髪よりもずっと密生した灰色の陰毛の下にはしなびた性器がぶら下がっていた。

女教師のスージーはマジックマッシュルームの愛好家であること以外に別の秘密も持っていた。慣れないウルスにはエロチックに見える、カーマストートラに出てくるような刺青が鼠径部《そけいぶ》にあった。おそらく水泳の授業の際には生徒に見られないよう、ワンピースの水着で隠しているのだろう。

ベニーはやせて背の高い若者だった。へそにピアスをしている男にウルスが会ったのはこのときが初めてだった。

ピアとエドウィンは幸い肥満体だったので、陰部は肉のひだに隠されて目にせずに済んだ。ジョーが焼けた石に水を注いだ。ウルスはどっと汗を吹き出している周囲の人たちからルシールの小さく尖った胸へ目をやって気をまぎらわせようとした。他人の体をちらちらと見る権利を持っていたのはウルスだけではなかった。

ジョーはミントやオレガノ、ローズマリー、大麻を抽出した水を合間に注いだ。

ウルスは緊張がほぐれてきた。三十分たって滝の前の冷たいプールに浸かったとき、タオルを小屋に忘れてきたことも気にしないまでになっていた。

暖かいティピーに戻って服を着ると、新鮮でさっぱりした気分になっていた。ルシールと並んで寝袋の上に座り、言われたとおり頭で考えないようにした。それがいかに大切であるか、少しわかった気がした。

シバの前に小さな祭壇があり、火のついたロウソクとブロンズ製のキノコ、ルシールの店で販売されているようなインセンスホルダー、様々な香辛料や天然樹脂が載った皿、白い布で覆われた盆が供えられていた。

シバは呪文を唱えつつ布を取り去った。盆を頭上にかかげ、目を閉じ、その姿勢のまましばらくじっとしたあと、ジョーに手渡した。ジョーは中味を確かめ、次の人に手渡した。

ウルスには盆に載っているものが何か、皆目わからなかった。乾いた植物のかけらのように見えた。樹皮、野菜、果物あるいはキノコのようにも見えた。それらは色も形もなく、何の植物なのか見当がつかなかった。ただ大きさだけで区別がついた。

ウルスは盆をルシールに渡した。彼女は中身を吟味し、ウルスに目配せをしながら舌なめずりした。

「乾燥キノコ三本に幻覚物質が約一グラム含まれているの」

シバが説明した。

「だからその人の体重によって、必要な本数が変わってくる」

ピアやエドウィンにこの点を強調して、シバは続けた。

「たとえば私なら四本」

シバはグラスに水を注ぎ、三つの錠剤を中へ入れた。水はオレンジ色に泡立った。

「ただのビタミンCよ。味をマイルドにして、効き目を高めるの」

シバは盆の上から焦げ茶色の乾いたかけらを四つ取り、口に入れて、嚙み始めた。

「できるだけ長く嚙むこと」

シバは目を閉じ、嚙み続けた。

「ヤギみたいだね」とウルスはルシールにささやいた。ルシールは口の前に人差し指を立てた。

シバはまるで危険な綱渡りをしているかのように両腕を広げて嚙み続けた。我慢している気色がティピーの中に満ち満ちてようやく、シバはグラスに手を伸ばし、一気に流しこんだ。この瞬間、キノコはシバの体内に解き放たれた。

「君はいくつ食べるんだい？」

ウルスは小声でルシールに訊いた。

「四つよ」

「じゃあ僕も四つ」

「あなたは私よりも二十キロ重いから六つよ」

「そんなに食べて大丈夫かい？」

「LSDみたいなものよ。でもあれよりもずっと安全。天然のものだから」

「LSDの経験がないから心配でね」

ルシールは笑った。

「ジョイントと同じよ。逆に元気が出るわ」

ウルスは六つ選んだ。中くらいの大きさのを三つと小さいのを二つ、さらにより小さなキノコが中くらいのものの下に隠れていたのでそれを六つ目とした。横で見ていたルシールが言った。

「意気地なしね」

ルシールは中くらいのを四つ手に取り、口に詰めこんだ。二人は噛み始めた。

初めは乾いた、次に湿った古い靴下のような味がした。噛み応えまでそっくりだった。しばらく噛んだあとで、なぜシバが我慢し続けたのか、ウルスはわかった。口の中身がドロドロになればなるほど苦味は増してくるのだった。

ルシールがウルスをつついた。顔をしかめ、指で十まで数え始めた。ウルスも一緒になって数えた。十になると二人はビタミンレモネードのグラスをつかみ、喉の奥へ流しこんだ。

「おえっ、まずい」とウルスは言った。

ウルスが感じた最初の変化は太鼓の音が和らいで聞こえるということだった。ベニーが小さなボンゴを演奏していた。ウルスはできれば立ち上がって歩み寄りたかったが、キノコを食べてから十五分、もはや太鼓の音は気にならなくなっていた。正直に言うと、その音が気に入り始めていた。ルシールや他のメンバーが鈴やマラカス、タンバリンなどで合奏したときも受け入れることができた。

さらにキノコが効き始めると、ウルス自身も演奏するようになった。突然タンバリンを手にし、湧き起こる自信とともにジャム・セッションに加わった。

気がつくと、ウルスが他のメンバーにテンポを指示していた。全員がウルスの合図を読み取り、彼に従って演奏の速度を速めたり遅らせたりした。ウルスが弾き始めの合図を出し、修正し、口笛で注意を促した。みなに認められた本物の指揮者のようにウルスは振舞った。

ダンスが下手で、バイオリンの先生からは才能がないといわれ、歌うことも苦手だったウルスが突然リズムの化身となっていた。ウルスは一気に音楽を――すべての音楽の本質を――理解した。宇宙の響きを感じ、それらを束ね、また拡張し、その初演のあとではいかなる楽曲も成立し得ないような究極の作品にまとめ上げた。

ジョーはキノコを頻繁に利用していたので、幻覚を見るのが難しくなっていた。ただ十数年におよぶ幻覚物質の服用経験から、二、三のトリックと過去のトリップの記憶を利用して、うまく軌道に乗る方法を心得ていた。それには調和が取れることが必要だったが、今回ばかりは失敗した。

ルシールの連れはよりによって弁護士で、この男がすべてを台無しにした。ここに着いたときには礼儀正しく、控えめに見えた。おずおずとさえしていた。サウナ小屋に入るときに一人だけ前をタオルで隠していたくらいだった。

だがキノコを食べて十分とたたないうちに、横暴に振舞い始めた。タンバリンを手にし、メンバーに自分のリズムを無理強いして、従わない者を誰でも怒鳴りつけた。ジョーは精神を集中できなくなった。ジョーが空飛ぶ絨毯《じゅうたん》の端をつかみかけた途端、いつもウルスのひどい調子で再び地上に引きずり戻されるのだった。

ルシールは笑い死にしそうだった。ウルスが完全に変身していた。ウルスの演奏の仕方といったら！　これほど音痴な人間がいるとは思いもしなかった。ウルスはティピーの中をあちこち跳び回り、誰の調子からも外れていた。自分では天才的なリズムだと思っているらしかった。まともな演奏をしている者がいれば、相手が調子を外すまで、その鼻先でタンバリンを鳴らし続けた。ルシールはおかしくて、腹がよじれそうだった。

エドウィンはまったく何も感じなかった。自分のはげ頭を指差してキャッキャと笑っている妻のピアとは正反対だった。

彼らが食べたキノコには〈丸くて尖った禿頭〉という別名があった。ピアはそれを笑っているのだ。だがエドウィンは少しもおかしくはなかった。ピアの馬鹿騒ぎに苛立ちが募るばかりだった。そして弁護士が起こすタンバリン・テロには殺意すら覚えた。

ウルス・ブランクという名前は、自分の勤めている銀行が合併するときに聞いたことがあった。エドウィンは一年以内の早期退職を迫られそうになった。彼はその件を思い出さないようにし、他のメンバーと同様、先入観を捨ててウルスと接した。初めのうちはうまくいっていた。ウルスはごく普通の男で、人のいい感じがした。エドウィンは自分に言い聞かせた。この男が合併を思いついたのではない、ただ自分の職務として行っただけだ、彼に責任はないのだと。

だがウルスがタンバリンの発明者であるかのように演奏しているのを見て、エドウィンは考えを改めた。先入観のほうが正しかった。初めに思ったとおり、ウルスはうぬぼれの強いケツ野郎なのだ。

床が傾き、ウルスは立っていられなくなった。床はまた別の方向へ傾いた。ウルスはタンバリンを脇に置いて床に張りついた。ついでティピーの屋根がバラバラにならないように手で押さえた。そこは骨組みが集まっていて、青い空が丸くのぞいて見えた。

空が後ろへ傾いた。ウルスは目をつぶったが、それでも丸く青い空が見えていた。空が振り子のように前後に揺れ、ウルスは目を開けた。目をつぶっているときと何も変わらなかった。青い振り子は円を描き始めた。円はだんだん小さくなり、どんどん加速して回った。ティピーはコントロールを失った回転ブランコのように回るコマだった。ウルスは遠心力でティピーの壁に押しつけられた。タンバリンは鳴り続き、膨れ上がり、次第に収まり、また膨れ上がった。

「止まれ！」とウルスは叫びたかった。だが声が出なかった。コマは回り、回った。

突然、回転が止まった。他のメンバーは立像のように固まり、音楽は鳴りやんだ。ウルスは気分が悪くなった。外へ出たかったが、動けなかった。体が麻痺していた。唯一の感覚は耐え難い吐き気であった。えづいた。そして急に体が軽くなり、ウルスは吐いた。草がウルスの上にどっと覆いかぶさり、彼はその中に埋もれていった。

演奏の最中にウルスが手を止めた。一瞬静止したあと、ぐらぐらと体を揺らし始めた。ベルリンの壁が崩壊したときのレーニン像のようだとルシールは思った。その思いつきがあまりにもおかしかったので、口に出さずにはいられなかった。

「あのときのレーニン像みたい！」

ルシールはそう言ってウルスを指差し、みなで笑った。

ウルスは激しく転倒し、寝袋にしがみついた。両目をむいていた。ティピーの壁をよじ登ろうとし、胎児のように丸くなった。そして床を這い回り、両手両足を突っ張って、えづき始めた。

エドウィンはウルスがおかしくなるさまを興味深く観察した。銀行の合併以来、彼を苦しめている鬱《うつ》によかれと、ピアに無理やりグループセラピーへ連れて行かれたが、どのグループにも傍若無人に振舞う者がいた。

ウルスがえづき始めたとき、エドウィンは立ち上がった。室内で吐く前に外へ連れ出さねば。

ジョーがふたたび涅槃《ねはん》への踏み切り台に立ったとき、ちょうどウルスがえづき始めた。ジョーは目を開け、ウルスが床に這いつくばっているのを見た。今にも吐きそうにしていた。

ジョーは力を奮い起こして立ち上がり、ウルスのそばへ近づいた。幸いエドウィンもまだしっかりしていた。エドウィンもジョーと同じことを考えているらしかった。二人はウルスの両腕を抱え、外へ連れ出した。ティピーから十分な距離をとって、草地の平らな場所にウルスを寝かせた。二人がティピーに戻ると、拍手と喝采で迎えられた。

ウルスは草地の内部にいた。そこは太陽の中のように明るかった。日差しはまぶたをすり抜け、輝点になった。それは爆発し、けばけばしい色を放った。ウルスは爆発ごとに異なる色で満たされる透明なガラス製の容器だった。モンキチョウのように黄色く、ラズベリーシロップのように赤く、ピスタチオアイスのように緑色をしていた。

ルシールはウルスがどこへ行ったのか思い出そうとした。彼のことを考えると笑いがこみ上げてきた。なぜだかわからなかったが、彼が何かをやらかしたのだ。ウルス以外のことを考えると笑いは収まったが、少しでもウルスを思い出すと、腹がよじれるほどおかしかった。自分の望むままに笑いのスイッチを切り換えられた。そのような状態がどれほど続いたのかわからなかった。一時間、それとも二日間？

ルシールはふと、一週間はゆうにウルスに会っていないのでは、と思った。再びウルスを思い出しておかしくなった。ルシールは立ち上がり、タンバリンを拾って、ティピーの外へ出た。ここは以前からずっと草地だったかしら？

数歩歩いて何かにつまずいた。ウルスだった。日向で両手を広げて横になり、目をつぶっていた。ルシールは大笑いした。

「おい」とウルスが言った。「こいつらを追い払ってくれ」

ルシールはまた大笑いした。

「こいつらって誰かしら？　誰かしら？」

ルシールは笑いながらタンバリンでリズムをとった。

ウルスはルシールの顔を殴った。


草地の内部から解放されたウルスは、草の上に横たわったまま、まだ体の自由が利かないでいた。千本のロープと杭で固定されたガリバーのようだった。ひげを生やし、足に吸盤のついた、明るい緑色の小人の仕業だった。

小人たちとコミュニケーションをはかろうとした矢先、誰かが自分にけつまずき、けたたましく笑って、騒ぎ始めた。小人たちは四方八方へ逃げ去った。

ウルスが杭を抜き取り、騒ぎ声のする方を殴るとようやく静かになった。

ウルスは立ち上がり、自分を呼ぶ声のするほうへ歩いていった。


ティピーに戻ってきたルシールは鼻血を出していた。その様子がおかしかったので、スージーは大笑いした。それに合わせて他のメンバーも笑った。みなが笑っているので、ルシールも釣られて笑った。

だが太ったエドウィンだけは笑っていなかった。立ち上がり、シバをつついて言った。

「あんたがガイド役だったね。聞いてくれ。メンバーが一人おかしくなったようだ」

『ガイド役』の言葉に全員が大笑いした。エドウィンはきつく言った。

「静かに！」

みなは耳を澄ました。

一人、外でタンバリンを鳴らしている者がいた。それはゆっくりと遠ざかっていった。

「まったくの音痴だ」

ストリートミュージシャンのベニーがつぶやいた。みなはふたたび大笑いした。

森の中は高く波打っていた。地面が大波となって押し寄せたが、ウルスはバランスを崩さなかった。波が色を変えても同じだった。ネオンのような緑からリンのような黄、サファイアの青、カルミンの赤と変化した。さらに木々が、荒れた海上に浮かぶブイのように踊った。ウルスはタンバリンを鳴らしてリズムをとり続けた。
「チン・タンタン。チン・タンタン」
苔《こけ》むした波はこのリズムを受け入れた。モミやトウヒがそれに合わせてかしぎ、形を変えた。ずんぐり、ほっそり、角張り、丸く、三次元に、二次元に、思いのままに。いや、正しくはウルスの思うままに。ウルスは考えついた形を木々に強要した。さらに色彩も。木々は身を縮めてピンクになり、膨らんでアクアブルーになった。トカゲガエルになり、キツネカモシカになり、ツバメカタツムリになり、ノロジカウサギになり、
ウルスは森を服従させた。

ティピーではピンク・フロイドの曲が流れていた。ルシールはデヴィッド・ギルモアの声を聞くだけではなく、その姿を見ることもできた。彼はルシールと言葉を交わし、流体のように体を動かした。

ルシールの脳裏にウルスのことが、彼のリズム感のなさが浮かんだ。だが今度は笑いの発作の代わりに深い悲しみに襲われた。ルシールはこらえ切れずに泣きだした。

「ウルス」としゃくりあげながら名前を呼んだ。「ウルス」

誰かがルシールに向かっていざり寄り、肩に腕を回した。手がブラウスの襟ぐりを探りながら進んだ。

エドウィンが得られた唯一の感覚は開放感だった。他のメンバーは全員放心状態だった。ピアは酔ったように目を閉じて微笑み、繰り返し言った。「こっちを見て」

年とったシバは若いベニーを愛撫した。スージーはキャッキャと笑い、ジョーはサイケ調の音楽に没頭していた。弁護士は幸いなことに行方をくらませた。かわいいルシールは泣きだした。

エドウィンはルシールのもとへいざり寄った。

ウルスは緑の柔らかな玉座に座っていた。周囲には彼が呼びつけた人間が集まっていた。ウルスの望むままに、一人一人が姿かたちを変えた。

まばたき一つでフルリはブーブー鳴く豚になった。呼吸でハルター&ハフナーはゼラチンのようにプルプル震えた。アントンをマントヒヒに変え、ルースをヤギに、クリストフをドロドロしたものに、ハルターをパン生地の塊に変えた。植物に変えてもみた。ガイガーをコケに、エブリーンをシダに、アルフレートをモミに。無機物に変えてもみた。ナウアーを地面に、オットーを石に、ルシールを太陽が照りつけるアスファルトの上で揺らめく熱い大気に。

命乞いをする彼らをウルスは皆殺しにした。情け容赦なく、喜びも感じず、ほんのわずかな動揺もなく。

ウルスは新しい次元に足を踏み入れていた。すべてが突然明瞭になった。最後の認識を手に入れたのだった。

それまでに彼がしてきたすべてのこと、考えたこと、学んだこと、感じたことは、ただ一つの大きな誤りに基づいていた。善—悪、正—誤、美—醜、私—君、私の—君の……。それらは最後の大きな真実を無視した尺度によって決められた価値である。何もないのだから比較することに意味などない。唯一の真実として存在するもの、それはウルス・ブランクだった。

この悟りは単純だが圧倒的だった。得るまでにこれほど長い年月を要したことが嘘のようだった。

第五章

ルシールは誰かに乱暴に揺さぶられて目を覚ました。気がつくと、ピアの大きな顔が目の前にあった。

「ちょっとあんた、うちの人と何をやってるの！」

ピアは語気荒く言った。

ルシールは何のことだかわからなかった。左の胸に手が置かれているのを感じ、太った男が隣に寝ているのを見てようやく悟った。ルシールはそのぐったりとした手をつかみ、しぼった雑巾のようにかたわらに投げた。エドウィンはまだいびきをかいていた。

「油断も隙もあったものじゃない」

ピアはののしった。ルシールはいわれのない非難を受け、笑うしかなかった。

笑ったついでにルシールはウルスのことを思い出した。ティピーの中を見回したが、ウルスの姿はなかった。外へ出てみると、ジョーとスージーが草むらに座ってジョイントを回し飲みしていた。

「ウルスを見なかった？」

「一度外へ出たような気がする」

ルシールは記憶をたどった。

「それはいつ？」

「だいぶ前だ」

ジョーはそう言って森のほうを見やった。すでに夜の帳が下りようとしていた。


「そう遠くへは行っていないはずだ」

ジョーは繰り返した。ルシールは全員を説得して一緒にウルスを捜してもらうことにした。ジョーは初めのうちは、すべて自己責任だと主張していた。だがウルスの身に何かあったらメンバー全員を警察に通報するとルシールが脅すと、しぶしぶ捜索に加わった。

暗くなると三手に分かれて捜索した。持っていた懐中電灯が三本だったのだ。それぞれのグループは他のグループのライトが見える距離までしか遠ざからないことと約束した。そして電池が切れかけたら他のグループと合流すると。

十分とたたないうちにエドウィンのグループがジョーやルシールと合流した。ライトの明かりがごく小さくなったのだ。エドウィンとピアの二人は大きくため息をついて、ウルスやジョー、シバ、そしてこの集まり自体をののしった。

ジョーとルシールは口数が減ってきた。百メートルほど離れたところで幹の間からちらちらと見えるライトの明かりを見失わないように気をつけた。ベニーやシバがウルスの名前を呼ぶのがときどき聞こえた。

呼び声がやみ、ライトがルシールたちに近づいてきた。ルシールは駆け寄った。

「見つかった？」

「電池が切れてしまって」

全員ジョーの後についてティピーへ戻った。

「きっとウルスは先に戻っていて、俺たちがどこへ行ったのかと心配しているだろうさ」

ジョーは言った。もしそうでなければ警察へ通報しようとルシールは思った。

ティピーは五月の青白い月明かりの下、逆さにされた漏斗のように平坦地に立っていた。明かりはついていなかった。ルシールはジョーの懐中電灯を奪い、駆け寄った。

全員の寝袋と毛布の中を調べたが、ウルスの姿はなかった。集まってきたメンバーに、ルシールはつぶやくように言った。

「ここにはいないわ」

全員が困惑して押し黙っている中、突然、夜行性動物のような鳴き声がした。ルシールは外へ出た。

声はサウナのほうから聞こえた。ルシールは駆け寄り、急いで入り口の毛布をめくった。

電池の切れかけた弱いライトで照らすと、ウルスが床にうずくまっていた。顔、両手、靴、服には乾いた泥がこびりついていた。ウルスは少年のようにめそめそ泣いていた。

ウルスは自分がどうやって元の場所に戻ったのか思い出せなかった。気がつくと切り株に腰掛け、湿った黒い漂石にもたれていた。森の下生えが半円を描き、うやうやしく彼を取り囲んでいた。その後方にはモミとトウヒの若木が薄闇に控えていた。

ウルスはひどい気分だったが、このままここにいてはいけないという意識はあった。なんとか立ち上がり、泥だらけの斜面で何度も足を滑らせた。

気がつくとサウナの中でうずくまっていた。彼によってなされた自然や人間の変化がもう一度再現された。だが今回は幻覚ではなかった。ウルスは自分が何者でどこにいるのかをわかっていた。そして世界が以前と同じ三次元でリアルなものであることも。

自分が唯一の真実だという考えが、森の中で初めて自然や人間を変化させたときよりも、さらに明瞭で侵しがたいものとなっていった。

生み出し、変化させたときと同じ無感動さでウルスはすべてのものを抹殺した。それが終わり、ただ一つの現実と向き合ったとき、今までに味わったことのない孤独感に襲われた。

サウナの中で泣いているところをルシールに発見されたときも、孤独感に打ちひしがれていた。まばたき一つで生み出したり殺したりできた人たちのうちの誰が彼を慰め得ただろう？

ルシールはウルスのことを心配した。ウルスは無表情で、そばに誰もいないかのように振舞った。体を洗われるのにも逆らわず、おとなしくしていた。顔や腕、手の擦り傷を消毒し、彼のデイパックに見つけたジョギングウェアを着せてやっても、それは変わらなかった。ウルスは黙って寝袋にもぐりこみ、すぐに深い眠りに入った。

ルシールはウルスが再び元の大人のウルスに戻るように祈った。目の前のウルスは得体の知れない、不気味なものに思えた。


この道に詳しいジョーとシバはウルスが自分から起きてくるまで寝かせておくことを勧めた。悪いトリップをしたときには睡眠が一番の薬だ。他のメンバーは少し前に起きて朝食をとり、荷物をまとめて帰る準備をしていた。特に変わった様子はなかった。今回のトリップはウルスのとっぴな行動であらぬ方向へ曲がり、途中で打ち切られた。メンバーはわずかに残るキノコの幻覚作用に抗いつつ、できるだけ早く帰宅したがった。

正午頃、メンバーたちは思い切ってウルスを起こした。ウルスは目を覚ますまでにしばらくかかった。ウルスも二日酔いになることがあった。手足が重く、のどが渇き、目の奥が痛んで、鈍い頭痛と、形になるかならないかの散漫な記憶の断片。

今回はさらに擦り傷の焼けるような痛みが伴った。汗ばんだ寝袋が巨大なニシキヘビのようにウルスを覆っていた。そして身が沈むような深い悲しみ。

ウルスが目を開けると、ルシールが微笑みながらのぞきこんでいた。ウルスは目をつぶった。再び目を開くと、ルシールはまだそのままでいた。なぜ自分がぎょっとしたのか、ウルスにはわからなかった。だが起き上がって腕の傷を調べているうちに、記憶がよみがえってきた。夢の中でルシールを消した記憶。

この記憶は一晩たっても、少しも薄れていなかった。

ウルスは立ち上がり、滝で顔を洗い、荷物を詰め、いらいらしながら彼を待っているメンバーにあいさつもせずに加わった。みなは黙って下山し始めた。

森の空気を吸いながら体を動かしているうちに、ウルスは気分がましになった。民家に着く頃には、真面目な顔であいさつができるほどになっていた。人々はハーブティーを飲み、口外しないことを誓って、一人当たり二百フラン以上の自由な料金を支払った。ウルスは五百出した。

平常ならもっと支払うだろうに、とジョーは思った。

帰りの運転中も二人は黙っていた。ルシールがピンク・フロイドの曲をかけたいと言ったとき、ウルスは反対した。

ルシールはたずねた。

「あれのことは話題にしないほうがいい？」

ウルスは首を振った。

「しばらく安静にしておいたほうがいいわ。今までにないことを経験したんだから。初めは辛いけど。私にも経験がある」

お前なんかにわかるか、とウルスは思った。

車が市街地に入ったところでルシールが言った。

「私をぶったわね」

「覚えているよ」

「どうして謝ってくれないの？」

「本気じゃなかったから」

「でも痛かった」

「そう。でもそれは君の幻覚だよ」

「私はそうは思わない」

「僕にはわかる」

ウルスはルシールのアパートの前に車を停め、トランクから荷物を降ろした。

「寄っていかない？」

「よしたほうがいいだろう」

「トリップのあとに独りでいるのはよくないわ」

「人間はいつだって独りさ」

ウルスはハンドルを握り、アクセルを踏んで、走り去った。

「お気の毒に！」

ルシールは去ってゆく車に向かって大声で叫んだ。ウルスは、さよならさえ言わなかった。


日曜日の夜の〈インペリアル〉は静かだった。月曜日の朝から商談のあるビジネスマンや月に一度このホテルに両親を連れ出す習いの二、三組の家族客、旅行客、そしてウルスのような長期滞在者が数人いるばかりだった。

一時間前にウルスが帰ってきたとき、その服装を一目見て、コンシェルジュが呼びかけた。

「週末はよく晴れましたね。ハイキングはいかがでしたか？」

ウルスは湯船に浸かり、頭をはっきりさせようとした。

何があったのだ？――自分としたことが、うかつだった！――サイケトリップをして、幻覚を見た。あれはサイケトリップだったのだ。非現実へのトリップ。今はまた現実に戻ってきた。そうだ、それで間違いない――。

ウルスは自分に何度もそう言い聞かせた。目を開けている間は効果があった。だが目を閉じると、あの幻覚がよみがえってきた。

ウルスはやっとのことで湯船から上がり、冷たいシャワーを浴びた。ひげを剃り、白のシャツを着て、グレーのスーツをはおり、日本人デザイナーのネクタイを締め、レストランへ降りた。

ウルスは自分でも信じられないほど食欲があった。サラダ、ヒレステーキ、エンドウ豆とリゾット。さらに思い切って赤ワインをボトル半分飲み、周囲がいつもより鮮やかに見えた。

部屋からルシールに電話をかけ、そっけない態度を謝った。ルシールはウルスがよくなったと、とても喜んだ。

「悪いことをしたと思ってるわ」

ルシールは言った。二人は月並みな言葉を交わした。それがいつまで続いたのかウルスの記憶にはなかった。

ルシールはウルスから電話があり、いつものウルスに戻ったと喜んだ。夕食に何を食べたかを話し、ルシールが留守の間トロールは大丈夫だったかとさえたずねた。二人は少しおしゃべりをした。いつからかウルスが自分の話を聞いていないのではないかと感じ始めた。最初のうちはウルスは「ふーん」とか「ああ」とか言っていた。そのうちまったく返事をしなくなった。そしていつの間にか電話が切られていることに気づいた。怒らせたわけではなかった。理由もなく、突然切られていた。ルシールのことを忘れてしまったかのようだった。きっと眠ってしまったのだとルシールは思った。


クレムリン脇にある無名戦士の永遠の火の近く、現在は水を止められた人工の小川の中にディズニーキャラクターの銅像が建っていた。その隣に階段があり、地下の上品なデパートのエントランスにつながっていた。モスクワの地下鉄と同じ様式だった。だが近づいてよく見ると、建築材料は石膏やプラスチック、コンクリートスプレーが大半を占めていた。

オットーはティシチェンコと一緒に人のまばらな通路を抜け、その大半が空きになっているショーウィンドーを見て回った。

その数歩前と後ろに髪を短く刈って黒っぽいスーツを着たボディガードが付き添っていた。イヤホンからケーブルが目立たないように襟へと伸びていた。

ティシチェンコは西側の投資家が癖のあるモスクワ市場に参入する際のコンサルタントをしていた。だがオットーはロシア経済に投資するつもりはなかった。彼の関心は当時フルリに助言していたのがティシチェンコだという点にあった。

空っぽのショーウィンドーの前で二人は立ち止まった。

「ここから」

ティシチェンコは流暢な英語で説明した。

「あそこまですべて〈モック・テック〉のものです」

ずらりと並んだショーウィンドーを指して言った。エレガンスタはシャレードとの合併の際にモック・テックの過半数の株式を持参金として持ってきたのだった。

二人はショーウィンドーの前をゆっくりと歩いた。中には放置されたペンキの缶や雑巾、古新聞以外に何もなかった。最後のショーウィンドーにはマネキンの腕が転がっていた。

「君の査定ではいくらの値がつくかね？」

ティシチェンコは立ち止まった。

「まさかここに投資するおつもりではないでしょうね？」

「なぜいけないんだね？　立地条件はいいし、不景気はいずれ終わる」

「もし不動産をお探しなら、別の百倍いい物件を紹介します。この辺りは価値がありません」

「価値がない？」

「たとえ五十万ドルでここを手に入れたとしても、生み出す利益よりも管理費のほうが高くつきます」

オットーは考え深げにうなずいた。エレガンスタの決算書によるとモック・テックの不動産価値は千二百万ドルとなっていた。


ヒューラーはこのようなウルスを見るのは初めてだった。二人は別の合弁担当チームと予備会合を行っていた。ブリティッシュ・ライフのジャック・テイラー、セキュリテ・デュ・ノールのジャン・パウル・ル・シュルフ、それにハンザ・アルゲマイネのクラウス・ゲバートがメンバーだった。会合は十時からで、そのあとに親睦を図るための昼食会が予定されていた。

会合はコンフィードの重役会議室で行われた。主な議題は段階的な交渉の日程と機密保持契約の概略についてだった。現地の事情に一番詳しく、合併交渉の経験も豊富なウルスが進行役に選ばれた。今までのウルスであれば上品さと駆け引きの上手さでその役を見事にこなしていた。だが今回は違った。放心しているようで、話の筋を見失い、かと思うとふいにまたその話を取り上げ、他のメンバーが発言しているときに口を挟み、まるで珍しい昆虫か何かのように不思議そうな目を向けた。

たしかにヒューラーはベルクとの立ち話でウルスがとても若い女と不倫していることを聞いてはいた。だがこれほど仕事に影響が出るとは思っていなかった。

食事会にも参加せず、苛立っているメンバーに謝りもせずに帰ったウルスを見て、ヒューラーはあとでとっちめてやろうと思った。

クリストフは自分の身に何が起こったのかわからなかった。エレガンスタが今からシャレードに統合され、その名称が抹消されるというニュースをウルスに伝えた。そしてウルスを喜ばせようとこう付け加えた。

「ケツ野郎がどんな顔をしていたか、見てやりたかったですよ」

ウルスはクリストフを見据えて言った。

「出て行け」

クリストフがあっけにとられていると、ウルスは声を荒らげた。

「出て行け！」

上司の金切り声を初めて聞いた秘書のペトラがのぞきにきた。ウルスは顔をチョークのように真っ白にして、すっかり驚いているクリストフを指差して言った。

「こいつを外へつまみ出してくれ。もうこの部屋には入れるな。聞こえたか？　二度とだ！」

「いったい、どうしたっていうんだろう」

クリストフはペトラに給湯室でコニャックを無理に勧められつつ、愚痴をこぼした。

「自分はいつもフルリのことをケツ呼ばわりしているのに」

「プライベートで何かあったのよ」

ペトラは慰めた。

「二、三日は近寄らないほうがいいわ。すぐ元に戻るわよ」

らだ。

「本当？」

「きっとそうよ」

ペトラはそう言ったが、確信があるわけではなかった。ウルスの目つきが尋常ではなかったか

ウルスは外を散歩して気分転換をはかろうと思った。彼は自分と話をつけねばならなかった。湖はきらきらと輝き、遠く南方の山並みが繊細な水彩画のようにかすんで見えた。老人、若い母親、子供、スケーター、犬、自転車、ダンスの練習をしている若者、学校をサボった生徒、漁師、ヒッピー、カップル、失業者、休憩中のサラリーマンなどが公園で時間をつぶしていた。

両手をズボンのポケットに深く突っこみ、靴のつま先をじっと見つめたまま、ウルスは遊歩道を歩いた。彼は世間的には非の打ち所のない人間だった。そのことをまた誇りに思っていた。子供の頃はたしかに時々かんしゃくを起こしていた。素手で窓ガラスを割ったり、棚の扉を蹴破ったこともあった。だが当時からこのような爆発を恥ずべきことと思っており、自制するように努力した。

両親はウルスが六歳のときに離婚した。夫婦仲の最も悪いときの出来事をウルスはたくさん見聞きした。父が母を殴るところを見たこともあった。ウルスは心の底から父を軽蔑し、離婚が正式に決まると喜んだ。面会日に父と会うことを、彼があきらめるまで、拒み続けた。四年前の母の埋葬の際に一度だけ父に会った。年老いた父と二言三言交わすことさえ苦痛だった。

あらゆる暴力に対する根強い嫌悪感はそこからきていた。乱暴なクラスメートの前でも平和主義を通した。手を挙げないために、校庭でよくからかい半分に喧嘩《けんか》を売られた。ウルスのたくましい体を見て、クラスメートはまもなく気づいた。ウルスがある点をすぎると、殴り返してくる、何をやらかすかわからない凶暴な敵へと変身することに。ウルスをそこまであおり立てるのが度胸試しとして流行した。

学年が上がるにつれ、ウルスは挑発に乗らなくなり、怒りを抑えることがだんだんうまくなっていった。爆発を許すのは頭の中の想像の世界でだけだった。

ウルスはベンチに腰掛け、飼い主たちが心配そうに見守る中、二匹のプードルが互いに近づこうとしているのを眺めた。

彼の暴力の放棄は徹底しており、兵役では銃を持つ必要のない衛生部を志願した。医学生ではなく法学生である彼が衛生兵になったところでさして昇進できるはずもなく、〈一等衛生兵〉という階級は企業弁護士を目指すうえでひどい汚点になるとわかっていたのに、である。ウルスはこの汚点を勤勉さと才能と生真面目さで補った。

ウルスがここまで出世できたのは、ひとえに自分の感情を抑える能力のおかげかもしれなかった。しかしウルスを今悩ませているのは、長年飼いならしてきた野獣をコントロールできなくなっているらしいということよりも、事実それを切実な問題として感じられないという点であった。

日常生活に支障をきたしているわけではなかった。なぜなら現実の世界では何もしていないからだ。

ナンセンスだということはウルスにもわかっていた。だがその馬鹿げた考えが無意識の奥に居座り、そこから意識の領域にまで力を及ぼしていた。シロシビン中毒の後遺症だった。ウルスはこの症状がおのずと治まるまで待てなかった。それまでにあまりにも多くのことをぶち壊してしまいそうだった。何らかの対処法が必要だった。

二匹のプードルが草むらで追いかけっこをしていた。飼い主同士も打ち解けてプードル談義に花を咲かせていた。


ウルスはぶらぶらと歩いて事務所へ戻った。クリストフのデスクへ行き、彼に謝ろうと思っていた。悪気はなかったのだと。

受付で電話嬢に呼び止められた。

「ヒューラーさんからです。ずいぶんご立腹のようです」

ウルスが電話に出るとヒューラーが怒鳴った。

「きちんと謝罪して欲しい」

ウルスは腎臓の強い痛みを口実にしようと考えていた。過去に長期にわたってその痛みに悩まされていたことがあったため、ありありと描いてみせることは容易だった。だがヒューラーの一言目にウルスはこう返した。

「謝らなければならない理由が思い当たりません」

ウルスの返事にヒューラーは一瞬言葉を失った。次に口を開いたときにはウルスは電話を切っていた。

三分後、ベルクがウルスのオフィスに現れた。

「ちょっといいかい？」

ベルクはそう言い、来客用の椅子に腰を下ろした。

「今しがたヒューラーから電話があってね」

ウルスは席を立ち、オフィスを後にした。ドアを開け放したまま出て行った。ベルクはしばらく待っていた。五分たってもウルスが戻らなかったので、ベルクは受付でたずねた。

「ウルスを見かけなかったか？」

「ウルスさんなら少し前に外出されましたよ」

ルシールのアパートへ向かう途中、ベルクを自分のオフィスに待たせたまま出てきたのではないかとウルスはふと思った。はっきりとは思い出せなかった。ウルスはすでに学生の頃から重要なことに集中するあまり、重要でないことをときおり完全に見落とすことがあった。ウルスは無意識のうちにベルクを重要でないことに振り分けたのだった。ベルクを手袋か何かのように椅子に置いてきたまま失念したことは、そうとしか説明がつかなかった。

しかしベルクのことを思い出したところで、ウルスは少しも動揺しなかった。オフィスへ引き返し、なんとか言い訳を考えだして謝りたいという気持ちも起こらなかった。

ルシールは留守だったので、パートがウルスを部屋に入れた。いつもより三十分遅く帰ると電話があったらしい。パート自身も今から出かけるところだった。

ウルスはルシールの寝室へ入った。唯一ある椅子には衣類が積まれていた。床のマットレスには座りたくなかった。火のついていないインセンスの匂いにティピーを思い出した。考えた末、キッチンで待つことにした。

ウルスが腰を下ろすとすぐ、トロールが足元に擦り寄ってきた。猫に慣れていない多くの人と同様、ウルスは優しくトロールを押しやろうとした。その効果は長くは続かず、トロールはウルスの膝に飛び乗った。

ウルスは一摑みでトロールの首をねじ上げた。トロールの悲鳴はボキッという音で途絶えた。

ウルスは階段を上がってくる足音を聞いて、ようやく死んだ猫のことを思い出した。ウルスは死骸をつまみ上げ、隠し場所を探した。ドアに鍵が挿しこまれる音を聞いて、慌てて自分のブリーフケースに詰めこんだ。

ルシールはキッチンにいるウルスを見て目を輝かせた。

「長いこと待った？」

「三十分ほど」

ルシールはウルスの手からブリーフケースを取り上げ、彼の膝に座った。

「さびしかった？」

「永遠に感じるくらい」

二人はキスをした。ルシールは立ち上がり、ウルスを寝室へ招いた。ウルスの服を脱がせ、そのあと自分も裸になった。


ウルスは行為の最中に萎えたらしかった。我に返るとルシールが慰めていた。

「気にしないで。悪いトリップをしたあとは、よくこうなるの」

ウルスはすぐに寝入った。


ウルスはルシールの声に目を覚ました。

「トロール、どこへ行ったの？」

ルシールが呼んでいた。

「トロール！」

ウルスが目を開けると、ルシールは戸口に立っていた。

「あなたがきたとき、トロールを見かけなかった？」

「気がつかなかったけど」

「キッチンにいたら必ず寄ってくるはずよ」

ルシールの声は上ずっていた。

「いいや。ひょっとしてパートが出かけたとき、一緒に出て行ったのかも」

「パートのばか」

ルシールは毒づいた。ついで玄関のドアを開ける音がした。

しばらくしてルシールは泣きながら帰ってきた。

「アパートの誰も見ていないって。でも二階の廊下の窓が開いていた。きっとそこから出て行っちゃったのよ」

「トロールは雄猫だろ。思春期に入ったんだよ」

ウルスは言った。

「いつだって母親には辛いものさ」

ルシールには笑えなかった。

ウルスが浅い眠りから覚めるたびに、ルシールがリビングでガサガサしたりトロールの名を小さく呼んでいるのが聞こえた。

朝の六時を回った頃、ウルスがキッチンへ行くと、ルシールは服を着てテーブルの前に座っていた。テーブルには灰色の子猫の写真とその上に〈トロール〉と大きく書かれたビラがあった。写真の下にはていねいな文字で猫の特徴が記され、太文字で〈見つけてくださった方にはお礼をさしあげます〉と書いてあった。

「これを事務所でコピーしてもらえませんか？」

「いいよ。何枚？」

「百枚で足りるかしら？」

「そんなに！」

ルシールは真剣だった。

「近所の家の戸口と郵便受け、それからこの辺りの市電の停留所にも」

「もっとコピーできるよ」

「百五十枚お願いしてもいいですか？」

ウルスはうなずき、そのビラを受け取って、ブリーフケースにしまった。

ウルスはいつになく浮かれた気分で出社した。心が軽く、頭がすっきりとして、先週末の悪夢のかけらも感じなかった。ペトラの表情を見て前日の出来事をようやく思い出した。元どおりにできないことなどこの世にはないと自分に言い聞かせ、仕事に取りかかった。

ウルスは先日の会合の出席者に電話をかけ、体調の優れなかったことをわびた。腎臓が悪いという口実はやめにした。治療が長引くと思われると困るからである。胃痛なら一時的な体調不良で済む。ウルスがほのめかしたように、あまり鮮度のよくない牡蠣《かき》を食べてしまったときには特に、である。いずれにせよ会議中に集中力が欠けていたことと食事会を欠席したことのもっともな理由になった。相手はウルスの説明に納得したようだった。

ただヒューラーだけは難しかった。ウルスの会議中の態度よりも謝罪を拒んだ点を根に持っていた。特にウルスが黙って電話を切ったことで気を悪くしていた。そのようなことをされたのは、アパートの家賃をしばらく払ってやっていた若い女は別として、今までになかったのだ。

「黙って電話を切るなんてどういうつもりだ」

「ズボンの中にお漏らししろとおっしゃるんですか？」

ヒューラーの下ネタ好きをウルスは知っていた。

「ああ」

ヒューラーはそう答え、今度は自分が黙って電話を切った。

ウルスはかけ直した。ヒューラーはだいぶ待たせたあと、電話に出て短く言った。

「今回のことで縁が切れた、だなんて思ってないだろうね」

声から察して、怒りは半分ほど収まっているようだった。

ベルクは秘書がびっしりと予定を入れたせいで、午前中は空きがなかった。だが〈クルメナッハ〉で昼食を一緒にとってもいいと言った。

ウルスはそれを和解の提案だと受け取った。そのレストランでの昼食はウルスにとって少なくとも二千フランの出費になるだろう。ベルクはあっと驚くような料理を注文し、コース料理の一皿ごとに珍しいワインが出る。それが仕返しをするときのベルクのやり方だった。

ウルスは秘書のところへ行った。

「昨日はクリストフにきつく当たりすぎたようだ。どうすれば彼と連絡が取れる？」

秘書は驚いてウルスを見上げた。

「たぶん自分のオフィスにいると思います」

ウルスは怒りが湧き上がるのを感じた。クリストフは何の用があってまだここにいるのだ？　永久に追放しろと命じただろ。俺の命令を取り消すことができるのはただ一人、俺だけだ。

ウルスは廊下を猛然と駆け、クリストフのオフィスへ飛びこんだ。誰もいなかった。パソコンの画面にスクリーンセーバーが作動し、トーストのイラストが際限なく流れていた。外出中ではなく、きっとトイレにでも行っているのだろう。

パソコン上にトーストの群れが飛んでいる間、トイレにしゃがみ続けている。そのようなクリストフを想像してウルスは思わず吹き出しそうになった。ウルスはドアを閉め、ニヤつきながら廊下を歩き、驚いている秘書の前を通り過ぎて、自分のオフィスへ戻った。

ウルスはベルクをみくびっていた。クルメナッハでの昼食はワイン品評会さながらだった。違いはただ、注文した百年もののワインを口から吐き出す代わりにボトルの三分の一を飲み干すことぐらいだった。そのうえパンではなく、ゴー・ミヨのレストランガイドで二番目に高い点数をつけられたメニューをかいつまんで食べた。

ウルスの支払いは五千フランを超えた。

二人でとった昼食としては過去最高額だ、といわんばかりに、ベルクは勘定書を満足そうにウルスに押しつけた。

午後にウルスはヒューラーの仕事に取りかかろうとした。だがベルクのワインを少し舐めただけにもかかわらず、集中できなかった。前日の会合の議事録と今後の予定表を作成するのに二時間以上かかった。最初の原稿をプリンターから取り出していると、ルシールから電話があった。

「今からビラを受け取りにお邪魔してもいい？　この時間に停留所に張り出せば仕事帰りの人が見てくれるから」

何のビラのことを言っているのか、ウルスはすぐにはわからなかった。十五分後に用意するとウルスは約束した。コピー機が故障していたのだと嘘をついた。

ウルスは出社してからというもの、死んだ猫のことをすっかり忘れていた。ビラの原稿をブリーフケースから取り出してみてウルスはぎょっとした。〈トロール〉の最後のLの字が血のりのような大きなシミで覆われていたのだ。

ウルスは秘書からハサミを借り、シミの部分を切り抜いた。そして白い紙をそこに貼り、新しくLの字を書き足して、コピー枚数を百六十枚にセットした。

「私がやりましょうか？」

背後で声がした。クリストフだった。ウルスは無視した。コピー機が最後の一枚を出し終えると、ビラの束を抱え、オフィスへ戻った。

ウルスがデスクに着くとすぐ、おずおずとしたノックが聞こえた。

「どうぞ」

クリストフが入ってきた。ビラの原本を手にしていた。

「コピー機の上にこれをお忘れではないかと」

彼は遠慮がちに言った。

「さっさと行け！」

ウルスはわめいた。

「用が済んだらさっさと出て行け。首になりたいのか、このクズめ！」

クリストフはびっくりしたようにドア横の書類挟みに原本を入れ、取り乱さないように退室した。

ルシールがすっかり面食らった様子で入れ替わりに顔をのぞかせた。このようなウルスを見るのは初めてだった。

「すまない」

ウルスは言った。

「入ってくれ」

「さっきのはどなた？」

「僕の元アシスタントだ」

「彼が何かしたの？」

ウルスは書類挟みからビラの原本を取り出し、修正箇所を指した。

「そんなことで当たり散らすの？」

「これだけじゃないんだ」

ウルスはルシールのインドネシア風のリュックサックにビラの束を詰めこむのを手伝いながら言った。

「うっかりミスが多いんだ」

ルシールはリュックを背負った。

「ビラをまくのを手伝ってくれる？」

「まだ仕事が残っているんだ。終わったら行くよ」

「トロールはきっと見つかるわよね？」

ルシールは死んだトロールの入ったブリーフケースのすぐ横に立っていた。ふたが開きっぱなしだった。ウルスはルシールの肩に手を回し、ドアのところまでエスコートした。

「君がアパートに帰る頃には、トロールはきっと戻っているさ」


郊外の森の地面は赤みを帯びた花被で覆われていた。ブナの木は産毛のある巻かれた若葉を広げ、梢に緑をつけ始めていた。ウルスはジャガーを〈ヴァルトルーエ〉の駐車場に停め、少し歩いた。明るい日差しが若葉を透かしてあちこちを照らしていた。春の森の美しい午後に引き寄せられてきたのはウルスだけではなかった。小さな村の住人同士のように、ウルスは散歩する人たちからあいさつをされた。ピクニックにそぐわないウルスのスーツ姿を見て、不審に思ったのかもしれなかった。森の中へブリーフケースを持って入って何をするつもりなのだ？

ウルスは林道へ入った。五十メートルほど進むと、散歩する人たちからは見えなくなった。ウルスは脇に生えたラムソンの上に、ブリーフケースを逆さにして中身を空けた。昨日の新聞、議事録やメモの入ったクリアケースが三枚、蛍光ペン一式、ミント味のあめ、イランイランのインセンスが一箱、小型ノートパソコン、携帯電話、そして灰色の猫の死骸。

ウルスは死骸以外をブリーフケースに戻した。硬直したトロールは首がねじれ、奇妙にくしゃくしゃになった毛をしていた。ウルスはそれを小枝で覆った。

ウルスはさらに歩いた。森の地面を照らす日差しは弱まり、ブナの木々の間を薄闇が満たし始めた。はるか頭上でツグミの鳴き声がリフレインしていた。


ウルスは森で道に迷い、〈ヴァルトルーエ〉に戻るのに手間取った。ようやく車の運転席に着いたとき、心配事を抱えたルシールと会うのはもう少し先に延ばそうと決めた。ウルスは遠回りをして田舎をドライブすることにした。

ウルスはカーブの多い道をゆったりと流し、月のない夜を楽しんでいた。突然ルームミラーに後続車のヘッドライトが光った。すぐ後ろにまで車は迫り、パッシングをして、スピードを上げろと伝えてきた。ウルスは構わず同じスピードで走り続けた。

後続車はウルスのジャガーのバンパーぎりぎりにまで寄り、ハイビームであおった。ウルスは無視した。

次のカーブを過ぎたところで後続車が追い越しにかかった。横に並んだとき、ウルスは加速した。見たところツードアのクーペのようだった。ジャガー十二気筒の相手ではない。クーペが加速すればするほど、ウルスも加速した。

二台は次のカーブに向かって疾走した。対向車のライトが並木を照らしているのをウルスは見て取った。クラクションを鳴らしながらウルスと並走していたクーペも気づいたに違いなかった。

　クーペが減速する。

　ジャガーも減速する。

　クーペが加速する。

　ジャガーも加速する。

　クーペが減速する。

　ジャガーも減速する。

　対向車のヘッドライトがクーペを捉えた。一瞬、やや太った若い男の顔が見えた。ウルスは加速した。後方で爆発が起きたようなドカンという音がした。

　静かになった。エアコンのかすかな音だけがした。ラジオをつけると、クラシックの番組がハイドンを流していた。凱旋門のような小さな森を抜けると街の明かりが見えた。

第六章

「ねえ、ウルスのどこがいいと思う？」

ルシールはたずねた。

「甲斐性のあるところよ」

「あ、そう」とパート。

「甲斐性のある男って見た目からして違うのよ。髪型にしろ、服装にしろ、靴や車だって。何だってそうよ」

時刻は夜の一時だった。二人はキッチンにいた。ジョイントを吸おうとするパートにルシールは真夜中まで反対した。トロールを見つけた人が訪ねてきたとき、マリファナの匂いをさせているのはまずいと思ったからだ。だがもはや誰もきやしないのだと認めざるを得なかった。ウルスからも音沙汰なしだった。ウルスのことは十時前にあきらめていた。

「あなたとは釣り合わないわ、ルー。初めから私はそう言っていたのに」

「それは偏見だって」

「軽く扱われるよりはましよ」

「ウルスはそんな人じゃないわ」

「猫をなくした彼女を独りで放っておく男なんて忘れちゃいなさいよ。アシスタントを怒鳴りつけるような男も」

「キノコパーティーの前はあんなじゃなかったのに」

パートは手を伸ばしてルシールにジョイントを渡した。

「まだ責任を感じてるんだ」

ルシールは一口吸い、肺に長く煙を溜めてから言った。

「キノコをやると、以前とは別人になるの」

「そうは思わないわ。ルーは変わってないもの。トリップはその人の本来の姿を引き出すだけよ」

「あたしがウルスを誘わなきゃよかった」

「だからそうじゃなくて」

電話が鳴った。ルシールは子機を手に自分の部屋へ下がった。

「車がパンクしたんだって」

ルシールはしばらくしてから戻ってきて、パートに説明した。

「それでずっと電話もしなかったっていうの？」

「辺りに電話ボックスがなかったらしいわ」

「携帯があるでしょうに」

「電池が切れてたって」

「さむい言い訳ね」


新聞には交通死亡事故の小さな記事が掲載された。ノイヴァルト北部でクーペが対向車と正面衝突したという。対向車線にはみ出して運転していた男性は二十四歳のエンジニアで帰宅する途中だった。相手は六十七歳のアコーディオン奏者で夜のコンサートに向かう途中だった。二人は現場で死亡が確認された。事故の目撃情報を集めていた。

大衆紙には次の見出しが躍った。

『ワルツの帝王が悲惨な事故死！』

ウルスは自分の中に感情の乱れを探したが、何も見つからなかった。


オットーは自宅のサファリ・サロンでナウアーとともに、天然のサーモンとキャビアを食べていた。ロシア風の料理を食べるところがユーモアのセンスのあるオットーらしかった。なぜならこの会食の目的はフルリの〈ロシア・キャンペーン〉と関係していたからである。

オットーのモスクワへの視察旅行はあらゆる点で収穫があった。モスクワで目にした不動産だけでも現地での査定価格とエレガンスタの決算内容とでは千四百万ドル以上の開きがあった。サンクトペテルブルクにある不動産を詳しく調べるまでもなく、フルリにとっては大打撃だろう。

ゆえにオットーはサンクトペテルブルクへ寄るのを取りやめ、代わりにキーロフに二日間滞在した。そこには冬眠中のヒグマの猟が認められているエリアがあるのを知っていた。そのためのシーズンはとうにすぎていたが、そこはオオカミの猟場として、また囲いこみ猟が行われていることでも有名だった。

布切れを垂らしたロープの一ヵ所だけを獲物の逃げ道として空けておき、ライフルを持った猟師がその前で待ち構える。たしかにスポーツマンシップから外れてはいるが、オットーはこの容赦のなさに興奮を覚えた。

この日のオットーはついていた。ライフルの前に走り出たオオカミはＣＩＣ（国際狩猟会議）のスコアで頭部が四六・八〇、毛皮は一八二・四五だった。ガイド役によると、ここで獲れた個体の中で最大のものらしかった。

帰国するとさっそくナウアーに電話をした。二人は独立会計士に地所の評価を任せることで合意した。モスクワとサンクトペテルブルクに営業所を持つ、伝統ある国際的な〈ロバートソン＆ピックウィック・コンサルタント〉が選ばれた。

二人は会計士の報告書に目を通していた。ぞっとするような内容だった。不動産の実際の市場価格は下方修正を要し、エレガンスタがその財務情報で示した額の一割にも満たなかった。

フルリが言っていた二百から二百五十万という赤字は誤りで、正しくはおよそ二千九百万の赤字を〈ロシア・キャンペーン〉は抱えていた。

ナウアーはだんだんと青ざめ、口数が減っていった。この程度で青ざめているようではシャレードの経営などとてもできないであろう。

「フルリの資産は、いくらぐらいだ？」

オットーが喫煙用のミニテーブルに読み終えた報告書を置くと、ナウアーがたずねた。

「納めている税金の額からすると、四百万ぎりぎりといったところか」

「それで足りない分はどうする？」

オットーは小さく笑いながら首を振った。

「どうするって、私に支払う義務はない」

ナウアーは肩をすくめた。「じゃ、ユニバーサル・テキスタイルに売却するしかないな」

「それはまだ早い」

オットーはなだめ、ミネラルウォーターを一口飲んだ。

「だが今から準備しておいたほうがいいだろう」

ナウアーは沈んだ面持ちでうなずいた。

「もしお望みなら、あなたの代わりに引き受けてもいい」

ナウアーはその提案を受け入れた。

オットーはナウアーを玄関まで送った。彼の車が去ると、一台のトラックが入ってきた。剥製店がエストニアで獲ったオオヤマネコを運んできたのだ。

今日はいいことずくめだな、とオットーは思った。

「それは無料でカウンセリングしろってことかい？」

アルフレートはたずねた。

「食事代は僕がもつよ」

「それはどっちみち君が支払うんだ。三十分遅刻したんだから」とウルス。

水曜日だった。アルフレートと定期的に会う日はいつもフリーマーケットと重なった。ウルスは早めにオフィスを出て、ルシールにテイクアウトのレバノン風コロッケを買っていった。だがルシールは、そうたやすく食べてはくれなかった。トロールのことでさびしい思いをしていたところをウルスに放っておかれたことで恨んでいた。キッチンでパートと夜遅くまで話し合ったことがルシールに何らかの変化をもたらしていた。

ウルスがようやく〈金獅子〉に着いたときにはアルフレートはすでに料理を注文しており、シェフのこだわりであるのか、いつも多めのドレッシングと混ぜ合わされた春野菜のサラダを食べていた。

ウルスは遅刻したことを謝り、アルフレートに専門家の意見を乞うた。

ウェイターがウルスの注文をとりにきた。再び二人きりになると、ウルスはキノコトリップの話をした。アルフレートは殺人的な量のソテーの盛り合わせを黙々と食べた。ウルスが話し終えると、

「重度のシロシビン中毒に似ているな。後遺症は？」

「あるんだ」

「気持ちが落ち着かないとか？　躁それとも鬱か？」

郵便はがき

料金受取人払

諏訪局承認

8

差出有効期間
平成30年8月
末日まで有効

3 9 2 - 8 7 9 0

〔受取人〕

長野県諏訪市四賀229-1

鳥影社編集室

愛読者係　行

ご住所	〒 □□□-□□□□
(フリガナ) お名前	
お電話番号	(　　　)　　　-
ご職業・勤務先・学校名	
eメールアドレス	
お買い上げになった書店名	

鳥影社愛読者カード

このカードは出版の参考にさせていただきますので、皆様のご意見・ご感想をお聞かせください。

書名	

① 本書を何でお知りになりましたか？

i．書店で
ii．広告で（ ）
iii．書評で（ ）
iv．人にすすめられて
v．DMで
vi．その他（ ）

② 本書・著者へご意見・感想などお聞かせ下さい。

③ 最近読んで、よかったと思う本を教えてください。

④ 現在、どんな作家に興味をおもちですか？

⑤ 現在、ご購読されている新聞・雑誌名

⑥ 今後、どのような本をお読みになりたいですか？

◇購入申込書◇

書名 ￥ （ ）部

書名 ￥ （ ）部

書名 ￥ （ ）部

鳥影社出版案内

2015・冬

イラスト／奥村かよこ

choeisha

文藝・学術出版 (株) 鳥影社

〒 160-0023 東京都新宿区西新宿 3-5-12 トーカン新宿 7F

TEL 03-5948-6470 FAX 03-5948-6471 (東京営業所)

〒 392-0012 長野県諏訪市四賀 229-1 (本社・編集室)

TEL 050-3532-0474 FAX 0266-58-6771 郵便振替 00190-6-88230

www.choeisha.com e-mail: info@choeisha.com

*映画・戯曲

モリエール傑作戯曲選集１
柴田耕太郎訳
（女房学校、スカパンの悪だくみ、守銭奴、タルチュフ）

画期的新訳の完成。「読み物か台詞か。その一方だけでは駄目。文語の気品と口語の平易さのベストマッチ」岡田壮平氏　２８００円

イタリア映画史入門　１９０５～２００３
Ｊ・Ｐ・ブルネッタ／川本英明訳（読売新聞書評）

映画の誕生からヴィスコンティ、フェリーニ等の巨匠、それ以降の動向まで世界映画史をふまえた決定版。　５８００円

フェデリコ・フェリーニ
川本英明

イタリア文学者がフェリーニの生い立ちから、各作品の思想的背景など、巨匠のすべてを追う。　１８００円

ドイツ映画
ザビーネ・ハーケ／山本佳樹訳

黎明期から２００７年まで。ヨーロッパ映画やハリウッドとの関係を視野に文化的関連のなかで位置づける。　３９００円

魂の詩人　パゾリーニ
ニコ・ナルディーニ／川本英明訳（朝日新聞書評）

常にセンセーショナルとゴシップを巻きおこした異端の天才の生涯と、詩人としての素顔に迫る決定版！　１９００円

昭和戦時期の日本映画
杉林　隆

「映画法」下に製作された昭和戦時期の日本映画の「国策映画」度・「戦意高揚映画」度を検証！　１８００円

つげ義春を読め
清水　正

つげマンガ完全読本！　五〇編の謎をコマごとに解き明かす鮮烈批評。読売新聞書評で紹介。　４７００円

雪が降るまえに
Ａ・タルコフスキー／坂庭淳史訳（二刷出来）

詩人アルセニーの言葉の延長線上に拡がった世界こそ、息子アンドレイの映像作品の原風景そのものだった。　１９００円

宮崎駿の時代　１９４１～２００８
久美薫　宮崎アニメの物語構造と主題分析、マンガ史からアニメ技術史迄一千枚　１６００円

ヴィスコンティ　若菜　薫
「郵便配達は二度ベルを鳴らす」から「イノセント」まで巨匠の映像美学に迫る。　２２００円

ヴィスコンティⅡ　若菜　薫
高貴なる錯乱のイマージュ。「ベリッシマ」「白夜」「前金」「熊座の淡き星影」　２２００円

アンゲロプロスの瞳　若菜　薫
『旅芸人の記録』の巨匠への壮麗なるオマージュ。　２８００円

ジャン・ルノワールの誘惑　若菜　薫
多彩多様な映像表現とその官能的で豊饒な映像世界を踏破する。　２２００円

聖タルコフスキー　若菜　薫
「映像の詩人」アンドレイ・タルコフスキーその全容に迫る。　２０００円

銀座並木座　日本映画とともに歩んだ四十五年
嵩元友子　ようこそ並木座へ、ちいさな映画館をめぐるとっておきの物語　１８００円

フィルムノワールの時代　新井達夫
人の心の闇を描いた娯楽映画の数々暗い情熱に衝き動かされる人間のドラマ。　２２００円

ゲーテ『悲劇ファウスト』を読みなおす

新妻 篤

ゲーテが約六〇年をかけて完成。すべて原文に即して内部から理解しようと研究してきた著者が解き明かすファウスト論。　2800円

ヘルダーのビルドゥング思想

濱田 真

ドイツ語のビルドゥングは「教養」「教育」という訳語を越えた奥行きを持つ。これを手がかりに思想の核心に迫る。　3600円

デュレンマット戯曲集（全3巻）

山本佳樹・葉柳和則・増本浩子・香月恵里・木村英二・市川明 訳

①聖書に曰く、ロムルス大帝、ミシシッピ氏の結婚、天使がバビロンにやって来た ②老婦人の訪問、フランク五世、物理学者たち、ヘラクレスとアウゲイアスの牛舎、流星 ③ある惑星のポートレート、加担者、猶予、アハターロー

フリードリヒ・デュレンマット（1921〜1990）スイスの作家。五〇年代から六〇年代にかけて世界的な名声を博す。代表作に喜劇『老婦人の訪問』『物理学者たち』など。すべて新訳、上演台本としても可能な訳。四六判／上製＊第1巻・686頁 第2巻618頁 第3巻530頁。3200〜3600円

ゲオルク・ビューヒナー全集（全2冊）

日本ゲオルク・ビューヒナー協会 有志 訳

①ダントンの死、レオーンスとレーナ、ヴォイツェク、レンツ、ヘッセンの急使 ②子ども時代の詩作品、ギムナージウム時代の落書き、作文と演説、書簡、医学研究、ビューヒナーへの追憶他

ゲオルク・ビューヒナー（1813〜1837）ドイツの革命家、劇作家、自然科学者。人間への深い洞察と共感、政治的反逆と挫折、後世の文学に決定的な影響を与え、現代でもなお圧倒的な存在感をもつ。彼の名を冠したビューヒナー賞は現代ドイツにおいて最も権威のある文学賞である。　6800円

エロスの系譜―古代の神話から魔女信仰まで

A・ライブブラント＝ヴェトライ W・ライブブラント／鎌田道生 孟真理 訳

男と女、この二つの性の出会いと戦いの歴史。西洋の文化と精神における愛を多岐に亘る文献を駆使し文化史的に。　6500円

生きられた言葉

―ラインホルト・シュナイダーの生涯と作品―　下村喜八

シュヴァイツァーと共に20世紀の良心と称えられた、その生涯と思想をはじめて本格的に紹介する。　2500円

ハンブルク演劇論 G・E・レッシング
南大路振一 訳　アリストテレス以降のヨーロッパ演劇の本質を探る代表作。　6800円

ギュンター・グラスの世界 依岡隆児
つねに実験的方法に挑み、政治と社会から関心を失わなかったノーベル賞作家を正面から論ずる。　2800円

グリムにおける魔女とユダヤ人 奈倉洋子
―メルヒェン・伝説・神話―グリムのメルヒェン集と伝説集を中心にその変化の実態と意味を探る。　1500円

フリドリヒ・シラー美学＝倫理学用語辞典 序説
ヴェルンリ／馬上 徳訳 難解なシラーの基本的用語を網羅し体系化をはかり明快な解釈をほどし全思想を概観。　2400円

新ロビンソン物語 カンペ 田尻三千夫 訳
一八世紀後半、教育の世紀に生まれた「ロビンソン・クルーソー」を上まわるベストセラー。　2400円

東方ユダヤ人の歴史 ハウマン／平田・荒島訳
その実態と成立の歴史的背景をこれほど見事に解き明かしている本はこれまでになかった。　2600円

ポーランド旅行 デーブリーン／岸本雅之訳
長年にわたる他国の支配を脱し、独立国家の夢を果したポーランドのありのままの姿を探る。　2400円

東ドイツ文学小史 W・エメリヒ／津村正樹 監訳
―哲学と宗教―神話化から歴史へ　6900円

＊実用・ビジネス

人間力を生かす「TAマネージャー」になろう

日本交流分析協会

私は何者か？エゴグラムによる自己改革、リーダーシップに役立つ会話の基本、部下の意欲を阻害するもの、交流分析の目的と哲学他　1500円

教師の仕事はすばらしい

普通の教師にもできる「全国一」の教育実践

小林公司

いじめ克服、校内暴力克服など体当たりで克服。教え子との感動的二〇話。学校経営、学級経営にとっても。　1900円

AutoLISP with Dialog

（AutoCAD2013対応版）

中森隆道

即効性を明快に証明したAutoCADプログラミングの決定版。本格的解説書。　3400円

開運虎の巻　街頭易者の独り言

天道春樹（人相学などテレビ出演多数・増刷出来）

三十余年のべ6万人の鑑定実績。問答無用！　黙って座ればあなたの身内の運命と開運法をお話しします。　1500円

腹話術入門

花丘奈果（4刷）

大好評。発声方法、台本づくり、手軽な人形作りまで、一人で楽しく習得出来る。台本も満載。　1800円

南京玉すだれ入門

花丘奈果（2刷）

いつでも、どこでも、誰にでも、見て楽しく、演じて楽しい元祖・大道芸。伝統芸の良さと現代的アレンジが可能。　1600円

ケアサービス産業を創った男　遠藤正一

おもろい人生ここにあり！

近代福祉の巨人・長谷川保を師と仰ぎ最も進んだ福祉介護を日本から世界へ発信、その原点を語る。　1400円

交流分析エゴグラムの読み方と行動処方

植木清直著／佐藤　寛編（新訂版）

精神分析の口語版として現在多くの企業の研修に使われている交流分析の読み方をやさしく解説。　1500円

リーダーの人間行動学　佐藤直暁

人間分析の方法を身につけ、相手の性格を素早く的確につかむ訓練法を紹介。　1500円

成果主義人事制度をつくる　松本順市

30日でつくれる人事制度だから　業績向上が実現できる。（第7刷出来）　1600円

管理職のための『心理的ゲーム』入門　佐藤　寛

こじれる対人関係を防ぐ職場づくりの達人となるために。　1500円

ロバスト　渡部慶二

ロバストとは障害にぶつかって壊れない、変動に強い社会へ七つのポイント。　1500円

A型とB型—二つの世界　前川輝光

「A型の宗教」仏教と「B型の宗教」キリスト教を比較するなど刺激的一冊。　1500円

決定版　真・報連相読本　糸藤正士

五段階のレベル表による新次元のビジネス展開情報によるマネジメント。（3刷）　1500円

楽しく子育て44の急所　川上由美

これだけは伝えておきたいこと、感じたこと、考えたこと。基本的なコツ！　1200円

初心者のための蒸気タービン　山岡勝己

原理から応用、保守点検今後へのヒントなどベテランにも役立つ。技術者必携。　2800円

「全部当てはまる。でも困っているのは、そこじゃないんだ」

「どういうことだい？」

ウルスは自分の料理をつついた。アリウムのリゾットを注文していた。その匂いは死んだトロールを捨てた森を思い出させた。

「自分をコントロールできないんだ」

「たとえば？」

「衝動的におかしなことをしてしまう。ブレーキが効かない」

ウルスはクリストフに対して激昂したことを打ち明けた。

「彼のやっていることは間違っていない。別に不満があるわけじゃないんだ。僕も数年前までは彼と同じだった」

うなずいているアルフレートを見て、ウルスはたずねた。

「似ているから、彼が憎らしく見えるのか？」

「ひとつにはそれもあるだろうね」

「そのあとのことはどう解釈すればいい？」

ウルスはヒューラーやベルク、ルシールに対してとった行動を語った。急に関心を失ったり、電話を切ってしまったり、退室したり。

「以前は我慢していたようなことも今ではためらわずにしてしまう。しかも罪悪感を微塵も感じないんだ」

「シロシビンは知覚や時間・空間の認識、意識の状態までをも変えてしまう。そして別の自我を君にもたらす。結果、態度や価値判断、人格まで変わりうる。君はトリップして、自分以外のものには価値がないという認識を得たと言ったね。この認識にふさわしいように君の無意識が振舞っているんだ」

ウェイターがアルフレートにいつものデザートのチョコレートムースを運んできて、たっぷりのクレームフレーシュをかけた。

「元に戻れるか？」

ウルスはたずねた。

「わかりやすく言えば、キノコが君に二度と閉めることのできないドアを開けたといったところだ。トリップのあと、君は以前とまったく同じ自分には戻れない。だが後遺症は薄れていくだろう」

「何日くらいかかるだろうか？」

「それはケースバイケースだ。二、三日、あるいは二、三週間、もっとかかるかもしれない」

「早く治す方法はないか？」

ウルスは猫を殺したことを告白した。クーペを事故におとしいれたことは黙っていた。アルフレートはデザートを口へ運ぶのをやめた。

「自分で一番嫌なのは、罪悪感がないことなんだ。微塵も後悔しないんだ。何らかの対処をしなければと思って、それで君に打ち明けたんだ。僕はおかしなことをしてしまう人間だ。もっとひどいことをやらかすのは時間の問題だろう。これ以上は待てないんだ」

ウルスは途方にくれたように微笑んでみせた。

「頼むよ、アルフ」

アルフレートはデザートを脇へやった。

「薬物によるトリップは普通の旅行と同じで、目的地を設定できる。出発前にどこへ行きたいのかを意識していれば、大体そこへ行けるんだ。初心者はそのことをよく忘れる。不思議の国のアリスのように驚嘆しながらさまよう。そしてあっという間に迷子さ」

「あのトリップをもう一度やれというのか？」

「もう一度やって矯正するんだ。トリップに詳しくて、決定的な瞬間に君を正しい方向へ導くことができる人の監視の下でね」

「似たような経験があるのか？」

アルフレートはうなずいた。

「九〇年代の初めにシロシビンの実験に携わったことがある」

「僕にもそれと同じことをしろと？」

「そのとおり」

ウェイターがテーブルの食器を片付けた。いくらかアルフレートに気を遣っているようだった。今まで一度もデザートを残したことはなかったのだ。

ウルスはアルフレートが契約を結ぶ際に手助けをしたり、法律がらみのトラブルに口添えをしたりしていた。だが反対にウルスが厄介になるのは初めてだった。初めてアルフレートのクリニックを訪れ、上品さと気前のよさに驚いた。エブリーンの店で家具を買っていると聞いてはいたが、これほど大量に買ってくれていると知って感激した。

二人は同じ日の夕方に再度会う約束をしていた。ウルスはアルフレートに言われたとおり、トリップを精神医学的指導の下でやり直すという計画をルシールに話した。次の土曜日にできるよう、ジョーにかけ合って欲しいとウルスは頼んだ。電話の声からすると、ルシールは驚きとともに後ろめたさを感じているようだった。

アルフレートはトリップについて、ウルスに詳しく聞き取り調査をした。会話を録音し、メモを取った。ウルスは自分が思っていたよりもたくさん覚えていることに驚いた。そしてこれほど淡々と質問に答えられることにも。

聞き取りを終えてアルフレートがノートを脇へやったときには十一時になろうとしていた。

「仕事はしばらく休んだほうがいいよ」

「僕のスケジュール表を見せてあげようか？」

アルフレートは真面目な顔をして言った。

「君のような人間に街中を歩かせるわけにはいかない」

「僕が精神疾患だとなったら、すぐに生活保護が受けられるね」

「安心しろ。ここの診断書には『精神科』とは明記されていないから。病名は何がいい？」

「食中毒だね」

続く二日間、ウルスはインペリアルのスイートルームでほぼ寝て過ごした。アルフレートが強い睡眠薬を処方し、一日に二回往診した。

あるときルシールが居合わせた。自分で摘んだ春の花束を持ってきて、ジョーとシバが実験を了承し、土曜日に待っていることを伝えた。トロールのことは話題に上らなかった。

ルシールは病気の叔父の見舞いを強いられた姪のようにウルスのベッドにおずおずと腰掛けていた。

「患者と二人きりにしてもらえませんか？」

アルフレートがそう言うと、ルシールはすぐに立ち上がった。

「君は彼女を僕から守ろうとしたんだろ？」

ルシールが退室するとウルスはたずねた。

「君を君自身から守ったんだ」とアルフレート。

前日の晩に雨が降り、山道はぬかるんでいた。何度も休憩を取り、靴についた泥を落とさねばならなかった。

平坦地は草を刈り終えたばかりだったが、ティピーの周りには草刈機が刈り残したものが茂っていた。切り立った崖は五メートルから上は霧で見えず、滝は何も見えないところから小さなプールへ流れ落ちていた。ティピーから煙が立ちのぼり、平坦地の上に灰青色のふたのようにたなびいていた。肌寒い日だった。

シバは天候に服装を合わせていた。もはやブロンドのインディアンの妻の格好ではなく、着古してだぶだぶになった藤鼠《ふじねずみ》色のトレーニングウェアを着て、化粧を濃くした中年の女だった。髪を派手な色のヘッドカチーフで包み、そこだけが彼女の服装の中でサイケデリックだった。

「ゲストがあんたたちじゃなかったら、こんな日にわざわざこないわよ」

それがシバのあいさつの言葉だった。

ジョーがルシールと交渉して決めた三千フランのためだろ、とウルスは胸の中で言った。

ウルスは焼けた石を運んでいるジョーを手伝い、サウナの準備をした。裸になって――タオルもなしだった――刈り終えたばかりの草地を震えながら他のメンバーと歩いているときにようやく、自分が何のこだわりもなくこの行為をしていることに気づいた。もはや羞恥心をも失ったのか？

焼けた石に水を注ぐとすぐにサウナの温度は上がり、体の表面を流れ落ちる幾筋もの汗のくすぐったさを楽しんだ。ジョーがミント、オレガノ、ローズマリー、大麻の抽出液を石に注ぐと、ウルスは深く吸いこんだ。

滝のプールで冷たい水に浸かっていると、太陽がトウヒの森の上で霧に挑んだ戦いに勝利を収める様子が見えた。

暖かいティピーの中でウルスは完全にリラックスした。アルフレートは打ち合わせどおり、ウルスの横に座った。トリップの間は一歩も傍から離れないつもりだった。

「内なるすべてのこだわりを捨て、頭で考えずに、今から起こることをそのまま受け入れなさい」

シバがそう言ったとき、ウルスとアルフレートは目で合図を交わした。このトリップの目的が批判的な、判断力のある内なる声を取り戻すことにあるということをシバには知らせていなかった。

シバは小さな祭壇の前で儀式を執《と》り行った。呪文を唱え、キノコの盆の覆いを取り去り、頭上へかかげ、目を閉じたまま、しばらくその姿勢を保ったあと、次のメンバーに盆を回した。

ウルスは前回にキノコを六つ食べたことを覚えていた。アルフレートが自分の分は取らずに盆を回してきたとき、ウルスは前回のキノコの大きさを思い出そうとした。そして小さいキノコを三つと中くらいのキノコを三つ取った。

第七章

ジョーはボンゴを叩き、シバはマラカスを振った。ルシールはギロを鳴らし、アルフレートはタンバリンを叩いた。ウルスは前回と同様にタンバリンを手にしたが、演奏したいとは思わなかった。他のメンバーの演奏に耳を傾け、そのリズムが自分の心を満たしていくのを感じるだけで十分だった。

「君も鳴らしなさい。ほら、前回みたいに」

アルフレートは自分のタンバリンを鳴らして促した。ウルスは笑いがこみ上げてきた。

「モーゼル先生みたいだ」

ウルスはふと漏らした。

「誰？」とアルフレート。

「覚えてないのかよ」とウルスは歓声を上げた。モーゼル先生とは二人の担任教師の名前だった。とても愛想のよい、なよなよとした男で、体操の時間に女子のようにタンバリンを鳴らすおせっかいがクラスでは語り草になっていた。

「ほら・ほら・こないだ・みたいに」

アルフレートはリズムをつけてそう言い、タンバリンを鳴らして拍子をとった。ウルスはそれを見て、さらなる笑いの発作に襲われた。ウルスは立ち上がり、クスクス笑いながら、無秩序な合奏に合わせて腰を振って踊った。両手を腰に当て、右足、左足と高く上げた。チアガールのつもりだった。

このときからウルスは完全にリズムに身を任せた。ウルスが指揮をとった前回とは違い、他のメンバーのリズムに合わせた。ウルスは作曲家でも指揮者でも解釈者でもなかった。波に漂う漂流物あるいは秋の風に舞う木の葉だった。リズムはウルスを支える要素だった。

ジョーは最悪の事態が起きることを覚悟していた。前回のウルスの横暴な振る舞いをいまいましく思っていた。ウルスがまた立ち上がり、いいところを見せようとし始めたとき、ジョーはできれば帰ってしまいたかった。だが演奏を続ければ続けるほど、我慢できるようになった。ウルスはただリズムに任せて動いた。あるいはそうするように努めていた。ウルスは支配者にも暴漢にもならなかった。前回のトリップでウルスの人格が変わったというのなら、それはきっといい意味で変わったのだ。

ジョーは自分の空飛ぶ絨毯に意識を集中しようとした。希少なキノコのことは、バレずに済みそうだった。

ルシールはキノコを三つだけ食べた。もし必要とされれば、ある程度までウルスに付き添っていようと考えていたのだ。だがウルスが穏やかにトリップに入るさまを見て、ついていけないことを残念に思った。ひょっとしてキノコをあと一つか二つ多めに食べるべきだったかもしれなかった。

アルフレートはウルスが正しい道を進んでいるのか、自信がなかった。メモによれば、トリップの初期段階は音楽にまつわるもののはずだった。その点では一致していた。だがウルスは他のメンバーたちのリズムに吸収されているように見え、ルシールの証言とは異なり、前回とったような自分のリズムを周りに押しつけようとする態度は見られなかった。

アルフレートはウルスが徐々に自分の世界に没入していく様子をじっと観察した。ウルスはリズムに合わせてごくわずかに体を動かすだけで、顔を両手で覆っていた。そして突然両腕を広げ、綱渡りのようにバランスをとり、ひざまずいて、床を手でまさぐり、腰を下ろし、体を伸ばして歓声を上げた。

アルフレートはウルスの脈を取った。

ウルスの足元で床が傾いた。ウルスは滑りだし、どんどん加速していった。ティピーの床、草地、世界全体が滑り台になって、下へ下へと落ちていき、再び上へ上がった。そしてカーブにさしかかり、次は宙返り。まるで8の字レールのジェットコースターのようだった。うわぁぁぁ!!

アルフレートはウルスを外へ連れ出した。平衡感覚に異常をきたし始めたようだった。今にも吐きそうに見えたが、ウルスは戻さなかった。おとなしく外へ連れて行かれ、歓声を上げ、笑っていた。

霧は晴れ、薄暗い森が青白い空と対照をなしていた。アルフレートはウルスを放した。ウルスは濡れた草むらへすぐに倒れこみ、仰向けに寝転んで目をつぶった。

ジェットコースターは宇宙へつながっていた。ウルスは爆発する恒星の間を駆け抜ける流星だった。恒星は多彩な火の雨へと変化した。はるかかなたに地球が見えた。

誰かの声が聞こえた。〈君は自分でコースを選択できる〉

ウルスは進路を地球へ向けた。ものすごい速さで地球に近づき、どんどん目前に迫ってきた。大気圏に突入し、白熱して燃え尽きる自分を感じた。

ウルスは再びガラスの容器になっていた。だが今回はけばけばしい色ではなく、光で満たされていた。明るく、澄んだ、清々しい光だった。

ルシールはティピーの中に座ってクスクス笑っていた。ジョーが馬鹿に見えてならなかった。ジョーは寝袋の上であぐらをかき、腕を組んで、両目をきつくつぶっていた。

シバはさらにマヌケに見えた。座禅を組んだまま居眠りし、そのまま後ろへ倒れそうになっていた。ティピーの壁がひっくり返りそうになるシバを支えていた。一番みっともないのは、いびきをかいていることだった。

すべてが馬鹿げて見えるということ以外に、ルシールにはキノコの効き目はなかった。ルシールは立ち上がった。

草の上でウルスが両手を広げて眠っていた。かたわらで白髪のアルフレートがしゃがみ、ノートをめくっていた。その様子がまたおかしかったので、ルシールは草の中で笑い転げた。できるだけ声を立てないように笑ったつもりだったが、アルフレートに気づかれた。彼はタンバリンを叩くジェスチャーをした。ルシールも目に見えないマラカスを振って応え、我慢できずに吹き出した。

しばらくそうしていたあと、ルシールはジェスチャーの意味を理解し、ウルスのタンバリンをティピーに取りに戻った。アルフレートはウルスにタンバリンを叩かせたかったが、ウルスはそれに興味を示さなかった。

それからまたおかしなことが起こった。アルフレートが自分でタンバリンを鳴らすと、ウルスが体を起こし始めた。呪文をかけられたコブラみたいだ、とルシールは思い、また吹き出した。アルフレートは立ち上がり、タンバリンを鳴らし続けた。ウルスも立ち上がり、リズムに合わせて体を動かした。そしてハーメルンの笛吹き男のあとを追うように、一歩ずつ森へ近づいていった。

ルシールはついていこうとして、アルフレートにきっぱりと手で追い払われた。

ウルスの透明な体の中の光はガスに変わった。体がふわふわと浮かび、草地の上を漂って、森の入り口にたどりついた。

森は水で満たされていた。モミやトウヒは昆布のようになびき、シダはワカメで、コケは珊瑚《さんご》だった。ウルスは先行するダイバーの気泡のあとを追うように、水の中を泳いだ。目は見え、耳も聞こえた。

海底に腰を下ろすと、ただちにその一部になった。シダやコケ、枝々とともに穏やかな波の中で体を揺らした。周りに対してこれっぽっちも命令する力はなかった。だがウルスは理解した。周りの分子構造を透視し、それが順応する様子までをも感じることができた。

「みんなはそこにいるかい？」

隣でささやく声がした。もう一人のダイバーであるアルフレートだった。

「彼らを呼び出してごらん」

ウルスはその声には耳を貸さず、アルフレートの肩に腕を回した。心臓の鼓動、呼吸、一つ一つの細胞を感じた。

カシドリが一羽、こちらに向かって飛んできた。そして枝に留まり、また飛び立った。ウルスはその鳥を目で追った。まるで風洞の中にいるように空気の流れが目に見え、翼が揚力を生み出す仕組みを理解した。

ウルスは世界のごく小さな一部だった。しかもどの部分であるかを正確に把握していた。世界に属さない声が響いてきた。天使の声だった。それはこう歌った。

主よ、絶えざる光で照らし給え
御身の聖者たちとともに永遠に
慈悲深き主よ
主よ、永遠の安息を与え給え
絶えざる光で照らし給え
御身の聖者たちとともに永遠に
慈悲深き主よ

ウルスは涙で顔を濡らし、「アーメン」と唱えた。

ウルスが前回とは違い、タンバリンを手に森へ行こうとしなかったので、アルフレートがその代わりをした。効果はあった。ウルスは催眠術をかけられたように音に従い、一定の距離を保ったまま、森の中までついてきた。

ウルスが立ち止まってコケの生えた切り株に腰を下ろしたとき、アルフレートも隣にしゃがんだ。ウルスは問いかけには答えなかったが、幸せそうに顔を輝かせていた。

ウルスのトリップに何度か干渉しようとした。世界を征服し始める時点まで導きたかった。二人はその点について詳細に話し合っていた。決定的な瞬間に、前回のトリップとは正反対のことをウルスがするようにアルフレートは手助けする予定だった。だがそのためにはウルスがいつ、そこに到達するのかをアルフレートは見きわめる必要があった。

「みんなはそこにいるかい？」

アルフレートはささやいた。

ウルスはただその場に座ったまま、驚いた様子を見せた。返事をする代わりにアルフレートの肩に腕を回した。そうやって二人は一時間近く座っていた。

突然ウルスが歌い始めた。でたらめもいいところだった。アルフレートの思い違いでなければ、ヴェルディのレクイエム〈ルクス・エテルナ〉のようだった。

ウルスはアルフレートが運転するボルボの助手席で今回のトリップについて話した。

朝早くに寝袋の中で目が覚めたとき、十分に睡眠がとれて、気力の充実を感じた。他のメンバーはまだ眠っていた。周りを起こさないように静かに起き、ティピーの外へ出た。

朝日は森の一番高い梢を照らし、刈り株の残った草地で朝露がキラキラと光っていた。ウルスは裸足で濡れた草の上を滝まで歩いた。服を脱ぎ、プールに浸かった。水の冷たさに一瞬、息ができなかった。それから水にもぐり、目を開けた。

藻の緑色と自分の体の白さがぼんやりと見えた。水面に顔を出し、ガタガタと震えながら水から上がって、シャツで体を拭いた。ズボンをさっとはき、ティピーを中心に大きく円を描いて走り始めた。ビジネスシューズに慣れた足裏を小石や草の刈り株がいじめても、気に留めなかった。

　アルフレートやジョー、シバがティピーから這い出してきたとき、ウルスは火をおこしてコーヒーを沸かしていた。彼らに心から朝のあいさつをし、ジョーの汗臭さもシバのはれぼったい顔も気にならなかった。

　みなが朝食をとり終えてもルシールはまだ寝ていた。ウルスはコーヒーカップを手に優しく彼女を起こし、頭がはっきりするまで付き添っていた。今はまた、ボルボの後部座席でぐっすりと眠っていた。

　ウルスは今回のトリップで世界に対してどれほど深い認識を得ることができたか、はっきりと覚えていた。ただ他人に伝えることは難しかった。天使の声について話す段になって、それを聞いたときの感動がまだ心にしかと残っていることを実感した。

「シロシビンはしばしば宗教的な意識を広げるものだ。とてもいいことだ」

　それがアルフレートの最初のコメントだった。

「君はトリップが失敗したと思っているだろ」

　ウルスは断言するように言った。

「再トリップして決定的な箇所を修正する代わりに、君は全く違うことをしたようだ」

「でも最高にすばらしい体験をした。誤りを正すだけじゃなく、すべてを一新したんだ。あれは大成功だったよ」

　アルフレートは半信半疑でうなずいた。

ルシールのアパートに着いたとき、彼女を起こすのはひと苦労だった。階段を四階まで連れて上がり、パートによろしく面倒を見てくれるように頼んだ。ウルスは引き続きホテルに泊まるほうがいいとアルフレートはほのめかした。

第八章

世界はひそかに手を組んで再トリップの結果を試しているかに見えた。インペリアルのレセプションには至急返答を要する伝言が二件、ウルスに届いていた。一件はベルクから、もう一件はヒューラーからだった。二人ともすぐに折り返し連絡して欲しいとのことだった。ベルクからのファックスには〈最優先〉とあり、その下にアンダーラインが引かれていた。さらにエブリーンも連絡を待っていた。

ウルスはまずパートナーのベルクに電話をした。呼び出し音が二回鳴ったところでベルクが電話に出た。

「ヒューラーは相当頭にきているぞ。彼は土曜日から君と連絡を取りたがっていたんだ。合弁の情報が漏れているようで、ジャーナリストにしつこくつきまとわれているらしい。ホテルの馬鹿な従業員から、君が旅行に出たと聞いたそうだ。私は君が食中毒の療養中でしばらく会えないと言っておいた」

ウルスはすぐにヒューラーに電話をした。

「食中毒というのは仮病だったのか」

ヒューラーの最初の言葉はこうだった。ウルスはそれには取り合わず、状況を確認し、こう質問した。

「そのジャーナリストの名前は？」

「ミュラーだ」

「ペドロ・ミュラーですか？」

ウルスはその男を知っていた。面倒な経済ジャーナリストの一人だった。

「あいつを追い払ってくれないか？　これ以上嗅ぎ回られたら、仕事にならない」

ウルスは請け合った。

エブリーンに電話をすると、彼女はすぐに泣きだした。ウルスは自分の胸に手を置き、彼女を哀れんでいることに気づいてほっとした。さらに別の感情も抱いているようだった。それは愛情ではなかったが、ある種の良心の呵責とでも呼べるものかもしれなかった。

まだ夜更けという時刻ではなく、ほかに予定もなかったので、ウルスは今から訪ねるとエブリーンに告げた。


エブリーンは努めて気丈に振舞おうとした。だがウルスの目にはやつれて見え、急に老けた感じがして驚いた。あいさつのキスを頬にすると、気付けに酒を飲んだことがわかった。だが酒は彼女をリラックスさせる代わりに昂ぶらせた。

キッチンのテーブルには皿が並べられていた。日曜日の夜だったので、客を迎える準備はしていなかったらしく、パック入りの料理が盛りつけてあった。カニやフォアグラの缶詰もあった。それに食品庫に買い置きしてあったパン。ワインクーラーには栓を抜かれたプイィ・フュメ。

少し前までは一緒に暮らしていた屋根の下で、二人は他人同士のようにテーブルに着いた。エブリーンを突然捨てたことにウルスは罪悪感を覚えた。しかしだからといって何をするでもなかった。自分のしたことを後悔はしたが、二人の関係を修復しようとは思わなかった。過去のエブリーンは哀れだったが、目の前にいるエブリーンには何も感じなかった。

ウルスはカニの缶詰を食べながら、森の中を泳いだトリップを思い出していた。自分が世界の一部であり、その真理を完全に理解したという感覚がまだうっすらと残っていた。

「もう一度やり直せないかしら？」

「え？」

ウルスは空想の中にいて、目の前のエブリーンのことを忘れていた。

「私たち、もう一度やり直すべきだと思わない？」

「いいや」

エブリーンの困惑した表情を見て初めて、ウルスはしまったと思った。軽率な返事をしたことを悔やんだ。

「それじゃ、できるだけ早く区切りをつけたほうがいいわね」

「そうだな」

ウルスは立ち上がり、玄関とガレージの鍵を取り出してテーブルに置き、部屋を後にした。

車に乗りこんだときには、自分のとった行動をすでに反省していた。だが引き返してエブリーンに謝ろうという考えは頭に浮かばなかった。

ウルスは電話の呼び出し音で深い眠りから覚めた。時計を見ると二時半だった。相手はアルフレートで、エブリーンのもとから帰ってきたばかりだという。エブリーンのことが心配だから様子を見てきて欲しいと、彼女の友人のルースに頼まれたのだった。

「エブリーンから話を聞いたんだが、どうやら二度目のトリップはうまくいかなかったようだね」

ウルスをとがめるというよりも、案じているような声だった。ウルスは反論した。

「そんなことはない。良心の呵責を感じるようになった。あとはタイミングの問題だ」

「どういうことだい？」

「やってしまってから、後悔する気持ちが湧いてくるんだ。やる前に抑えられるようにならないと。それよりエブリーンの様子は？」

「心配はいらない。よく眠っている。僕のことは気遣ってくれないのかい？　金曜日からほとんど寝ていないいんだよ」

「すまない」

「たしかにタイミングがずれているよ、まったく」

アルフレートはそう言って電話を切った。

翌日、ウルスは出社する前に、老舗の花屋に立ち寄った。椿の花束を選び、メッセージカードを添えた。

『許してくれ、エブリーン。これからも友達でいよう』

同じ頃、オットーもメッセージを託していた。毎年この時期になると、肉体のメンテナンスをするためにリハビリセンターに入所するのが常だった。そこでは人間ドックやデトックス、細胞再生注射が受けられた。子羊の胚の生きた細胞を使うこの手法の効果を科学者たちが疑っていることは知っていたが、治療を受けたあとはいつも若返って精力的になる気がするのだった。

今回はすでに滞在の初日から効果が現れた。だがそれは治療のおかげというよりも、ついさきほど受け取った知らせによるところが大きかった。

あの弁護士に感謝せねばなるまい――。オットーは封筒に葉巻と名刺を入れ、ウルスの事務所へ届けさせた。


ウルスがデスクに着くや否や、パートナーのガイガーが戸口に顔をのぞかせた。

「フルリが自殺をした」

「フルリってエレガンスタの、ですか？」

「かつてのエレガンスタだ。君が買収を手がけたんだろう？」

「動機は何ですか？」

「わからない。だが〈ロシア・キャンペーン〉が原因だろう。あれの負債額は三千万にのぼる。二千万以上の場合はフルリが全額を負担すると付帯条項に書いてあったはずだ。感想は？」

「まさかこんなことになるとは、といったところでしょうか」

「フルリには気の毒だったな」

ガイガーは肩をすくめ、部屋を後にした。

アッシュドブラウンのスリーピースを着た、あきらめきった表情のフルリが〈ヴァルトルーエ〉で付帯条項にサインをさせられたあと、よじ登るようにタクシーに乗りこむ姿がウルスの脳裏に浮かんでは消えた。

ウルスはここ二日間に溜まっていた書類の山を片付けにかかった。

秘書のペトラが一通の封筒を持ってきた。オットーの使いの者がよこしたもので、〈ロミオとジュリエット〉の葉巻と彼の名詞が入っていた。


ウルスはジャーナリストには二つのタイプがあると思っていた。スニーカーをはくタイプとネクタイをするタイプである。ペドロ・ミュラーは両方を併せ持つタイプだった。どちらとも取れる格好をして、記事の書き方もまたそうであった。

二人はカフェで会う約束をした。十一時頃で、客はほかに年配の女性が二、三人と彼女らの肥えた犬しかいなかった。ミュラーはウルスを十分ほど待たせ、それを謝りもしなかった。よほど自信があるらしかった。

「ヒューラー氏があなたを差し向けるということは、認めているのも同じですよ」

ミュラーはこう切り出した。

ウルスはこの面会を利用して自分の精神状態を試そうと考えていた。相手を傷つける前に、自分を抑えることができるだろうか？

ウェイトレスがミュラーにカプチーノを運んできた。この店では生クリームとカカオパウダーを使用していた。それを眺めながらウルスは心を落ち着かせた。

ウェイトレスが立ち去ると、ミュラーはカップを一口すすった。上唇にカカオの浮かんだクリームの泡が薄くついた。

「次号に合弁の記事を載せるつもりです」

「それはやめたほうがいい」

ウルスの口調は断定的だった。

「どうやって阻止するおつもりですか？」

「その首をへし折って」

ミュラーの顔から笑みが消えた。彼はメモを取った。

「どういう手段で？」

「この両手で、だ」

ウルスはミュラーの細い首を両手でつかみ、軽く力をこめた。そしてこうささやいた。

「くだらないデマを一言でも書いてみろ。お前の薄汚い首をへし折ってやる。チビで、臭い、最低のボケ野郎め」

隣のテーブルの下にいた、ほとんど毛のないワイヤーヘアード・ダックスフントが吠えだした。

「ローラ、静かになさい。この人たちはふざけているだけよ」

飼い主の婦人がなだめた。

ウルスは微笑みながら手を放し、ナプキンでミュラーの口についているクリームをふき取ってやった。

婦人は笑い、犬は吠えるのをやめた。命が助かったのは、ひとえにこの犬のおかげだとミュラーは思った。

ウルスは目を覚ますと同時に、良心の呵責を感じた。朝食と一緒に運ばれてきた朝刊を開いてようやくその理由を思い出した。そこにはフルリの訃報が二ページ半にわたって掲載されていた。軍関係者、知人、同業者、政治家、射撃クラブ、山岳クラブ、雇用者組合、シャレードの役員ならびに従業員一同、そして親類縁者たち。「突然の」や「急な」、「予期せぬ」といった言葉だけが自殺をほのめかしていた。

シャワーを浴びながら、ウルスは良心の呵責を感じる別の理由を思い出した。ルシール、トロール、エブリーン、クリストフ、ヒューラー、ミュラー、二十四歳のエンジニア、そして夜のコンサートに向かう途中だった六十七歳のアコーディオン奏者。

ウルスは事務所に行って仕事をしようとしたが、麻痺したようにデスクの前に座っているだけだった。四肢が重く、思考は脳内で停止したまま、壊れたＣＤのように何度も同じ事柄を反すうした。パソコンを立ち上げ、契約書の作成に取りかかった。だが点滅するカーソルを見ているうちに催眠術にかけられたようになった。

ヒューラーからの電話でウルスは我に返った。

「あのジャーナリストに何をしたんだ。私のところに謝罪の電話がかかってきたぞ」

「弁護士の守秘義務で答えられません」

「そういう返事をするのであれば、君への依頼を考え直すことになりそうだ。慎重に頼むよ、ブランク君」


ウルスは十一時にアルフレートの診察を予約していた。生まれて初めての精神科受診だった。看護師に待合室へ案内されたとき、ちょうど診察室から若い女性がそそくさと出てきたところだった。その直後にアルフレートに名前を呼ばれた。

「気分はどうだ」

椅子に座るとアルフレートがたずねた。ウルスは詳しく答えた。

「鬱だな」

アルフレートはきっぱりと言った。

「でも少なくともその理由ははっきりしている」

ウルスはフルリの自殺の件を話し、自分もいくらかそれに関与していると思うと述べた。

「でもそれは一回目のトリップよりも前のことだろ？」

「そうだな。二回目のトリップ以降、良心の呵責を感じてはいるけど、それはトリップの前にやらかしたことに対してだね。今ではもっとひどいことを平気でやっている。その点は君に相談する前とほとんど変わっていない。ただ良心の呵責を感じるようになっただけでね」

ウルスはジャーナリストを脅迫したことを告白した。首を絞めたことには触れないでおいた。

アルフレートはカルテに書きこむために話をまとめた。

「君の中にある悪を善に変えることにはまだ成功していない。悪に対抗できる善の部分が弱いんだ」

「悪に対抗する善、か。まるで牧師さんのような言い方だな」

「精神科医としての見解だよ」

ウルスは神妙な顔をしてたずねた。

「真面目な話、サイケトリップのせいでバケモノになってしまったという例を聞いたことはあるか？」

「バケモノは精神医学とは分野が違うね」

「僕の言いたいことはわかるだろ」

「私自身はまだそういう症例を診たことはないね」

「他の医者は?」

「今、当たっているところだ」

「いつからだい?」

アルフレートは困惑した。

「初めて君を診たときからだよ」

「それじゃ、せいぜい一週間かそこらだね」

「たしかに症例はあるよ。だけどね、異常行動はすべてトリップ中だけに限られるんだ。それにシロシビン以外の他の要因がある」

「他の要因って?」

「アンフェタミンやヘロイン、コカイン、クラックと併用すると、トリップ中に凶暴になることが知られている。他の薬物でも用量によっては人格に異常をきたす」

「僕はキノコしか食べていない」

「わかっている」

「何か打つ手はないか?」

「分析を勧めるよ」

ウルスはいぶかしげにアルフレートを見やった。

「精神分析のことか?」

「知り合いに専門家がいる」

「聞いたところ、治療に二十年かかるらしいじゃないか」

「君のケースではそんなにかからないと思うよ」

「強制されるのはごめんだね」

アルフレートは残りの診察時間を費やして精神分析の長所を説明した。ウルスは一度考えてみると約束した。

別れ際にアルフレートが、

「最後にもう一つ、訊きたいことがある」

大事なことがくるな、とウルスは感じた。

「ここ数日間、子猫以外に対しても凶暴になったという自覚はあるかい？」

ウルスは一瞬、返事にためらった。そして首を振り、

「いや、君以外に対してはないね」


午後になると雨が降り始めた。雨は事務所の窓ガラスをベールのように覆い、街路樹の花をつけたマロニエが古風な花屋のショーケースに置かれた巨大な花束のように見えた。

ウルスは窓辺に立ち、そこから見える景色をずっと眺めていた。海底に沈んだ森のことやその中を泳いだ感覚が思い出された。

ウルスは四時半に退社した。

「少し早退させてもらうよ、ペトラ」

ウルスは帰り際、秘書にそう告げた。

「お疲れ様でした」

彼女に不満げなあいさつをされたのは今回が初めてではなかった。

それから一時間としないうちに、ウルスは森の中をジョギングしていた。ブナの木は葉を茂らせ、雨を薄い霧に変えていた。霧は樹皮を黒く湿らせ、ウルスの青いジョギングウェアを体に張りつかせた。

ウルスは憑《つ》かれたように走った。肺や脇腹が痛む状態はすでに超えていた。雨が目に入り、森の景色はかすんで、あたかも海底にいるような気がした。ウルスは先週末に感じた幸福感の余韻を味わっていた。

ウルスが車に戻った頃にはすでに日は落ちていた。ジョギングコースのスタート地点に設けられた駐車場に停まっているのはウルスのジャガーだけだった。

ウルスは息が整うまで休んでから車にキーを挿した。トランクを開け、中から『インペリアル・グランドホテル』と記してあるパイル地のバスタオルを取り出し、頭をゴシゴシと拭いた。

タオルを下ろすと、目の前に若い男が立っていた。雨に濡れた長い髪を垂らし、ひげも剃らず、何かにおびえていた。

「金を出せ。金目のもの、全部だ」

男はそう言い、どす黒い液体の入った注射器をウルスの目の前に突き出した。

「陽性の血だ」

ウルスはただ驚いた。まさか自分の身にこのようなことが起こるとは思ってもみなかった。さらに微塵も恐怖を感じないことも不思議だった。

「わかった。落ち着いてくれ」

ウルスは腕時計のバンドを外した。

「これだけでも二万の価値はある。店頭では五万以上の値で販売されている。だが気をつけてくれ。裏にシリアルナンバーが彫ってあるから、足がつくぞ」

ウルスが差し出した時計を男は空いているほうの手で受け取った。

「現金と貴重品は車の中だ。取ってこようか？」

「さっさとしろ！」

男は自分の声の大きさにたじろいだ。

ウルスは車のドアを開け、車検証、カード類、数枚の紙幣と、ドアポケットにあった頑丈な懐中電灯に手を伸ばした。

「ほら」

ウルスは男に紙幣を差し出し、わざと地面に落とした。

男が拾おうとしゃがんだそのとき、ウルスは懐中電灯で男の後頭部を殴りつけた。男はその場に崩れ落ちた。

ウルスは懐中電灯をつけ、落ちている紙幣を拾った。そして車に乗りこみ、ハンドルを大きく切り返した。

駐車場から出るとき、車が小さくゴンという音を立てた。ルームミラーをのぞくと、男が地面で痙攣しているように見えた。だが赤いテールランプの弱々しい光の中では、はっきりとはわからなかった。

第九章

ウルスはインペリアル・ホテルに戻った。ボーイに車の鍵を渡してフロントでルームキーを受け取り、部屋に上がって熱い風呂に浸かった。パジャマを着てアルパカのガウンを羽織り、ルームサービスでステーキとサラダを注文した。それを仕事机で食べながら、事務所から持ち帰った書類に目を通した。十時にベッドに入った。

夜中の二時頃、あまりの寒さに目が覚めた。掛け布団がベッドからずり落ちていた。全身に汗をかき、パジャマが張りついていた。半分開けた窓から冷たい風が吹きこんでいた。庭のマロニエの木が雨に打たれていた。

ウルスは起き上がり、窓を閉め、体を拭いて新しいパジャマに着替えた。掛け布団を直し、シーツの濡れていない場所に横になった。

部屋の明かりを消すと、駐車場で痙攣していた男の姿が生々しく浮かんできた。

ウルスは明かりをつけ、ベッドの縁に腰掛けた。全力疾走したあとのような激しい動悸がした。

自分はあの男をはねたのか？　故意に？　正当防衛？　救護せずに逃げた？　それとも自分が

あの男を殺したのか？

ウルスは立ち上がり、部屋の中を行ったり来たりした。このままではいけないとわかっていた。だがもう一人の自分がこうささやいた。

〈さっさと忘れて寝ろ〉

ウルスは夜中の三時にガレージから車を出させた。

人のまばらな街を抜け、森へ向かった。ジョギングコースの駐車場に近づけば近づくほど、ウルスはゆっくりと運転した。森に入る手前で車を停め、ライトを消してエンジンを切った。雨はやんでいた。窓を開けると暗いブナの林が風にざわめいている音しか聞こえなかった。

暗闇に目が慣れると駐車場の入り口を示す木の道標が見えた。しばらくためらったあと、エンジンをかけ、ライトをつけずに駐車場に進入した。

駐車場に人の気配はなく、ウルスは胸をなでおろした。やはり思い過ごしだったか……。

車のヘッドライトをつけた。

アスファルトに白い描線があった。うずくまっている人の姿の輪郭だった。

三十分ほど前から丘の上の空が白み始めていた。山の中のつづら折りは昨夜の雨で濡れていた。ときどきトラクターや古い型のランドローバーとすれ違った。

ジョーの家への目印はすぐに見つかった。ウルスは山の中をひらけた場所へ向かって進んだ。

小さな民家はひっそりと建っていた。ウルスが車を寄せると牧羊犬が吠えだした。

「静かに、ブラーマ」

ウルスが車から降りてそう命令すると、犬はおとなしくなり、尻尾を振ってクンクンと鳴いた。

ウルスは何度もドアをノックし、名前を呼んだ。ようやく二階の窓が開き、ぼさぼさの髪をしたジョーが顔をのぞかせた。

「今何時だと思っているんだ」

「大事な話がある」

ウルスは声を張り上げた。

ウルスは空気のよどんだ台所に通された。ジョーは小さなかまどに火を入れ、冷めたコーヒーを温め直した。それからウルスと向き合ってテーブルに着いた。

「大事な話とは何だ」

ジョーは苛立たしげにたずねた。

「一回目のトリップのときには使って、二回目のときには使わなかったものがあるだろ」

「何のことだ？」

「二つのトリップは全くの別物だった」

「それが普通だよ」

「いや、医者はそうは言っていない」

ジョーは驚いた。

「医者？」

「僕は通院中なんだ。精神科にね。もし回復しなかったら、君を訴えるつもりだ」

「すべて自己責任だと初めに説明したじゃないか」

「嘘をついた場合は別だ」

「嘘だと！」

ジョーは声を荒らげた。

「医者が言うには何か薬物を使ったはずだと」

「その医者はキノコをまるでわかっていない」

「僕の症状はキノコだけでは説明がつかないんだ」

ジョーは立ち上がり、探し物をしながらたずねた。

「タバコを持っていないか？」

ウルスが首を振ると、ジョーは山盛りの灰皿から一番大きな吸い差しを拾い、火をつけた。

「どんな症状だ？」

ウルスは立ち上がり、ジョーの横面を張った。タバコが遠くへはじき飛んだ。

「こんなことをしてしまうんだよ」

ウルスは答えた。

ジョーは頬をさすりながら驚いたようにウルスを見つめた。

「気が狂ったというのか？」

「そのとおり」

かまどからコーヒーの沸く音が聞こえてきた。ウルスは鍋つかみで薬缶《やかん》を火から下ろし、テーブルまで運んで、煮え立ったコーヒーをジョーの腕にかけた。

ジョーは悲鳴を上げて飛び上がり、汚れた食器でいっぱいの流しへ行って、流水で腕を冷やした。

「どんな薬物を使ったんだ？」

ジョーは返事をしなかった。ウルスは後ろから近づき、背中に薬缶を押し当てた。ジョーはまた悲鳴を上げた。

「椅子に座れ」

ジョーはウルスの命令におとなしく従った。

ウルスは薬缶を手に、ジョーの前に立ちはだかった。

「キノコ以外に使った薬物は何だ？」

「キノコだけだ。信じてくれ」

ウルスは薬缶をジョーの頭上に構えた。

「そ、そういえばキノコの大きさが違った！」

ジョーが叫んだ。

ウルスは薬缶をかまどに戻し、薪を二本くべた。

「キノコの大きさがまちまちなんだ」

「見せろ」

ジョーは立ち上がった。ウルスは薬缶を手に、ジョーの後についた。急な階段を登ると、屋根裏部屋が寝室になっていた。汗と汚れた洗濯物の臭いがした。床に敷いたマットレスのシーツはくしゃくしゃのままだった。

「シバはいないのか？」

「インドへ行っている」

ジョーは戸棚をかき回し、ブリキの箱を取り出した。

二人は台所に戻った。ウルスは薬缶をかまどに戻し、テーブルに着くようにジョーに命令した。

ブリキの箱にはビニール袋が二つ入っていた。ジョーは中身をテーブルに空けた。片方の袋には大中の乾燥キノコが、もう片方には小さなものが入っていた。

「いろいろな大きさのマジックマッシュルームだ」

ジョーは説明した。

「じゃ、あの一番小さかったやつは何だ？」

「一番小さかったやつ？」

「最初のトリップのとき、僕は一番小さいキノコを食べた。ここにあるものより、ずっと小さかった」

ウルスはそう言いながら、鍋つかみに手を伸ばした。ジョーは慌てた。

「あの、一個だけ特に小さかったキノコか？」

「僕はあれを食べた」

「親指の爪くらいの、小さいやつをか？」

「それくらいの大きさだった」

ジョーはせきこんだ。

「どうした？」

ジョーは肩をすくめた。ウルスは薬缶を取りにいった。

「ちょっと待ってくれ！」

ウルスはジョーの頭上に薬缶を構えた。

「ブ、ブロイリングだ」

ジョーは喉を詰まらせた。

「何だ、それは？」

「とても希少なキノコだ」

「希少なキノコ？」

ジョーは口ごもった。ウルスはジョーの足元の床に熱いコーヒーを垂らした。

「俺も実物を目にしたのは初めてだった」

「どんな作用がある？」

「俺も知らない。一度試そうと思っていた。シバがうっかりして、他のキノコと交ぜてしまったんだ」

「その効き目を知っている人はいないのか？」

ジョーは残念そうに首を振った。

「聞いたことがない」

「なぜシロシビンを含んでいるとわかる？」

ジョーは半べそになって答えた。

「見た目がそうだから」

「なぜそのキノコの名前を知っている！」

ウルスの声は叫ばんばかりだった。

「俺がそう呼んでいるだけなんだ」


ウルスは午後から出社した。オフィスのドアは締め切られ、入室禁止の札が掲げられていた。デスクに置かれたキノコの図鑑には、いくつかのページに付箋が貼られていた。ウルスは小さなノートを破ったメモを繰り返し読んだ。そこには次のようなジョーの走り書きがあった。

〈ブロイリング〉
傘　：七〜九ミリ、シアンブルー、ぬめり、光沢あり、先の尖った釣鐘型、条線あり
ひ　だ：サフランイエロー、柄の付近にはなし

柄　：傘と同色、二～三センチ、細く、もろい
肉　：ひだと同色、軽い不快臭
胞　子：バラ色
採取場所：ルーブリホルツ周辺か？

ウルスは図鑑でリーゼンブロイリングというチャワンタケの仲間を調べてみた。だが色は黄土色がかっており、直径は二・五～二十センチ、毒はないが食用には向かないとあった。ジョーのメモに辛うじて合致しそうなキノコはイッポンシメジだけだった。傘は灰色とあったが、写真ではシアンブルーに見えなくもなかった。ひだはかたやピンク、かたやサフランイエローで、これもよく似ていた。だがまたしても傘の大きさが異なっていた。七～九ミリの代わりに二～五センチと書かれていた。

ウルスはキノコについてはまったくの素人だったが、若い固体と成長したそれとの間で、これほど大きさに差があるとは思えなかった。

ウルスはフウセンタケ、モエギタケ、マンネンタケなども候補に挙げていた。だが色が似ているほか、ブロイリングとはまったく共通点がなかった。

ジョーはブロイリングの採取場所をほとんど覚えていなかった。数年前の秋、毎年恒例のキノコ狩りを終え、若い参加者たちがでたらめに集めたキノコを選別している際に見つけた。誰が採取したかはもはや突き止めようがなかった。場所に関しても、位置を特定できるような目印を

ジョーはこの日一度も目にしていなかった。ジョーはウルスの前に地図を広げ、ルーブリホルツかその周辺の混合林だろうと言ったが、確証はなかった。キノコ狩りのあとに派手なトリップをし、それが記憶に残っている数少ない印象の一つだった。

図鑑はピンクと黄色の粘菌の写真で締めくくられていた。結局、小さなシアンブルーのキノコについての手がかりは得られなかった。

ウルスは席を立ち、図鑑をブリーフケースにしまった。後悔の入り交じったけだるい感覚に襲われる前に、どうしてもオフィスを出たかった。

白髪を短く刈りこんだ、歯並びの悪いロルフ・ブレイザー刑事は、青いオペルの運転席で報告書を書くためのメモを取っていた。この公用車が彼にとっての、唯一誰にも邪魔されない空間だった。目の前には消防車や消化ホース、ポンプ、発電機、その他車やトラクターがひしめいていた。

隣村の農夫がフィヒテンホフ付近から煙が上がっていることに気づき、念のため自警団に通報した。そして消防服に着替え、自分のランドローバーを運転して、山道を登ってきた。

現場はすでに火の海だった。牧羊犬が一頭、炎に向かって吠えていた。

自警団は近隣の村人たちで組織されていたが、全員が仕事で留守だった。集まった頃には、裏山のブナ林まで火の手が迫っていた。万が一の場合に備えて定期的に消化訓練をしてはいたが、ホースを伸ばして連結し、消火活動に入る頃には山に火が燃え移っていた。消防車が駆けつけ、近隣の建設会社がショベルカーで山に醜い防火帯を掘ってようやく、火は沈静化した。

民家は石の塀を残して焼け落ちていた。

ヘルメットと消防服に身を包んだ自警団員たちは集まって、出火原因について述べ合い、火の不始末が原因だろうという意見で一致した。酔っ払いかドラッグをやっていた連中かが火を消し忘れたのだろうと。今まで火事を起こさなかったのが不思議なくらいだと。

焼け跡を調べていた消防隊員の一人がブレイザーの車に近づいてきた。

「ちょっと見てもらいたいものがあります」

ブレイザーはトランクから出した長靴をはき、焼け跡に足を運んだ。地面は消火水でぬかるみ、消防器具のわだちがいたるところに残っていた。ブレイザーはがれきの山を登って、何かを取り囲むように立っている消防隊員に近づいた。

ブレイザーにはそれが何であるか、すぐにわかった。焼け跡でそのような判別のつかない黒ずんだ塊を目にするのは今回が初めてではなかった。

「本当に気の毒です」

消防隊員の一人が言った。

ブレイザーは車に戻り、署に無線を入れた。

アルフレートは診察中だったが、ルシールは電話を取り次いでくれるように頼んだ。ウルスの件で、すぐに伝えたいことがあると。

「ねえ、聞いた？」

ルシールは二回目のキノコトリップ以来、アルフレートになれなれしい口をきいた。「ジョーが火事で亡くなったの」

ルシールは知っていることをアルフレートに話した。家が全部と森の半分が火事で焼けたらしい。

「それがウルスとどういう関係があるんだい？」

「昨日の晩からジョーのことをウルスに伝えようとしているんだけど、連絡が取れないの。ホテルも事務所も、携帯もだめ。誰もウルスの居場所を知らないし」

「僕にもわからない」

ルシールはしばらく沈黙した。

「嫌な予感がするの。ウルスは最近ひどく落ちこんでいて、それで今回のジョーの件……」

「ただの偶然だ」

アルフレートは少し苛立たしげに答えた。

「そうかしら？　先週同じ屋根の下に泊まって、そのあとジョーが死んで、ウルスは行方不明。きっと何かあるわ」

「今、患者を待たせているから」

「ごめんなさい」

「君の思い過ごしだよ」

アルフレートはそう言って電話を切った。だが空いた時間に、ウルスの秘書に電話をした。秘書の話ではウルスは昨日、午後になってようやく出社し、部屋を閉め切って二時間こもり続け、それから急に事務所を飛び出して行ったらしい。以来ウルスのことはわからないので、答えようがないと。秘書も心配している様子だった。

ホテルのウルスの部屋に直接電話をしてみたが無駄だった。フロントに問い合わせるとウルスは不在らしかった。最後にホテルに戻ったのはいつかという質問に対しては、フロントはもちろん答えなかった。

アルフレートは患者を二人診たあとで、エブリーンに電話をし、できるだけさりげなくたずねた。

「ねえ、ウルスと話がしたいんだけど、どこにいるか心当たりはないかな？」

「どうして私なんかに訊くの？」

「昨日から事務所にもホテルにも戻っていないみたいなんだ」

「何か心配なことでもあるの？」

アルフレートは話すべきか迷った。

「ウルスがどうかしたの？」

「最近ウルスの様子がおかしいんだ」

「それはずっと前からよ」

エブリーンはあざけるように言った。

「もしウルスを見かけたら、僕に連絡をくれるように言ってくれ」

「わかったわ」

エブリーンはそう言ったが、その声の響きや一瞬のためらい、あるいは長年の経験からアルフレートには彼女が嘘をついていることがわかった。アルフレートはこの日の診療が終わるとすぐにエブリーンのもとへ向かった。

エブリーンはアルフレートの突然の訪問に驚いた様子も見せず、居間へ通した。

「ワインでも召し上がる？」

エブリーンはグラスを二つと赤ワインが半分入ったカラフェを運んできた。エブリーンがワインを注いでいるのを眺めながら、アルフレートは彼女が前回に会ったときほどあきらめきった表情をしていないと思った。それに加え、目に幾分生気が戻ってきているようだった。

「ウルスはこの家にいるね？」

「誰にも言わないって約束させられたの」

エブリーンはワインを飲みながら語った。昨夜、暗くなりかけた頃、玄関のベルが鳴った。ドアを開けるとウルスが立っていた。スーツは汚れ、靴は泥だらけだった。とにかく中へ入れ、かつてのように、二人でキッチンで食事をした。

ウルスは口数が少なかった。ただピンチにおちいっていると。もうどうしていいか、わからない。二、三日家にこもって、頭の中を整理したいと。

「あれからもうずっと部屋にこもりっぱなし。朝食はベッドの脇に置いたわ。昼食を運ぼうとしたら、まだ眠ったままだった。朝食は手付かずのまま。ウルスに何があったの？」

「鬱病なんだ」

「ウルスが鬱？　どうしてまた」

「それがわかれば誰も苦労しないよ」

「恋わずらい？」

「いや。もっと複雑なんじゃないかと心配している」

「わかるわ。聞くのも恐ろしい」

アルフレートはうなずいた。

「でもこんなことを言ったら変だけど、昨日ウルスの様子を見て少しほっとした。前は冷たくて突き放すような感じがして、怖かったもの」

アルフレートはうなずいた。

「君もそう思うかい？」

そのときドアが開き、寝巻き姿のウルスが入ってきた。髪はぼさぼさで、ひげも剃っていなかった。ウルスは二人を見て苦々しくこう言った。

「やっぱり、そういうことだったのか」

「アルフレートが自分から押しかけてきたの。本当よ」

エブリーンは言い訳をした。

ウルスは二人のそばに腰を下ろした。

「あなたも何か飲む？」

ウルスは首を振った。

三人はフロアスタンドの明かりの中で黙っていた。大きな窓ガラスに映った三人の姿に遠くの街の明かりが重なっていた。

「僕でよかったら話を聞くよ」

アルフレートの言葉にウルスは肩をすくめた。

「私は席を外したほうがいいかしら？」

ウルスはまた肩をすくめた。

エブリーンは自分のグラスを手に居間を後にした。アルフレートはワインを一口飲んで訊いた。

「誰から逃げているんだい？」

ウルスはしばらく考えた。

「たぶん、自分自身から」

「何かあったのかい？」

「いや。だけど罪悪感が僕を苦しめるんだ」

「また誰かを傷つけた？」

「いや。昔のことでちょっと」

「どこで泥だらけになったんだい？」

「泥だらけって？」

「エブリーンの話だと、君は泥だらけの格好でここに帰ってきたらしいね」

「うん、そうだ。森にいたんだ。あそこにいると落ち着くんだ。おかしいだろ？」

「この間、調子がよくなったのも、森の中でだったね」

「うん。そうだった」

アルフレートは自分でワインを注いだ。

「キノコに含まれる成分でシロシビン以外に神経に作用するものってあるかな？」

「僕の知る限りでは、シロシン、セロトニン、ベオシスチンだな」

「一回目のトリップのときにそれらを含むキノコが交ざっていて、二回目とはまったく違う結果になったということは、ありえると思う？」

「なくはないと思う」

「この線を追求してみる価値はあると思うかい？」

アルフレートはウルスの目をじっと見ながら言った。

「それには一つ問題がある」

「問題って？」

「ジョーが亡くなった。家が火事になったんだ」

「ああ」

ウルスの返事には、驚いた様子もショックを受けた様子も落胆した様子もなかった。それは新しい事実を知ったときに発せられる「ああ」であり、計画に対してさらなる措置を講じる必要があるときの「ああ」であった。

アルフレートはほっとした。

「とにかく僕はこれ以上、キノコにこだわるのはよくないと思う。きちんと量って食べたとしても、含まれる成分にはばらつきがある。結果がどうなるかわからないし、リスクが大きすぎる。前にも言ったように精神分析を勧めるよ」

ウルスは首を振った。

「じゃ、いったいどうしたいんだい？」

「しばらく独りでいたい」

「この家にこもるつもりかい？」

「ほかにどこがある？」

「森の中が落ち着くと言っていたね。いいところを知っている。きれいな建物、すばらしい景色、親切なスタッフに、おいしい食事。少々高くつくが」

「療養ホテルか？」

「そんなところだ」

パートが夜中の二時すぎに帰宅すると、ルシールはキッチンでバナナカクテルを前に座っていた。いつもより口が重かった。

「ウルスの居場所がわかったわ。やっぱりなあ、って感じ」

「どこにいたの？」

「奥さんのところ」

「彼から電話があったの？」

「いえ、精神科医から」

「あら、そう」

パートはカクテルの残りを自分のグラスに注ぎ、ルシールのために乾杯した。

「朝まで付き合ってくれる？」

ルシールは言った。

第十章

リハビリセンターは十八世紀に建てられたパトリック風の館や農場経営をするための納屋を備えた屋敷、一九八〇年代に建てられたスタッフたちの宿舎やその別宅からなっており、病院として大盛況だった。

このセンターには、心筋梗塞を養生したり、アルコール中毒を克服したり、肥満を改善したいと考えている裕福な人たちが入所していた。ここではまた細胞を活性化させたり、美容整形の術後のケアをしてもらうこともできた。病気の再発のあらゆるパターンに対応できる再生医療に特化しており、経済的に恵まれている人々に、その後の人生を約束していた。

ウルスの場合は過労による鬱病として扱われた。『神経症』と言われるよりも、こちらの呼び方のほうが今風で、まだしも気が楽だった。

法律事務所の同僚たちはこの診断結果を不安と安堵の入り混じった気持ちで受け入れた。それは一方ではいくつかの重要な訴訟が担当者不在になるからであり、また一方ではウルスの不可解な行動に説明がつくからである。事務所にとっては、心筋梗塞や椎間板ヘルニアといった診断結果のほうがウルスの離脱の説明には好ましかった。だがアルフレートのわかりやすい、ていねいな説明によれば、ウルスの鬱は働きすぎに原因があるということだった。過労は有能な企業弁護士にとっては常に、離脱の立派な理由になった。

とにかくウルスのクライアントすべてに対して、暫定的解決策をとることは首尾よく成功した。ヒューラーでさえ、今までどおりにこの事務所に任せることを了承した。当分の間はガイガーが担当することになった。面倒な業務はウルスのアシスタントであるクリストフが受け持った。クリストフはヒューラーの訴訟に一番詳しく、ウルスのやり方を心得ていた。

「ウルスの右腕ですよ」

ガイガーはヒューラーの前で太鼓判を押した。

ウルスはリハビリセンターの居心地のよさに驚嘆した。スタッフは物静かで、医師も威圧的ではなかった。他の患者の視線を避けることも容易だった。ほとんどの患者が独りでいることを好み、ときたまプールやジムで何人かと出くわすくらいだった。食事は自分の部屋でとった。ウルスの部屋は屋敷の最上階の塔の部分にあった。すべての方角に窓があり、周囲のトネリコの森が見渡せた。ここでウルスは気ままに過ごした。

あるときには日の出とともに目を覚ました。そして窓を開け、朝鳥のさえずりに耳を傾けた。多くの鳴き声がときおり、一つの生き物のようにまとまることもあった。

ウルスは服を着替え、きしむ階段をそっと下り、中庭へ出た。庭を横切り、農場へと足を伸ばした。畜舎には明かりがともり、窓からゆったりとした音楽と搾乳機の音が漏れていた。ウルスは野菜畑を過ぎたところで二手に分かれている道を森のほうへ進んだ。森に近づけば近づくほど、にわか雨を避ける人のように、ウルスは早足になった。

五月の末だった。トネリコは二週間前にようやく芽吹き始めたばかりで、森の中には朝日が明るく差しこんでいた。地表のみずみずしい緑にはプリムラとヤマブキの黄色がなおも入り交じっていた。あちこちで遅咲きのアネモネの白が目を引いた。

数百メートルいったところでウルスは道をそれ、森の中へ分け入ってみた。黄色がかった幹のトネリコが苔むしたシカモアカエデに取って代わられ、その大きな樹冠の下生えとしてウワミズザクラやハシバミ、マユミが生い茂り、ウルスはこの上なく満たされた気分になった。ここ何年も人が足を踏み入れていないかに見えるこの場所がとても気に入った。石の上や朽ちた倒木、あるいは地面にじかに腰を下ろして、森の一部になろうとした。

何時間もそうしていると、二回目のトリップの際に味わった、森の海底にいるような感覚をいくらか取り戻すことができた。そのような日にはウルスは清々しい気分でリハビリセンターへ戻った。

二週間ほどたった頃、センターへの戻りしなにキノコを見つけた。森に入る分かれ道のちょうどその路傍に生えていた。初めは小石かと思った。灰色か灰青色の傘の部分しか見えなかったのだ。しゃがんでみて初めて、それがキノコだとわかった。柔らかい地面から一本抜き取ってみると、傘は釣鐘型をして、その縁は老人の皮膚のようにしわが寄っていた。柄は白みがかった灰色をしていたが、人によっては青色に見えるかもしれなかった。柄の根元が膨らんでおり、ブロイリングの特徴と合致していなかった。しかも大きさが全然違っていた。若いものは卵のような形をしていた。

ウルスはすべて摘み取り、ハンカチでていねいに包んだ。

リハビリセンターの敷地と森の境界付近に緑色のベンチがあった。ウルスがその前を通り過ぎようとしたとき、声をかけられた。

「もし、そこのお方。話しかけてもご迷惑ではありませんか？」

ウルスはぎょっとして振り返った。ベンチに座っていたのはオットーだった。猟師のようにローデンクロスのコートをはおり、フェルト帽をかぶっていた。オットーは立ち上がり、ウルスに歩み寄った。

「私がここにいると誰から聞いたんですか？」

「いや、誰からも」

オットーは握手を求めた。

「それじゃ、偶然に？」

「まあ、そんなところだ」

オットーはウルスの持っているハンカチの包みを指した。

「キノコ狩りかね？」

「いいえ。ただ珍しいと思ったもので」

オットーは包みに手を伸ばした。

「見せてもらってもいいかね？」

「キノコに詳しいのですか？」

「少しだがね」

オットーは包みを地面に下ろし、開けてみて口笛を吹いた。

「こいつはたしかに珍しい」

「食べられますか？」

「もちろんだとも。この若いキノコは最高級品だよ。ぜひお宅に招待してもらいたい」

「あなたもあのセンターに？」

「毎年三週間ほどね」

ウルスはマナーを考えて、理由はたずねないでおいた。オットーはキノコをハンカチで包み直した。

「君に調理法を教えるから、一緒に食べよう。君の部屋がいいかね？　それともうちにくるかね？」

ウルスがためらっていると、オットーは付け足した。

「君の気持ちはわかるよ。リハビリセンターで知人に出くわすことほど気まずいものはないからね。君が独りでいたいのなら、邪魔はしない。わずらわしいことを避けたいのは私も同じだ。だがそのキノコはすぐに食べたほうがいい。ヒトヨタケといってね、明日には融けてなくなるよ」

数日前のウルスであれば、人からこのようなことを言われれば怒りだすか、よくて無視していただろう。だが自分でも驚いたことに、ウルスはオットーの申し出を承諾しただけではなく、彼の部屋で食事をとることにすら同意した。自分に課している黙想トレーニングのおかげだと思った。再び社会人に戻りつつあるような気がした。

オットーの部屋は別邸のペントハウスだった。三方向をテラスで囲まれ、農場や館、森を見渡すことができた。居間と寝室があり、八〇年代に流行したであろう家具がしつらえられていた。居間の四分の一はデスクが占めており、三台のパソコンのモニターはどれも相場を表示していた。その横にきちんとそろえられた書類と三台の携帯電話が並び、さらにファクシミリとシュレッダーも備えられて、仮のインフラを形成していた。

西向きの窓辺の小さなテーブルに二人分の食器が用意されていた。南向きにはソファと小さな椅子が二脚。

「食事は三十分ほどで運ばれてくる。食前酒を一杯どうかね？」

ウルスはトニックウォーターをいただきたいと言った。オットーは冷蔵庫からボトルを二本取り出し、それぞれのグラスに注いだ。

「昔は変化に富んだ生活をしたほうが寿命が延びると思っていて、同じことを一年以上は続けないようにしていた。さもないと次の年が前の年と一つになって、区別できなくなってしまうとね。でも今では正反対のことを考えている。規則正しい生活をしたほうが寿命は延びると。前年と似ていれば似ているほど、時間の流れが緩やかに感じられる。毎年この時期にはここへきて、いつも同じこの部屋で過ごす。スタッフたちはほんのわずかに年をとっているだけで、常連客たちの年齢は一向に変わらない」

オットーは笑って続けた。

「反対にね、彼らのうちの何人かは毎年若返っていくんだよ。ところで君は長生きするために何かしているかい？」

ウルスはしばらく考えた。

「いえ、特には何も」

「どうしてそれを？」

「毎朝、森を散歩しているのでは？」

「ここから見えるんだ。私も朝は早いから」

ウルスはうろたえた。

「私を見張っていたんですか？」

「君が車でやってきた日からね。でももう心配は要らない。私は明日ここを発つんだ」

ウルスは言葉に詰まった。

「許してくれ。長年狩猟をしていると、早朝に高台に立って森を眺めるのが癖になってしまうんだ。するとちょうど君が森へ入っていくじゃないか。君が長生きしたいと思っているなら、森は手始めにちょうどいいよ。森の中では変化と静止の両方を同時に感じることができる」

ウルスは平静を保っていられて、ほっとした。

「それであなたは狩猟を？」

「森の中でだけとは限らない。私は草原や氷原でも狩りをする。でも目的は同じで、長生きをするためなんだ」

「狩猟と長寿にどういうつながりがあるんですか？」

「生死の分かれ目は、その魂のありかたに大きく左右されるんだよ」

ドアがノックされ、二人のボーイが食事の載ったワゴンを押して入ってきた。ウルスとオットーはテーブルに着き、給仕してもらった。春野菜のサラダの盛り合わせ、自家製のパスタ、タマネギやニンニクと蒸し焼きにされたキノコ。

「ボルドーを一杯やらないか？」

オットーの誘いをウルスは断った。

オットーの言ったとおりだった。キノコは最高に美味だった。すべて食べ終えてから、ウルスはたずねた。

「市場に出回らないくらい、このキノコは珍しいのですか？」

「いや、ヒトヨタケは比較的よく生えている。滅多に食べられないのには、ほかに理由があるんだ。つまりアルコールとの相性が悪い」

「どういうことですか？」

「顔の皮膚が赤くなって、徐々にバイオレットに変わり、それが全身に広がる。奇妙なことに鼻の頭と耳たぶだけは青白いままだ。発熱、動悸、言語・視覚障害が現れる。食事中にほんの一口飲んだだけでも、あるいは二日前に飲んだ酒でも症状が出る。キノコを食べた二日後に飲んだ場合も同じだ」

オットーは微笑んだ。

「君は飲まなくて正解だったよ」

「もし飲んでいたら？」

「さあね」

ウルスは怒りがこみ上げてくるのを感じた。

「あなたは成り行きに任せたんですか？」

「君は飲まないと確信していた」

「何を根拠にですか！」

ウルスは声を荒らげた。

「私は君のことをよく知っている」

「だからといって、毒キノコを食べさせるんですか！」

ウルスが激昂すればするほど、オットーは冷ややかになった。

「君は絶対に飲まない。君は私と同じで、勘が鋭いからね。動物的本能というやつだ」

ウルスの拳骨がオットーの顔面に飛んだ。たちまちオットーは右の鼻から血を出した。オットーはそれを気に留めず、座ったままウルスの目を見ていた。

ウルスが二撃目を構えると、オットーは右手を上げた。手にはハンティングナイフが握られていた。ウルスは立ち上がり、一歩あとずさった。オットーはあごからワイシャツに血を滴らせ、薄く笑っていた。

ウルスは部屋を後にした。


オットーは姿勢を崩さず、両手をテーブルに置いたまま、じっと座っていた。ウルスを買いかぶっていた。ウルスはオットーとは違い、自分を抑えることができなかった。

オットーはナプキンで鼻を押さえることも洗面所に行くこともせず、ただじっと座って、鼻血が自然と止まるのを待った。待ちながら、ウルスが今しがた犯した過ちの大きさに気づいているだろうかと思った。


ウルスはキノコの図鑑をリハビリセンターに持参していた。調べてみると、オットーがヒトヨタケについて述べたことは正しかった。さらに進行性の循環器障害で死に至る危険があると書かれていた。ウルスは怒りを覚えつつ、その箇所にアンダーラインを引き、余白に書きこんだ。

『ピウス・オットーのくそったれキノコ！』

今回は罪悪感を感じなかった。アルフレートと定期的に電話で面談をしていたが、この件に触れると、よい徴候だとアルフレートは言った。

「君の無意識は分別を取り戻したようだ。自分に毒を盛ろうとした男を殴りつけることは明らかに健康人の反応だよ」

オットーはリハビリセンターから帰るとすぐにガイガーとホテルのロビーで落ち合い、将来はガイガー・ベルク・ミンダー&ブランク法律事務所にだけ仕事を依頼するつもりだと打ち明けた。二、三の重要なことを話し合い、詳細については権限を有するメンバーたちに委任した。ウルスの名前は一度も挙がらなかった。

ウルスの部屋には取り寄せた図鑑や参考書がうずたかく積まれていた。森林の形態、林業、植林、植物学、キノコ、自然保護、野生動物、鳥獣保護、ハンティングなど、すべて山に関する本だった。

ウルスは久しぶりに学生の頃と同じくらい猛烈に勉強した。だが苦痛ではなかった。法律とは全く異なるこの分野に魅了された。まるで憑かれたようだった。

山の中のウルスは他のすべての生き物と同様、善でも悪でもなかった。

滞在三週間目、驚いたことにエブリーンが訪ねてきた。早朝、いつものように窓辺で鳥のさえずりに耳を傾けていると、車のエンジン音が割って入ってきた。シルバーのアルファロメオのヴィンテージでエブリーンのものだとわかった。車は入り口のそばでライトを消して停まった。

ウルスは成り行きを見守った。朝日が森の梢を照らし始めた。エブリーンは車の中でじっとしていた。ウルスが森の散歩をあきらめない限り、エブリーンと顔を合わせることは避けられそうになかった。

ウルスが外に出ると、エブリーンは車を降り、近づいてきた。

「いつもこの時間に森を散歩するってアルフレートから聞いたの」

エブリーンは鹿の角でできたボタンのある黒のローデンクロスのジャケットにレギンス、トレッキングシューズという格好だった。ウルスはアルフレートをののしった。

「一緒に散歩してもいいかしら？」

「道のないところを歩くよ」

「この靴でなら平気よ」

「僕は歩くのが早いよ」

「今日は体の調子がいいの」

二人は出発した。農家屋敷と菜園を過ぎ、森へ向かった。

「森で何をしているの？」

「いろいろなものを見たり聞いたり、嗅いだりする。独りで静かにね」

ウルスは歩調を速めた。

森の入り口に着いた。森の中はまだ薄暗く、足元ははっきりとは見えなかったが、ウルスは構わず進んだ。目の端でエブリーンのほうを見ると、息を切らし、危なっかしく、熱心についてきていた。いつもならば木立の中へ分け入る最初の地点を過ぎても、ウルスはハイキングコースを歩き続けた。二番目の地点でも同じだった。

三番目の地点でウルスは立ち止まって言った。

「もう我慢できない」

「え？」

「帰れ」

エブリーンは呆然とウルスを見つめた。

「失せろ！」

エブリーンは一歩下がり、ウルスは詰め寄った。

「失せろと言っているんだ！」

エブリーンはまた一歩下がった。

ウルスは石を拾い、投げつける構えをした。エブリーンは背を向けて駆けだした。ウルスは追いかけて言った。

「走れ、走れ！」

エブリーンは全速力で逃げた。ウルスは立ち止まって叫んだ。

「走れ、命がけで走れ！」

第十章

夕方、ウルスはリハビリセンターの厨房に鼻歌交じりで現れた。料理長は所長の指示でしぶしぶコンロの一部と調理器具、テーブルを邪魔にならない場所へ移して、ウルスに自由に使わせた。ウルスは自分で採ったキノコと山菜でとびきりの食事をこしらえた。

この日、ウルスは初めてアミガサタケを見つけた。トネリコのそばに生えると本には書いてあったが、今までむなしく探し回っていた。そして今日は十五本も採れた！　発見した場所には、まだたくさん生えていた。

ウルスは菓子職人の刷毛でキノコのごみをきれいに払い落とし、小さなものは半分に、大きなものは四等分に切り分けた。下生えの中で見つけたノヂシャの若い葉は洗って小さくちぎった。

ウルスはフライパンでバターを熱し、キノコをいため、塩コショウで味付けし、ノヂシャの葉とふたをかぶせて二、三分蒸し焼きにした。

それを温めておいた皿に盛りつけ、イワミツバを添えた。皿をトレーに載せてクロッシュをかぶせ、自分の部屋へ運んだ。

部屋に入ると、アルフレートがデスクの前に座って、キノコの図鑑をめくっていた。

「連絡をくれていたら、もっとキノコを採ってきたのに」

「もう食事は済ませてきたよ」

「ノヂシャとイワミツバを添えたアミガサタケだ。よそでは食べられないよ」

アルフレートは首を振った。ウルスはテーブルクロスを広げ、椅子に座り、クロッシュを開けて、ゆっくりと味わいながら食べた。

アルフレートはウルスの様子をじっと観察していた。

「殺すと言ってエブリーンを脅したそうだね」

ウルスは食べ終えてからようやく話した。

「嫌なことを思い出させてくれたな」

「彼女に悪いことをしたと思わないのか」

「それほどでもないさ。何も脅したわけじゃない。ただ強めに言って追い払っただけさ」

「石を投げつけてか？」

「投げる振りをしただけだ」

「『命がけで走れ！』と叫んだんだろ？」

「そういう意味で言ったんじゃないよ。わかるだろ？」

アルフレートは真剣だった。

「詳しく話してくれ」

ウルスはしばらく考えた。

「森は僕にとってプライベートな場所なんだ。なのにエブリーンが邪魔をしにきた」

ウルスは自分のこの説明に物足りなさを感じた。決定的な点が欠けていた。

「それに彼女はしつこいんだ。今までだって、いつもそうだった」


山火事が起こる直前に黒のジャガーを目撃したという老人が現れた。ブレイザー刑事はしぶしぶ老人に会いに行った。

老人はサイロの上でパイプの据えつけ工事をしていた。サイロの高さは八メートル。そこから森の入り口まで、フィヒテンホフへつながる道路が見渡せた。森から車が出てくるのを目撃し、その直後に煙が立ちのぼった。

その距離でどうしてジャガーだとわかったのかとブレイザーは訊いた。

車はそのあと県道に下りてきて、そのときにジャガーだとわかったという。老人のいた場所からの距離は五十メートル。ナンバープレートまでは読み取れなかったらしい。

ほかに通った車はなかったのか？

絶対にない、耳はまだしっかりしていると老人は言った。

ブレイザーはとりあえず、この筋を洗ってみることにした。タイヤの跡を調べるのは火災現場周辺の状況からして不可能と思われた。ジョーの関係者を割り出し、黒のジャガーの持ち主に心当たりがないか、たずねて回る必要があった。

ジョーについてわかっていることは、ドラッグの売人とつながりがあったということだけだった。ブレイザーの苦手とする分野で、市警察に協力を求めることにした。


ブレイザーは三十分以上前から市警察のオフィスでシェール刑事の手が空くのを待っていた。

「ドラッグの筋と言われてもですね」

一時間待たされてようやくブレイザーが用件を話し始めると、シェールがそれをさえぎるように言った。ブレイザーよりも二十歳以上若く、ドラマの刑事のようにランバージャケットを着ていた。制服を着るとみすぼらしい警官なのだろう、とブレイザーは思った。互いに相手を一目見て、露骨に嫌な顔をした。

「マッシュルームの愛好家を探し出して、一人ずつ当たっていくおつもりですか？」

「まずはジョーの周辺で、過去にドラッグで検挙された者がいないかを知りたい」

ブレイザーはシェールが用意したファイルを指した。シェールはそれを開き、パラパラとめくった。

「これはジョーに関するものです。しかも古い記録でして。よかったらお貸ししますよ」

シェールが押しやったファイルをブレイザーは手に取った。

「ここによく登場するトルディ・フライとアリア・シバに会わせてもらえないか？」

「今はインドかそこらにいます」

「一年中、ほぼ向こうにいるようだな」

焼死した老ヒッピーについての古いファイルを手に、ランバージャケット姿の若い捜査官を心でののしりながら、ブレイザーは青のオペルに乗って、月光の中を自分の署へ戻った。

第十一章

リハビリセンターで一ヵ月ほど過ごすと、ウルスは再びある程度普通の日常生活を送れるようになった。鬱に襲われることは減り、まれにあっても森でゆっくりすればすぐに回復した。以前のような落ち着きをかなり取り戻していた。怒りの発作に見舞われても、たいしたことなく済んだ。他人ともうまくやってゆけるという自信があった。

職場への復帰をスムーズに行うために、ウルスは事前にいくつかの準備をした。インペリアルのスイートルームから郊外のホテルへ引っ越したのもその一環だった。

そのホテルは一九七〇年代に建てられた組み立て式の四階建てで、住人は高齢の年金受給者が大半を占めていた。スイートルームは質素な家具が備わった二つの広い部屋からなり、ミニキッチンがついていた。大抵の部屋からは湖と街のすばらしい景色を望めたが、裏手の部屋は森のブナの木に視界をさえぎられていた。ウルスはその部屋を借りることにした。

ウルスはジャガーも手放した。これからの暮らしには四駆のほうがふさわしいと考え、レンジ・ローバーを買った。色は自分の好みに忠実に黒を選んだ。

当分はフルタイムで働くことは見合わせることでパートナーたちと意見が一致した。裏方に回り、クライアントとのやりとりは他のメンバーに任せるとウルスは提案した。それにはガイガー、ベルク、ミンダーも大賛成だった。少々デリケートな問題はクリストフをどうするかだった。クリストフは今ではコンフィードの合弁に深く関わっており、ガイガーによれば、ウルスなしでも一人で仕事ができるようになっていた。ウルスは反論したが、ガイガーはそれを退けた。

「君はクリストフに『クビになりたいのか、このクズめ！』と言ったそうだね」

ウルスはアルフレートと週に二回、一回は以前のように友人としてレストランで、もう一回は患者としてクリニックで会った。そのほかの日は少し変わった生活を送った。

毎朝、空が白み始める頃に起床し、仕事が許すときは――大抵そうなるように取り計らってあるのを知っていた――レンジ・ローバーに乗り、近くの森へ行った。そしてキノコや山菜を採って帰り、ホテルのミニキッチンで料理した。いつも植物や昆虫を持ち帰り、ときには夜遅くまでかかって図鑑で名前を調べたりした。

どうしても出社しなければならない日には、ウルスは出社前に三時間ほど森で過ごした。重たい登山靴をはき、コーデュロイのズボンのすそに乾いた泥をつけて事務所に現れることも何度かあった。


エブリーンはウルスの知らない弁護士に頼んで、離婚の準備を着々と進めていた。ウルスは財産分与の仕方がいくらか不公平だと感じることもあったが、構わずに放っておいた。

ルシールにはまだ未練があった。リハビリセンターにいた頃、一度電話をしたが、パートが代わりに出た。

「あなたとは話したくないそうです」

「本人に代わってもらえないかな？」

受話器を押さえる気配がして、そのあとルシールが電話に出た。

「今、忙しいの」

ルシールはすぐに電話を切った。

翌週の水曜日、ウルスはフリーマーケットをのぞいてみた。六月の半ばで、曇り空だったが、暖かい日だった。大賑わいで、特に食べ物屋の前には人だかりができていた。

遠くからブロンドの髪とほっそりとしたシルエットを認めたとき、ウルスはルシールが髪を染めたのだと思った。だが近づいてみると、それは若い男だった。ルシールのように派手なアジア風の衣装を着て、商っている絹のスカーフを身につけていた。

「ルシールはどこ？」

ウルスはあいさつもせずに、いきなりたずねた。

「仕入れに行っている」

「どこに？」

「インドネシア」

「いつ戻ってくる？」

若い男は肩をすくめた。

「ひと月くらい戻らないんじゃないの」

「あ、そう」

ウルスは店を後にした。


「ルシールはインドネシアにいるらしいね」

ウルスは〈金獅子〉でアルフレートにたずねた。

「そんなことを言っていたな」

「どうして僕に教えてくれなかったんだ」

「もう彼女には関心がないと思っていた」

ウルスはサラダをもてあました。自分で山菜を料理するようになってから、レストランで出されるものが口に合わなくなっていた。

「フリーマーケットには人があふれているのに、買い出しに行くなんて」

「君を忘れたいんだよ」

「ルシールがそう言っていたのか？」

「うん」

この別れがルシールにとって辛いことだと聞かされても、ウルスの彼女への思いは変わらなかった。

第十一章

オットーとガイガーの間には一種の友情が芽生えていた。二人は定期的におもにインペリアルのロビーで会い、数日前から『俺とお前の仲』になっていた。主導権はオットーが握っていた。その並外れた委任数が通常のクライアントと弁護士の関係には見られない権利を彼に与えていた。とりわけシャレードグループとの合併によりグローバル化を目指すユニバーサル・テキスタイルにからむ案件は、法律事務所の発展に大きく貢献するはずだった。

オットーは人づてに、ガイガーは仕事が忙しかった日にはナイトクラブで浴びるほど飲む癖があると聞いた。オットー自身は夜の付き合いは好きではなかったが、パートナーの人間性を見るいい機会だと考えていた。酒が入ると、人は思いのほか自分をさらけ出すものだと。

ある晩、一緒に夕食をとったあと、クラブへ行った。ガイガーは三本のワインの大半を一人で空けており、そのうえビール二杯からウイスキーにまで手を出していた。

薄い衣装をまとった娘が踊っている最中に、ガイガーがささやいた。

「女はレザーに限る」

「え？」

「ファスナーのついたレザーだ」

「どの娘のことだ？」

「もういい」

ようやくオットーは理解した。

「そういう趣味があったのか」

ガイガーは照れくさそうにした。

「ヒモプレイ？」

「ああ、ヒモプレイだ」

ガイガーは呂律《ろれつ》の回らない舌で答えた。

オットーはプロの若いベルギー娘の電話番号をガイガーに渡した。ガイガーはお返しにコンフィードの大規模な合弁に関する情報を教えた。


夏のような陽気が続き、森は人々の憩いの場になっていた。この間までは朝の六時に人っ子ひとりいなかった場所に、ジョギングや散歩をする人、ハイカーたちの姿が見られた。だがウルスにとってもっと不愉快なのは、自分の姿を人に見られることであった。

ウルスは森と一つになるために、ある儀式のようなことを行うのが常だった。地面にしゃがみ、両手に枝やシダの葉、一摑みのコケを握って額に押し当て、両目をつぶる。そのような格好を人に見られたことが二回あった。一回目は若いカップルで、「あ、すみません」と叫んだあと、ずっとクスクス笑っていた。二回目は幼い子供で、父親に「あの人は何をしているの？」とたずねていた。

二回ともはらわたが煮えくり返り、その日は一日、気分が悪かった。そのようなことを避けるために、ウルスはますます山の奥深くへ分け入った。

前日の晩に地図で車を停められそうな場所を探し、朝の四時にホテルを出発して、日の出頃に目的地に着く。そして小さなリュックを背負ってまだ薄暗い山に足を踏み入れた。

花期のすぎたクルマバソウやラミウム、ツクバネソウ、アマドコロ、アネモネが柔らかい地面に生えていた。古いブナの幹の間を、密生している若木をかき分け、ブラックベリーの棘《とげ》にズボンの裾をとられながら進んだ。

あるときはシカが驚いたように逃げ去り、あるときはウリ坊を四頭連れたイノシシに威嚇され、あるときはアカシカと見つめ合い、あるときはすぐそばの巣穴からウサギが飛び出した。それらの動物や鳥、昆虫たちがこの時間帯に山で出会う生き物のすべてであった。

ウルスはいつも目的地を決めずに歩き回った。直感に従って、もっとも奥深そうな、誰も立ち入ったことがないような場所を選んだ。道などおかまいなしだった。帰る時刻になると、自分の方向感覚や、偏西風によって幹に生える地衣類のつき方で方角を推測した。

ウルスは一度もコンパスや地図を携帯しなかった。内心、山で迷うのを楽しみにしていた。

六月末のある日、その願いは叶えられた。ウルスは奇妙な若いブナの茂みに行き当たった。内側から光を発しているように見えた。面積は約三十平方メートル。どの方角から眺めても、中心部が明るく輝いていた。

下生えの中を数メートル這って進むと、小さな空き地に出た。そこはくぼ地になっており、地表の大部分がコケの絨毯とシダで覆われていた。柔らかく、ふかふかとして、思わず寝転がらずにはいられなかった。

若葉からこぼれる日差しに目をしばたたき、コケの湿った匂いを嗅いで、地面の柔らかさにうっとりとした。目を閉じ、地中にだんだんと沈みこんでいくところを想像した。これほど山との一体感を得られたのは、ここ最近にはないことだった。

正午をだいぶすぎた頃にウルスは目を覚ました。心が軽く、満ち足りた気分だった。名残惜しい気持ちでくぼ地を後にし、若いブナの茂みをくぐって、いつもの山へ戻った。

今しがた得られた感動を壊さないように、ウルスはゆっくりゆっくりと歩いた。頭の中では何も考えないようにした。脳の回路を遮断し、ロボットのように足を動かして、今は何時か、現在地はどこか、車を停めてあるのはどの方角か、といった考えは頭から排除していた。

日暮れ前まではそうやってさまよっていたが、道に迷ったのでは、という考えがウルスを現実に引き戻した。どちらを向いても山は同じに見えた。

まもなく鳥の鳴き声がやみ、山がざわめきだした。

リュックには懐中電灯を入れていた。だがその明かりは幹や低木、茂みを部分的に照らすだけだった。しばらくは林道を探した。林道を歩けば何らかの道標に出くわすか、山から出られると思っていた。だが懐中電灯の明かりは徐々に弱まり、藪こぎは難しくなっていった。ウルスは野宿できそうな場所を探すことにした。

二本の大きなブナの間に氷河で平らに削られた岩を見つけた。そこにトウヒの若い枝を敷き詰めてマットレスの代わりにした。

ウィンドブレーカーを着て、寝る準備をした。リュックを枕に、薄いアルミの救急シートを掛け布団の代わりにして、ウルスはすぐに寝入った。

第十一章

　ウルスはあまりの寒さに目を覚ました。腕時計を見ると、まだ一時間もたっていなかった。辺りは冷たく湿っていた。体温を逃さないはずの救急シートは、ウルスが横になっている岩の冷たさをあべこべに溜めていた。

　頭上の木々がざわつき、雨が降り始めた。梢が雨を受け、岩の上に大粒の滴を落とした。ウルスは起き上がり、荷物を片付け、雨をしのげる場所がないかと、周囲をライトで照らした。

　若いトウヒの茂みの中に、救急シートをかぶってもぐりこんだ。四方で雨粒がポタポタと音を立てた。稲光がして辺りは一瞬切り絵のように明るくなり、続いてすぐに雷鳴がとどろいた。突風が吹きつけ、ウルスは体の芯まで凍えた。

　雨雲が通り過ぎるまで一時間ほどかかった。ウルスは体を温めようと、ジャンプしたり、膝の屈伸や腕立て伏せをしたりした。リュックには食料品やマッチを入れてこなかった。いつになれば夜が明けるのかと腕時計を見ようとしたが、懐中電灯は雨のせいでショートしたらしく、つかなかった。もう二度とこのような粗末な装備では山に入るまい、とウルスは心に誓った。

　空が白み、樹冠のシルエットが浮かび上がるようになるまで、無限の時間が流れたような気がした。目を凝らして幹を見分けられるようになるとすぐ、ウルスは出発した。

　二十メートルも歩かないうちに林道に出て、そこから百メートルも行かないうちに道標を見つけた。『ヴァルトアッカーまで十分』。それはウルスの車が停めてある村だった。

ジョー・ガッサーに関するファイルはブレイザー刑事のデスクですでに薄く埃をかぶっていた。急かすような署員はおらず、上司は他の仕事に追われていた。ジャガーの目撃証言がなければ、とうに捜査を終了させていただろう。その前に、たとえ形式的であっても、一度この筋を洗ってみる必要があった。

ブレイザーはレストランでの喧嘩であごを骨折して入院している男から事情を聴いて帰る途中だった。カーラジオからは彼が二十代の頃に流行った歌が何曲か流れていた。業務のことを頭から追い出し、曇り空の下、田舎の道路に車を走らせていた。

男性歌手がアコースティックギターに合わせ、心地よい声で小さなキノコへの愛の告白を歌っていた。歌詞の内容が気になり始めたときには、曲は終盤にさしかかっていた。『小人の帽子』というフレーズが意味するのは普通の食用キノコではなさそうだった。

ブレイザーはアーティストの名前をメモした。ベニー・メトラー。ストリートミュージシャンのフェスティバルで収録されたものだった。

ひょっとしてジョーと何らかのつながりがあるかもしれない。

ウルスは風邪をこじらせ、三日間ベッドで過ごした。ホテルは高齢の長期滞在者が多く、医療・介護体制が整っていた。専属の医師がウルスを診察し、抗生物質を処方した。家政婦がベッドシーツを定期的に交換し、コックが軽食とお茶を準備してくれた。

熱のあるウルスが見る夢は、ここ数ヵ月間に起こった出来事と幻覚の入り混じったものだった。内容はすべて山に関するものだった。

四日目の昼頃には熱が下がった。ウルスはじっとしていられず、ホテルを出て、日の照りつける道路を横断し、近くの森に足を踏み入れた。静けさと澄んだ空気が恋しかった。

だが森の中は人々の喧騒であふれかえっていた。いたるところで炭を燃やす臭いやバーベキューの臭いがした。まるで年の市のようで、きっと日曜日に違いなかった。

ウルスは回れ右をして、ホテルに引き返した。そして深い山に分け入るように、読書に没頭した。

風邪がすっかり治ると、ウルスはまた山で夜を過ごしたくなった。だが前回のような目に遭うのはお断りだった。

野営に関する文献を調べているうちに、ウルスは新しい世界に目が開けた。サバイバル術である。

本の中で紹介されているものやサバイバルショップのひげ面の店員が言葉巧みに売りつけるものをすべて買った。数日後には地球上のあらゆる場所を単独で探検できるほどの装備になっていた。

ウルスは職場に復帰して以来、初めて経営者会議に出席した。少し遅れて入室すると、場は水を打ったように静まり返った。ガイガーはテーブルの上の書類をそろえているふりをした。

「お邪魔でしたら、出て行きますよ」

ウルスは少しむっとしたように言った。

「そんな他人行儀にしないで、座りたまえ」

ベルクが力強い声で言った。

だがウルスに隠し事をしているのがすぐにわかった。重要な話題は避けるか簡単に触れるだけにとどめ、些細な事柄や噂話に何度も話がそれた。

ドアがノックされ、腕に書類を抱えたクリストフが現れた。彼はウルスを目にして驚いた。

「どうした、クリストフ？」

ガイガーが下の名前で呼びかけたことでウルスは察した。

クリストフは困惑したようにドアの前で突っ立っていた。ウルスは気を利かして席を外した。

「すみません、約束があるもので。私はこれで」

クリストフはウルスに道を譲った。ウルスはすれ違いざま、書類の配布先リストをちらりと見た。そこにウルスの名前はなく、代わりに一番下にクリストフとオットーの名前があった。

そのようなことにウルスはもう未練はなかった。


アルフレートとの昼食に向かう途中、ウルスはルシールの店に立ち寄った。ブロンドの若い男がまだ代わりに店番をしていた。ルシールからの連絡はなく、いつ戻ってくるのかもわからなかった。

そのようなことにウルスは大いに動揺した。

第十一章

ストリートミュージシャンにとっては絶好の日和だった。空には雲ひとつなく、道沿いのカフェは満席で、歩行者天国は小銭を持って開放感に浸った人々でいっぱいだった。

ブレイザー刑事はすぐにベニーを見つけることができた。ベニーは雑貨屋の前で擦り切れたギターを弾きながらバラードを歌っていた。首にハーモニカホルダーをつけ、ときどきそれで拍子をとっていた。周りに何人か集まっており、ギターケースに小銭を放りこんでいた。

ブレイザーは少し離れたところで道路標識にもたれて聴いていた。ギターケースには彼がメモ用紙で包んだ五フラン硬貨が入っていた。ベニーはメモに気づいているようだった。

三曲演奏して、ベニーはアルメニア人のアコーディオン奏者に場所を譲り、小銭を数え始めた。ブレイザーはベニーがメモを読んで怪訝《けげん》そうに顔を上げるのを見て取った。そしてうなずきながら歩み寄った。

「訊きたいことって?」

「ビールでも飲みながら話そうか」

数メートル先のカフェテラスが空いていた。

「あの男が演奏している間だけだよ。終わったら、また僕の番だから」

「時間は取らせないよ」

二人は緑色に塗られたテーブルに着いた。

「質問をどうぞ」

ビールが運ばれてくるとベニーは言った。

「ジョー・ガッサーをご存じですか？」

「警察の方ですか？」

ブレイザーはうなずいた。

「でもこれは仕事とは関係のない話です」

ベニーはポケットから小銭をつかみ出し、ビールの代金をテーブルに置いて立ち上がった。

「ちょっと待って。私の質問に答えてください」

「どうして？　これは取り調べではないんでしょう？」

「署にきていただいてもいいんですよ」

ベニーは再び腰を下ろした。

「ええ、その世界では有名な人でしたから」

「火事が起こる直前、黒のジャガーが現場から走り去ったという目撃証言があるんです。持ち主に心当たりはありませんか？」

ベニーは嘘をつくのが下手で、首を縦か横に振るだけでは済ませられないタイプだった。十分としないうちに、ルシールという女が一度、黒のジャガーに乗った男とジョーのもとに現れたということをブレイザーは知った。ベニーは男の名前を覚えていなかった。ルシールの苗字も知らなかったが、フリーマーケットに出店していると言った。

この街のフリーマーケットの数はそう多くはなく、しかもルシールの名前で届出が出されている店は一軒だけだった。ルシール・マーサ・ロス。住所はライフェン通り四十七番。ブレイザーは手続きを踏んで市警察に彼女の事情聴取を依頼した。

三日後、ルシールは海外に渡航中だという連絡を受けた。帰国後速やかに出頭するよう、召喚状を発行したらしかった。

モミやブナの幹に描かれた黄色のペンキの目印はウルスがまだハイキングコースをたどっていることを示していた。さらに五百メートルほど先でウルスはコースをそれ、藪の中を北西に向かって進むつもりだった。二万五千分の一の地図には、周囲十六平方キロメートルの範囲に道らしいものは描かれていなかった。

ウルスはこの山一帯を念入りに調査していた。街から車で一時間ほどの距離で、北アルプスに接していた。広大で傾斜が強く、ふもとに択伐林があった。それはまだ人の手があまり加えられていないことを意味していた。付近の農民が家を建てるためや薪に使う木を選んで伐採し、また植林をしているにすぎない。そのような山には林道も、皆伐の跡も、苗畑もなかった。ウルスが強く求めていた山の姿だった。自然が残されており、変化に富んだ、侵しがたい山。

ウルスは一時間前から歩いていた。息を切らさずに長時間歩ける歩調を身につけていた。登山靴は買ったあと、すぐに水で濡らし、乾くまでオフィスにはいて通い続け、秘書を驚かせたものだった。それは今では足にすっかりなじんでいた。

胸ポケットには使用頻度の高いものを入れていた。コンパス、ポケットナイフ、時計、そして緊急用のホイッスル。それらすべてを、サバイバル本に書いてあるように、それぞれ別のひもで服に結わえつけていた。

ザックは満杯だった。下着と予備の服、セーター、ウールの帽子、タオル、ポンチョ、救急箱、トイレットペーパー、鍋、コンロ、水筒、食器、紅茶、コーヒー、砂糖、粉ミルク、ブイヨン、オイルサーディン、サラミ、乾パン、ドライフルーツ、ミューズリーバー、寝袋、テント、断熱マット、救急シート、ビバークザック、ロープ、カラビナ、双眼鏡、懐中電灯、飲用水のろ過フィルター、ハイドレーションパック、動植物図鑑、キノコ図鑑、サバイバル教本。

ズボンの左ポケットにある防水性の金属ケースには緊急用のサバイバルキットが入っていた。針金、安全ピン、釣り糸、釣り針、おもり、シグナルミラー、ミニコンパス、ロウソク、裁縫セット、火起こしルーペ、ワイヤーソー、絆創膏、抗生物質、水浄化剤、丸刃のメス、鉛筆、塩、ポリ袋、過マンガン酸カリウム。

右のポケットにはオットーから譲り受けた『汝、ためらうなかれ《ネバーヘジテイト》』の銘文が刻まれたハンティングナイフ。

一泊二日の登山をするにしては大げさすぎるかもしれない。だがウルスは山登りではなく、サバイバル術を学びたかったのである。

ウルスはハイキングコースからそれる前に休憩を取った。斜面には草が生い茂っていた。ウシノケグサ、チシャ、スズランは名前がすぐに浮かんだ。水筒の水を三口、味わって飲んだ。頭上でキツツキの叩く音が響いた。青い空に飛行機雲が走っていた。

十分後、ザックを担ぎ、斜面を登り始めた。慌てずにゆっくりと登った。足元には石や穴ぼこ、亀裂、太い枝など、様々な障害物が草本層に隠れて潜んでいた。幼木の林やうっそうとした藪などを迂回せねばならないこともたびたびあった。ウルスは迂回する際、目印となる山の方角をコンパスで読み取り、歩数を数えながらその方角へ進んだ。元の方角へ進めそうな地点まで来ると進路を変え、藪をやり過ごすまで進み、それから数えた歩数分だけ戻った。このやり方を必ず守った。

一時間ほど歩くと沢に行き当たった。可能な限り、それをさかのぼった。崖や深い茂みのせいで三度、沢を見失った。そのたびに迂回してまた沢を見つけたが、四度目でついに見失った。

ウルスは沢を最後に見たがれ場に戻り、別の方角へ迂回した。苦労して六百歩ほど進むと、がれ場はシダの生えたくぼ地で途切れていた。それを横断し、岩の塊によじ登って、沢があるとおぼしき方向に進むと、三百歩ほどでまた新たな障害物に行き当たった。若いモミの木の林で、北西側には垂直に切り立った岩壁が迫り、南東側には岩がごろごろとしていた。その林の向こうに沢は流れているはずだった。

ウルスはザックを下ろし、岩の間のシダの陰に隠して、モミの林の中を腹這いになって進んだ。ナイフで下枝を切り払わねばならないことが何度もあった。

五十メートルほど匍匐《ほふく》前進したと思われる頃、水の流れる音が聞こえた。さらに十メートル進むと沢が見えた。四十平方メートルにも満たない平坦地の隅に巨大な岩があり、その下から清水が湧き出ていた。地表はコケやシダ、ツルコケモモで厚く覆われ、生長途中のまた奇妙に歪んで生えたモミの木で周りを囲まれていた。日差しは真夏の間の数時間だけ、地表に届くらしかった。だが今はウルスの五メートル頭上にある岩の上面の一部を照らしているだけだった。

ウルスはザックを取りに、這って戻った。

日暮れまでにはまだ時間があったが、ウルスは野営の準備をした。一番平らな場所に小さな灰色のテントを張った。沢のそばのトウヒの枝に洗面具入れとタオルをかけた。苔むした岩にポンチョをかぶせ、座っても濡れないベンチにした。その横に石を集めてかまどを作った。林を出て数メートル離れた岩の間をトイレにしようと、樹皮をむいたトウヒの腰掛けと土の山を準備した。

ウルスはロープをたすき掛けにして、ヒカゲノカズラが張りついている岩をよじ登った。本で手足の使い方を学んではいたが、実践は初めてだった。前にも後ろにも進めなくなることが二度あり、パニックにならないように精神を集中させた。登り終えると、ロープを張って、次回以降の昇降の助けとした。

岩の上に立つと、手前の渓谷からはるか遠くに点在する村々まで見渡せた。今の自分の居場所を知っているのは自分だけだと思うと、ウルスの顔に笑みが浮かんだ。

ウルスは山で一泊するつもりだった。だが二日目の朝、雨の音で目を覚ますと、さらにもう一泊することに決めた。雨の日こそ、サバイバルの訓練になるからである。

ウルスは少々の薪の蓄えをポンチョで雨から守っていた。その中から適当なものを選んで、ひもとポンチョで岩の前に雨宿りができる場所を作り、そこで火をおこしてコーヒーを沸かした。

モミやトウヒに降り注ぐ雨は、滴となって枝から落ち、あるいは幹を伝って古い雨染みをなぞった。辺り一帯の植物はスポンジのように存分に水を吸った。ウルスによって踏みしだかれたコケやシダ、ツルコケモモが生き生きとし始めた。

ウルスは単調な雨の音に耳を傾け、エメラルドグリーンに溶け出る自然を見つめた。自分の存在だけが唯一絶対の真理だった。

第十一章

第十二章

六月末のある蒸し暑い日、ブレイザー刑事はルシール・マーサ・ロスが帰国したとの知らせを市警察から受けた。

「彼女をどうされますか？」

「話を聴きたい」とブレイザーは答えた。

「ご自分でなさってください。こちらは猫の手も借りたいくらい忙しいんです」

ブレイザーにも異存はなかった。息苦しいオフィスを抜け出す格好の言い訳になる。ブレイザーはルシールに電話をし、自宅と市警察署のどちらで会うのが都合がいいか、たずねた。ルシールはためらうことなく後者を選んだ。アパートに警官を入れたくはなかった。

ブレイザーは広めの部屋とデスクを借り、そこで証人がくるのを待った。すでに約束の時間よりも十分が経過していた。悪い徴候だった。証人というものは時間きっかりにくるか、さもなくばすっぽかすのが普通だったからである。

だがコンピューターが苦手なブレイザーが部屋に置いてあるノートパソコンを閉じたちょうどそのとき、ルシールが現れた。瞳の色を除いて、スタイル、髪型、顔の肌の色、衣装はインド人そのものだった。だが瞳の色を無視するのは容易ではなかった。警官として何枚もの報告書をしたためてきたブレイザーにも、この色をどう表現していいかわからなかった。水色？　白みがかった青？　空色？　いや、それは言葉で表わせない青としか言いようがなかった。

「遅れてすみません。インドネシアから帰国したばかりで」

ブレイザーはルシールに椅子を勧め、ファイルを開いて本題に入った。

「あなたは五月初旬、黒のジャガーに乗った男性と一緒にジョー・ガッサーのところへ行かれましたね」

ルシールは一瞬ためらった。

「誰から聞いたんですか？」

ブレイザーは微笑み、眼鏡を外した。

「ロスさん、ここでは私の質問に答えてください」

ルシールも微笑んだ。人から『ロスさん』と呼ばれるのは久しぶりだった。

「目撃者がいるんです。その男性のことを聞かせてください」

「彼が何かしたんですか？」

「先ほども申しましたが、これは取り調べなんです。私が質問し、あなたが答える」

ルシールは黙りこんだ。

ブレイザーはルシールに恨みがあるわけではなく、必要以上に苦しめたくなかったので、こう続けた。

「ドラッグのことで捜査しているのではありません。キノコを食べるのもどうぞご自由に。私は山火事の件で調べているんです」

「彼が山火事に関係していると？」

ブレイザーはうなずいた。

「煙が上がる直前、黒のジャガーが目撃されているんです」

ルシールは眉間にしわを寄せた。

「きっと別の人の車だわ」

「はい。ですが、それをはっきりさせたいんです」

ルシールの話を聞いて、別のジャガーだとブレイザーも確信した。

だが同時にいぶかしく思った。社会的地位のある壮年の企業弁護士がなぜ、若い娘を連れてドラッグ中毒の老ヒッピーを訪ねたのか。

第十二章

ウルスはそれから一ヵ月の間、ほとんどオフィスに姿を現さなかった。大半の時間を山で過ごし、野営する方法をいろいろと試していた。二回目のときのように完全装備で快適にしたり、ただ一枚の防水シートと一本の木からとれる葉だけを使って即席のテントを作ったり、あるいは洞穴や岩の割れ目といった自然の地形を利用したり。いつかは気に入った場所でただ寝袋にもぐりこんで、防水性のビバークザックで雨露をしのぐだけのこともあった。

非常食は棒チョコとビスケットだけに限定した。食料は自分で山から調達することを信条とした。キノコやアザミの仲間、トウキ、そしてちょうどこの時期たわわに実っている野イチゴを食べた。一度はマスを釣ろうとしてウグイが釣れたが、小骨が多く、食べる気がしなかった。

オットーと法律事務所のパートナーシップは、ある意味ではうまくいっていた。オットーの下へ配属された従業員はよく働き、オットーはガイガーからの情報をもとに、株式で多額の利益をあげた。だがウルスに割り振られた仕事は、ひとつも進んでいなかった。

オットーは深く考えずに仕事を振り分けたのだが、自分を見くびっていたことをウルスに思い知らせるために、彼を厳しく処罰するつもりだった。そうすれば自分がただのクライアントであったときよりも、大きなダメージをウルスに与えられると踏んでいた。

だがオットーが事務所の共同経営者となって以来、ウルスはずっと不在だった。ウルスは仕事に対するすべての関心を失っているらしく、定期ミーティングにも一度も姿を現さなかった。他のパートナーにウルスのことをたずねても、きちんと答えられる者はいなかった。

ウルスは逃げた。狩猟が解禁されたことを知った獣のように。

アルフレートもウルスのことで頭を悩ませていた。人格がこれほど短期間に激変した例は見たことがなかった。魅力的でむらのない、快活で社交的だったウルスが傍若無人で気まぐれな口数の少ない奇人になっていた。

以前のウルスならば誰とでも会話ができた。上手な語り手というだけではなく、さらに聞き上手でもあった。だが今では話題は二つしかなかった。ウルス自身のことと山のことである。そしてこの二つはもう区別がつかなくなっていた。

それは週一回のクリニックでのカウンセリングでも同じだった。患者が自分だけの世界に引きこもっていることは珍しくはない。だが〈金獅子〉での昼食中には、話題を変えたいと思うことがしばしばあった。

アルフレートは文献の中にも同僚との会話の中にも、ただ一度のシロシビンの摂取で人格の凶暴化——アルフレートは今でもウルスをそうみなしていた——がこれほど長期間継続する例を見出せなかった。たしかにウルスは自ら編み出した森林セラピーに驚異的な効果があると主張していた。だがアルフレートは以前のウルスには見られなかった思いやりの欠如の片鱗を偶然目にすることが再三再四あった。

以前のウルスに際立っていたエレガントさも失せ、だらしのなさが目につき、それは長年アルフレートが友人に抱いていたイメージにはまったくそぐわなかった。八キロ近く体重が減り、サスペンダーはだぶだぶになったシャツの襟元をあるときは左側に、またあるときは右側に片寄らせた。ウルスのスーツがテーラーメイドだとはとても思えなかった。

その週の水曜日、ウルスはいつものように遅れてやってきた。しかし少なくとも上機嫌に見えた。

「ルシールが帰ってきた」

ウルスは言った。

「フリーマーケットで会ったんだ」

「元気だったかい？」

「見た感じはとても元気そうだった」

「話はしなかったのかい？」

「少しだけね。客がいたから。今晩アパートにいってみるつもりだ」

アルフレートは怪訝に思った。ルシールが旅立つ直前にアルフレートに話したところでは、当分はウルスを自宅に招くことはなさそうだったからである。


ウルスは突然ルシールを訪問して驚かすつもりだった。これまでで最長の四泊五日のキャンプからの帰り道、ブナの木の下でヤマドリタケモドキの群生を見つけた。採れたてのキノコを八本と産直市場で買った打ちたてのパスタ、タマネギ、ニンニクを持っていけば部屋に入れてくれるだろう。もしだめならビルベリーの枝で編んだ籠をプレゼントすればいいと考えていた。

ウルスは夕方早くにルシールのアパートのベルを鳴らした。誰も出てこなかったが、中から音楽が聞こえたので、留守ではないとわかった。

ウルスは再びベルを鳴らした。音楽がやんだが、誰もドアを開けようとしなかった。ウルスはドアをノックした。

「ルシール。僕だよ、ウルスだ。居るのはわかってるよ」

ウルスは大声で言った。

足音が聞こえ、鍵が開いた。ドアが細めに開き、ルシールが顔をのぞかせて、よそよそしい声で言った。

「どうかしたの？」

「びっくりさせようと思ってさ」

ウルスは籠にかけた白い布を少しめくり、中のキノコをルシールに見せた。

「今はそういう気分じゃないの」

ルシールは言った。ウルスを部屋に上げるつもりはなさそうだった。

そのときになってウルスは、ルシールが中国風の寝巻きをはおっていることに気づいた。

「寝ていたの？」

ルシールはうなずいた。

「これを食べたらまた目が覚めるよ。採れたてのキノコにビルベリー、パスタ、それから……」

ウルスは突然、勘づいた。

「男がいるんだろ！」

ウルスはドアをこじ開け、ルシールの制止を振り切って部屋に入った。

床に敷いたマットレスの上に若い男が寝ていた。ウルスは男の胸を膝で押さえつけ、両手で首を絞めた。

背後でルシールが何か大声で叫んだ。そしてウルスの髪を引っつかみ、頬を張った。男は手足をばたつかせたが、ウルスは手を緩めなかった。

ウルスは頭を何かで殴られた。少しの間、意識がもうろうとした。頭に手をやると生温かいものに触れた。血だった。

男は起き上がり、裸のままキッチンへ逃げこんだ。ウルスも立ち上がったが、足元がおぼつかなかった。ルシールが威嚇するようにフライパンを振り上げて立ちふさがった。ウルスはそれを押しのけ、よろよろとキッチンへ入った。男はパートの部屋に隠れていた。ドアの隙間から咳や、ぜいぜいあえいでいるのが聞こえた。ドアノブを回したが、鍵がかかっていた。

ルシールはまだ何か叫んでいた。ようやくウルスは彼女が何を言っているのかわかった。黒のジャガーのことだった。

「何だって？」

「あなたがジャガーの男よ。ジョーの家に放火したんだわ。警察があなたを捜してる」

ウルスはルシールに詰め寄った。ルシールは叫んだ。

「火事になる直前に走り去ったジャガーのことで取り調べを受けたの。あなたのことを話したから」

玄関のベルが鳴った。

「大丈夫ですか？」

隣人の声がした。ルシールは叫んだ。

「警察を呼んで！」

ウルスはドアを開けた。寝巻き姿の隣人が驚いたように階段の前に立っていた。

「どうぞご心配なく」

ウルスはそう言って隣人とすれ違い、階段を下り始めた。

「頭から血が出ていますよ」

隣人はためらいがちに言った。

ルシールが階段の手すりから身を乗り出し、ウルスへ向かって叫んだ。

「トロールもあなたが殺したんでしょ！　この人殺し！」


興奮したルシールが真っ先に思いついたのは医師のアルフレートを呼ぶことだった。アルフレートはすぐに駆けつけた。ボーイフレンドは喉仏をつぶされ、パニック発作を起こして呼吸ができなくなっていた。アルフレートは鎮静剤を注射し、二人を病院へ運んだ。

「病院で事情を訊かれたら、どう説明しますか？」

「ありのままを話すよ」

ボーイフレンドはあえぎつつ言った。

「ほかにどうしろっていうんです？」

ルシールが喧嘩を売るようにたずねた。

「ウルスを警察に突き出すのか？」

「当たり前でしょ。あの人は危険だわ。警察が捜してる」

「何だって！」

「ジョーの家が火事になる直前に黒のジャガーが目撃されてるのよ」

アルフレートはブレーキをかけ、車を路肩に停めた。

「詳しく話してくれないか」

ルシールは事情聴取の内容を語った。

「どうして通報しなきゃいけないか、これでわかったでしょ」

アルフレートは車のエンジンをスタートさせた。

「警察にいくのは明日の朝まで待ってくれないか。今からウルスのところへいって、自首するように説得する。もし拒むようであれば、君たちの好きにしていい」

ルシールとボーイフレンドは顔を見合わせた。

「じゃ、病院でどう説明すればいいの？」

「誰かに首を絞められたと、ありのままを話せばいい。でも警察に届け出るのは待って欲しい」

アルフレートは車を走らせた。


ホテルにウルスは戻っていなかった。ポーターの話では、二時間ほど前にザックを背負って出かけたらしい。後ろ姿にこう呼びかけたという。

「また山が呼んでいるんですか、ウルスさん？」

よくあるやりとりだった。ポーター自身も山登りが好きだった。

夜の十時を回ったところだった。アルフレートはエブリーンのもとへ向かった。行き詰まったウルスがかつてエブリーンの家に隠れたことがあったからである。

玄関のベルを鳴らして三度目に、ようやくエブリーンが現れた。大きく胸元の開いたドレスを着て、いつもより濃い化粧をしていた。機嫌がよさそうだった。

「ちょっと中に入れてもらえないかな？」

エブリーンは微笑んで、

「ごめんなさい」

「どうして？」

「そんなことを言わせないでよ」

「ウルスがいるのか？」

「いいえ。幸いなことに」

アルフレートは事情を説明したかったが、思いとどまった。あまりにも間が悪すぎた。


ブレイザー刑事はウルスの事務所へすでに三度も問い合わせていた。一度目には、ウルスは水曜日まで休みだと説明された。そして水曜日には、ウルスはごく短時間しかオフィスにおらず、翌日にかけ直すように言われた。そして今日、木曜日には、同じ秘書から金曜日まで待つようになだめられた。

「そういうわけにはいきません。事件にかかわる重要なことなんです。ブランク氏の連絡先を教えてください」

ブレイザーは強い口調で言った。

「私も知らされていないんです」

秘書はため息混じりに答えた。

嘘をついているようには聞こえなかったので、ブレイザーはその場は引き下がった。

ブレイザーは午前の残りの時間を署で過ごし、山積みになっている書類の一部を片付けた。昼休みに入る直前、ルシールから電話があった。電話番号を市警察から教えてもらったらしい。ルシールの訴えは、ブレイザーには単なる痴話喧嘩のように聞こえた。

「被害届を出すおつもりなら、市警察へどうぞ」

「あの男を捜しているんじゃなくて？」

「山火事の件でね」

「あなたが山火事の件で追っている男は私のアパートに押し入って、ボーイフレンドを絞め殺そうとしたのよ。ジョーの家が火事になる直前にあなたの車が目撃されているって言ったら、慌てて姿を消したわ。それ以来行方がわからない。早く捕まえてよ」

「行方不明だとなぜわかる？」

「あの男のかかりつけの精神科医から聞いたの」

ルシールはアルフレートの電話番号をブレイザーに教えた。

アルフレートの応対には隙がなかった。ブレイザーの連絡先を控え、電話をかけ直してきた。

警察からの問い合わせに応じる際に精神科医が使う手の一つだった。アルフレートはルシールのアパートでの一件を認めたが、事件をことさら軽く扱った。昨夜からウルスと連絡が取れないことは確かだ。だがそれは珍しいことではない。山で二、三日過ごすことがある。ウルスにとってそれは心のバランスをとるために必要なのだ。生粋のナチュラリストなのだと。

「それにマッシュルームの愛好家ですね？」

「ウルスは野生の動植物に精通しています。その意味では愛しているといえますね。ところで彼から連絡があったら、私はどう伝えればいいのでしょうか？　警察に追われているぞ、とでも？」

「我々はまだそこまで至っていません。それにあのカップルが被害届を出さない限りは、市警察も動かないでしょう。ただ私に電話をするようにアドバイスをしてもらっても構いません」

受話器を置くと雷が鳴りだした。まもなくトタンの屋根を雨が激しく打ち始め、ブレイザーはオフィスの窓を閉めた。

続く三日間、ハリケーンのような天候が国中を襲った。統計では過去六十二年の間でもっともひどいものらしかった。アルプスのふもとでは雨で地盤が緩み、古い橋が崩壊した。土石流によって村々は孤立し、鉄道や交通は麻痺した。

山で野宿するには最悪の天候だった。

アルフレートはウルスからの連絡をむなしく待った。四日目にあたる月曜日、アルフレートはウルスの事務所に電話をした。ウルスの居場所は見当がつかないという返事だった。その質問にうんざりしているかのように、秘書の声は苛立っていた。

続いてエブリーンに電話をした。彼女はアルフレートと同様、ウルスの安否を気遣っていた。

嵐はようやく収まった。雨雲はまだいくらか空を覆っていたが、それはリゾートハウスの上に重く垂れこめる代わりに、丘の上に薄く漂っているだけだった。

フランツと妻のレニィは天候のすぐれない中、子供たちを連れて散歩をしていた。この三日間は地獄であった。初めのうちは単なる雷雨と考えていたが、それが一晩中続き、翌朝さらにひどくなるにつけ、家族は完全にあきらめた。数日前までは夏の日差しがさんさんと降り注ぎ、とぼしい設備に対する幻滅をある程度は忘れることができたし、海ではなく山で休暇を過ごすという選択を後悔せずに済んでいた。だがそれはごまかしにすぎず、本当はリゾートハウスの狭さに辟《へき》易《えき》していたのである。

それゆえ、飛んでくるレンガや植木鉢、倒れてくる木で怪我をする心配なく、外を歩けることは大きな喜びであった。家族五人はぬかるんだハイキングコースを湖まで歩いていった。おのおのはできるだけ声の届く範囲から離れようとした。

次女のカティは、家族から離反することを企んでいるかのように、ずっと前を歩いていた。母親のレニィは彼女が道をそれて藪の中へ姿を消すところを目にした。かくれんぼをするつもりなら知らないふりをして通り過ぎようとレニィは思った。だがまもなくカティは再び姿を現し、すぐにきて欲しいと合図をした。誰も歩くスピードを上げなかった。カティは再び藪の中に消えた。

彼女が道からそれた場所は駐車場につながっていた。駐車場はハシバミの茂みで囲まれ、車十台が停められるスペース、ベンチ、ゴミ箱が二つ、それに保護植物のイラストを描いた看板があった。森と駐車場の間を流れる小川は茶色く濁り、水かさを増して両岸の土を二、三メートルほど削り落としていた。モミの木が二本倒れ、リアガラスまで川に浸かった黒のレンジ・ローバーがその下敷きになっていた。


そのレンジ・ローバーは法律事務所の社用車として登録されていた。

「弁護士さんがＲＶに乗って何をやっているんだか」

交番の巡査が同僚と軽口を叩いた。電話で問い合わせると、この車はウルス・ブランクがおもに使用しており、彼とは約一週間、連絡が取れないとのことだった。山歩きが好きで、そのつど連絡が取れなくなるので、捜索願いは出していない。ベテランのハイカーで、装備も万全にしているらしかった。

「万全な装備をしていたとは思えませんが」

地元の警官は引き上げられた車を調べていた州警察の関係者に語った。車内からは食料品やキャンプ用品、衣類、寝袋、テントが詰まったザックが発見されていた。

川が運んできたがれきは後部座席の窓ガラスを押し割り、車内は土砂や木の枝でいっぱいだった。グローブボックスからは水にふやけた証明書、鍵の束、財布が見つかった。財布には三千フラン以上の現金と多くのカード、免許証が入っていた。その横に膨らんだ封筒があり、中にはろうけつ染めと思われる布が一枚入っていた。それは手紙のようであったが、文字のインクは水で消えかかっていた。ただ一部、スタンプされたレターヘッドだけは読み取ることができた。

『ドクター　ウルス・ブランク　弁護士』

地元の警官は遺書であると推測した。この近辺で遺書を目にするのは初めてではなかった。湖はさほど大きくはなかったが、水深は四百メートル以上あり、今までにも何人か入水した者がいたが、遺体が回収されたことは一度もなかった。


アルフレートはウルスの秘書からの情報をもとに、ブレイザー刑事の質問に備えていた。

「ブランク氏が自殺をした可能性はありますか？」

もしこの質問を数ヵ月前にされたならば、ただちに否定していただろう。だが今では確信を持てなかった。ウルスについて知っていることすべて、特に最近抱いている疑いすべてを考え合わせると、自殺が唯一の解決策のように思えた。アルフレートも彼の立場なら、きっと同じことをしただろう。

「ええ、十分にありえることです。ブランク氏はこの数ヵ月間、私のもとで治療を受けていました」

「病名をお聞かせ願えませんか？」

ブレイザーは一応たずねてみた。

「患者のプライバシーに関することはお話しできません。ですが、もし彼が自死を選んだとしても、残念ながら私は驚きはしないでしょう」

「正直に言って、ほとんど何も感じないの。悲しむべきだとは思うけれど、それもうまくいかなくて」

エブリーンは友人のルースと有機野菜を扱っている店で野菜ジュースを飲んでいた。三十分の時間制限を設けられた小さな席が空くのを待って、大勢の人が並んでいた。

「あなたたちはもう別居していたんだから」

エブリーンはセロリとりんごのジュースを一口飲んだ。

「彼はすっかり変わってしまって、赤の他人みたいだった。正直、怖いくらい」

ルースの前には赤カブのジュースが置かれていた。おそらく自分の口紅とマニキュアの色にそれが似合うと思ったのだろう。

「心が軽くなったんじゃないの？」

ルースは相手が口にしにくいことを代わりに言ってやる才能があった。

「そんなわけないでしょ」

「もう一杯いかがです？」

ガーデニングエプロンをつけたボーイがたずねた。席が空くのを待っている客がいるのだ。

ルースが勘定書を頼むと、ボーイは偶然持ってきていたように差し出した。

「ほかに心配なことはある?」

「彼の父親がまだ生きているわ」

「ウルスの遺産のことね」

エブリーンは肩をすくめた。

「それで、どうするつもり?」

「私の弁護士が言うには、せめてウルスが離婚協議書の草稿に目を通したという証拠でもあれば、ということらしいわ。でもウルスは一度も連絡をくれなかった」

「私はいつでもあなたの味方よ」

ルースはまるで自分のことのように、ため息混じりに言った。


「私のせいだと思う?」

ルシールはパートにたずねた。

二人はキッチンテーブルに着いていた。ルシールは二時間前に、ウルスの自殺を覚悟しておくように、とアルフレートから聞かされた。さらに、こうなったからには一緒にキノコトリップに参加したことは口外しないほうがいいと。

「考えすぎよ。キノコを少し食べさせたくらいで発狂するなんて、誰にも予想できやしない」

「でも私が誘わなければ、ウルスはまだ生きていた」

「そして猫や人間を殺し続けた」

「まだウルスが犯人と決まったわけじゃない」

「先週の水曜日のこと、忘れたの？」

「あの人は誰も殺してなんかいないわ」

「それはあなたがフライパンで殴って、止めたからでしょ」

ルシールはまだこだわりを捨て切れなかった。

「それでも罪悪感はある」

「恐怖を感じるよりはましだわ」


ウルスの捜索は何も発見されないまま、二日で打ち切られた。嵐の被害現場の復旧に人員を奪われなければ、もっと集中して長期間捜索できたかもしれなかった。潜水士を要請することも断念された。過去の例から、湖に潜って遺体が見つかる保証はどこにもなかった。

専門家の意見を交え、十分に捜索し終えたと判断された。次に、行方不明者が残した手紙の内容が問題になった。サイン以外には数ヵ所だけが、筆圧と残っているインクの染みから、読み取ることができた。とりわけ『さらに生きる』、『出口が見つからない』、『この世』といった単語や『許してくれ』というサイン直前の文句から、これは遺書だとみなされた。

いくつかの新聞に小さな記事が載った。企業弁護士のウルス・ブランク氏が消息を絶った。自殺を図ったと見られている、と。

二日後、ある経済誌が小さな記事を転載した。内容は、企業買収のエキスパートの自殺がこの業界に波紋を広げているというものであった。とりわけコンフィード、ブリティッシュ・ライフ、セキュリテ・デュ・ノール、ハンザ・アルゲマイネによる合弁がますます現実味を帯びてきた今日ではなおさらである、と。この情報は今回初めて明るみに出たものであった。記事の末尾にはペドロ・ミュラーを示す『ドロ』とあった。

第十三章

五時半頃、山の稜線が浮かびだした。ついで樹木の幹や根、シダの葉が輪郭を帯び、空が白み始めた。斜面にできたむき出しの地層や放置された切り株と並んで、一段と薄暗い場所があった。

夜が明けた。喬木《きょうぼく》、灌木《かんぼく》、草むら、藪、斜面の崩落に日が差し始めたが、ロープとネットの向こう側はまだ暗いままだった。

暗がりの中央で明るい色が動いた。立ち止まり、動き、立ち止まる。朝日の中に姿を現したのはウサギだった。

ウサギが立ち上がり、耳がネットに触れた。ウサギは素早く巣の方向へ向きを変えたが、ネットはすでにしぼんでいた。吊り上げられた罠《わな》の中でウサギはもがき、耳をつんざくような鳴き声を上げた。

男の手がウサギの後足をつかみ、棍棒が後頭部を殴りつけた。

男は死んだウサギを罠から取り出した。罠を片付け、アーミーズボンにたくさんあるポケットの一つにしまった。それから獲物を持って斜面をよじ登り始めた。

巣穴から五百メートルほど離れた場所で男は立ち止まった。ウサギの腹壁を膀胱《ぼうこう》が空になるまでマッサージし、尿の臭いを気にせずに食べられるようにした。男はハンティングナイフを取り出し、肋骨の下から肛門まで腹を割いた。まず胃袋と腸、生殖器官を取り除いた。肝臓から胆嚢《たんのう》を慎重に切り離し、肛門の両脇にある分泌腺を取り去った。丈夫な登山靴の踵で柔らかい地面に穴を掘り、食べられない内臓をそこへ捨てた。ウサギは足を交叉させてひもで縛り、ベルトに結わえつけた。

朽ちた切り株に生えているコケでナイフの血をぬぐった。刀身には銘文が刻まれていた。

『汝、ためらうなかれ《ネバーヘジテイト》』

がれ場を遠巻きにしてウルスは向斜谷を越えた。シダをまたいで、踏み跡を残さないように慎重に進んだ。左手には花崗岩からなる屏風《びょうぶ》岩がそびえ、前方には若いモミの木が茂っていた。茂みの前にたどりつくと、ウルスはモミの木を一本引き抜いた。その木の根本はクリスマスツリーのように尖っていた。ウルスは身をかがめて茂みの中に入り、引き抜いた木を再び元の位置に刺し直した。隠れ家に通じるコースには容易に侵入できないように倒木や藪が仕掛けられており、それを一つ一つ取り除きながら進むのは骨が折れた。だがこのカモフラージュのおかげでモミの下枝を切り払うことができ、少なくとも腹這いになって進む苦痛からは解放された。

ウルスは巨大な岩のすそから清水が湧き出している、狭い平坦地にたどりついた。そこは初めて山で二泊したときに過ごした場所だった。

トウヒの太い枝にウサギを逆さに吊るし、ナイフで毛皮を足から耳元まではいだ。そして清水でていねいに洗い、背中、胸、肝、心臓、腿肉と切り分け、それぞれをシダの葉で包んだ。頭部、毛皮、前足、肺は小さな穴へ捨て、石でふたをした。ゴミの仮置き場だった。粗朶《そだ》で火をおこし、煙がほとんど出ないような脂の抜けた薪をくべた。有刺鉄線で組んだグリルで肉片を焼き、心臓と肝は朝食に、すぐに食べた。木にかけていた網袋から、皮をむいた小枝で編んだザルを取り出し、残りの肉はその上で干した。

ウルスが山にこもってから一ヵ月が経過しようとしていた。二日目でほぼ腹をくくっていた。深夜零時前に駐車場に着き、少し仮眠をとった。湖のことは以前から知っており、地図の上では、そこから歩いて二、三日でこの隠れ家にたどりつけるはずだった。途中に目立った集落はなく、ほぼ山の中を走破する予定だった。

一日目の夜明けと同時に出発した。ザックにはここ数ヵ月の経験から必要と思われる物だけを詰めていった。もう一つのザックには言葉巧みに売りつけられた装備品と余計なサバイバルグッズの集大成が入っており、それは車内に残しておいた。

正午前、天気が崩れだした。トウヒの巨木の下に座って防水シートで自分とザックを覆い、雨がやむのを待った。雷鳴と稲光の間隔が次第にせばまり、梢からのぞく空が厚い雨雲に覆われているのを見て、断熱マットを地面に敷き、救急シートを避雷針として頭上に広げた。だが嵐の勢いが増すと、平地よりも山の中のほうが雷雨に対して安全だという言い伝えは誤りだとわかった。四方で枝や幹や樹冠がバリバリと裂ける音がした。

ウルスは立ち上がり、木の幹にできるだけぴったりと身を寄せた。その姿勢のまま二時間が経過した。雷は収まったが、激しい風雨はなおも続いた。滝のような雨だった。ウルスは避難できる場所を探し始めた。

日が暮れる前に、二枚の岩が風から守ってくれそうな場所を辛うじて見つけた。だがそこはテントを張るには窮屈で、地面は凸凹していた。ビバークザックの中で半分座った姿勢のまま夜を過ごした。十分おきにうつらうつらするだけだった。

未明頃、それまでは聞こえなかったゴボゴボ、ピチャピチャという音がしだした。足元の岩の溝に細い流れができており、みるみる勢いを増していった。ザックはすでに水に浸かっていた。ウルスは荷物を高台のモミの木の下へ移し、夜が明けるのを凍えながら待った。

朝が来ると、非常食にするつもりだったオイルサーディンを食べた。火をおこすなど思いもよらなかった。辺りはどこも雨でびしょ濡れだった。あらゆる方向から、雨を含んだ予測できない突風が吹きつけた。

ウルスは出発することにした。ぬかるんだ地面は次第に多くの休憩を要求し、そのたびにポンチョの中で地図を広げた。だがまもなく、道に迷ったことを認めざるを得なくなった。地図上では現在地を確認できるポイントにとうに着いているはずだった。仮にそこへ行き着いたとしても、厚い雲が視界をさえぎり、自分の位置を特定できるような地形を確認することは不可能と思われた。

第十三章

コンパスが指す方角へ進み続ける以外に手がなかった。昨夜眠れなかったせいで体はだるく、凍え、ザックのベルトは肩に食いこみ、右腕はしびれ、雨は防水保証のついた高価な登山靴の中にまで染みていた。

ウルスは冒険を打ち切るつもりになっていた。だがそのためには現在地を知る必要があった。よって降り続く雨の中を歩いた。ザックごとポンチョをかぶった姿は、背を丸めた毛むくじゃらの森の精のように見えた。

いつの間にか山から抜け出していた。霧が立ちこめ、数メートル先までしか見えなかった。ウルスは草が刈られたばかりの牧草地を歩いていた。

百メートルほど行くと、野道に行き当たった。ウルスは立ち止まり、コンパスを見て、道を西へ進んだ。突然目の前に干し草納屋が現れた。

ウルスは納屋の周辺をうろうろとした。裏手に戸口へのアプローチがあった。鍵はかかっておらず、中に入ると干し草の匂いに迎えられた。

ウルスは服を着替え、濡れた衣服を干し草の上に広げた。クラッカーとミューズリーバーを少し食べ、水筒の水を飲んだ。それから寝袋にもぐりこんだ。もし誰かに見つかったら、おとなしく観念しよう。見つからずに済んだら、そのときは……。

雨がレンガを叩いた。まだ将来を夢見ていた三十五年前の夏休みの匂いがした。

ルシールのボーイフレンドを襲い、そのまま蒸発することになるとは、ウルスも考えていなかった。しかしすべてを捨てて山に引きこもることを見越していたかのように、しばしば野外で数日を過ごしていた。それゆえウルスの所業はたしかに衝動的ではあったが、すべて計算されていた。遺体の発見されにくい湖での入水を装うために、サバイバルの装備や身分証、現金、クレジットカードを車中に残しておいた。そして思わせぶりな告白と懺悔をつづった遺書も。

ウルスが死んで、決して蒸発したのではないという証拠がもし必要ならば、彼の口座が役に立った。三百万フランもの大金を銀行に預けたまま蒸発する者がいるだろうか？

もっとも安全策は講じておいた。三千フランあまりの小額の紙幣のほか、アイルランドの口座から引き落とされるクレジットカードを携帯していた。その口座には十万フラン以上の謝礼が入金されており、税金はかからず、取引の痕跡も残らなかった。さらにオフィスのスペアキーも持っていた。理由はウルス自身にもわからなかったが。

蒸発を決意してから三日目の朝、ウルスはトラクターのエンジン音で目を覚ました。寝袋から這い出し、荷物をかき集め、干し草の中に隠れた。エンジン音がやみ、人の声がした。二人の男がこの地方の方言でぼそぼそと話しながら納屋に近づいてきた。ドアのきしむ音がして、朝日が干し草を透かしてウルスの顔に差した。ウルスは息を殺した。

「何も変わりはないようだ」

「ああ」

「まだ昔のレンガのままだな」

ドアがきしみ、再び暗くなった。トラクターはすぐに遠ざかっていった。エンジン音が聞こえなくなると、辺りは静まり返った。雨はやんでいた。このときになって、誰かに見つかったら観念しようと思っていたことを思い出した。

それから二日後に山の隠れ家にたどりつき、そこを住みやすくしつらえ始めた。トウヒの枝を何層にも厚く重ねて作った切妻屋根の避難所を建てた。若いモミの木から小さなテーブルをこしらえ、岩の隙間を冷蔵庫の代わりにした。岩の上の見晴らし台へ上りやすくし、入り口の茂みを枝などでカモフラージュした。

隠れ家でやるべきことがなくなると、周囲を偵察した。岩壁の上方八十メートルの高さにある岩棚に登る手段を探し、せき止められてプールになっている沢へ行き当たった。体を洗うのに十分な広さだった。ウサギの巣穴がある斜面も見つけた。

山から得られるものだけで生きていくには狩りをせねばならないと常に意識していた。狩りに関する知識は、ほかの多くのサバイバル術と同様、本から学んだものだった。だが初めてウサギを獲ったとき、この動物を殺め、解体する際にほぼ何も感じないことに驚いた。子供の頃、農家で家畜の解体を目撃して以来、血を見ることに耐えられず、何年間も肉を食べない時期があった。今ではポータブルラジオの電池を交換するようにウサギの内臓を抜き取っていた。

ウルスはこの冷酷さを興味を持って記憶にとどめ、マジックマッシュルームのせいだと考えた。山の中ではこの冷酷さで周囲の人間を傷つけることはなく、あとから良心の呵責にさいなまれることもなかった。

最初の頃の夜は梢が風を切る音や夏の雷鳴で眠れずに目を開けていた。膝の上にいたトロール、ヴァルトルーエでのフルリ、クーペに乗っていたエンジニア、公園の駐車場で会ったホームレス、そして台所にいたジョーの顔が浮かんだ。

だがそれらの記憶は薄れていった。山で過ごすうちに、自分以外は重要ではないという認識が再び強くなっていった。

第十四章

ウルスが潜む山から車で一時間の距離にある経済の中心地では、事態は進むべく方向へ進んでいた。

コンフィードとブリティッシュ・ライフ、セキュリテ・デュ・ノール、ハンザ・アルゲマイネによる合弁は事前に情報が漏れていたにもかかわらず成立した。関係者の熱心な否定と二週間の沈黙ののち、ホテル・インペリアルの大ホールで記者会見が開かれ、その模様はロンドン、パリ、デュッセルドルフへ生中継された。世界規模の保険業界のコンツェルンの成立は三日にわたって新聞の見出しをにぎわせた。そのあと大掛かりなインサイダー取引の憶測に取って代わられた。

四つの関係国の株式市場においては、合弁の噂が流れるのとほぼ同時に、関連企業の株に買い注文が殺到した。急激な出来高の増加に説明がつくように、意図的に情報を漏らしたのではないかとささやかれた。

この合弁をまとめるにあたり、クリストフはガイガーの右腕として、特に優れた人材であることが実証された。クリストフの名前をウルスの代わりにレターヘッドに載せるように、ヒューラーは後押しした。だがガイガーやベルク、ミンダーは、ウルスに対する敬意からというわけではなかったが、当分の間は保留することにした。

ルシールはボーイフレンドと別れた。彼はウルスに押しつぶされた喉仏と彼女の良心の呵責を卑劣にも存分に利用した。三週間の間ルシールのアパートに居候し、ついに追い出された。ルシールは部屋を片付けている際にビャクダンのインセンスを見つけ、ウルスのことを思い出した。

エブリーンは奇妙な状態の中で自分の進むべき道を模索していた。あるときは離婚する予定だった消息不明の男の妻として。またあるときは正式には離婚していない男の未亡人として。ウルスと別れるべきだとアドバイスしていた弁護士は今ではウルスの自殺を乗り越える手助けをしていた。

アルフレートはウルスを助けるのにベストを尽くしただろうかと、ことあるごとに自問した。単なる患者としてではなく友人として、もっと親身になって相談に乗るべきではなかったか。それゆえ水曜日の昼食を〈金獅子〉でとり続けた。ウェイターは暗黙のうちに、テーブルに二人分の食器を並べた。

ブレイザー刑事はウルスが公式に死亡したと伝えられるまでジョーに関するファイルを残しておくことにした。単なる形式上の問題であった。ブレイザーにとってはこの事件はカタがついていた。

オットーはウルスを取り逃がした無念さを忘れるのに二、三日を要した。

ウルスはカロリーを補いながら毎日を過ごした。山のものだけで生きていくために、フリーズドライした保存食をできるだけ蓄えた。九月の山からはいろいろなものが手に入った。ハシバミやブナの実を集めて脂肪とたんぱく質を確保した。ジューンベリーやメギ、イヌバラの実をビタミンの豊富なコンポートに加工した。さらにカエデの樹液を何時間も煮詰めてシロップを作った。

そしてキノコを採取した。最初のうちは図鑑を見て食用判別できるものはすべて採っていた。だがアワタケやイロガワリタケ、オオイヌシメジ、ショウゲンジ、オウギタケ、フサクギタケ、アンズタケを発見するにつれ、次第に選り好みをするようになった。近くにアンズタケがあるような場合には、微量の毒を含むガンタケは無視することもあった。

アカハツモドキをウサギの脂でいためめ、ヤマドリタケを二等分し、外がカリカリ、中がクリーミーになるように火であぶった。食べきれないものは天日干しにし、曇りの日には火のそばの石で乾燥させた。

さらにビタミンとミネラルを補給するために開けた場所で山菜を採った。午後になると軽装備のみの姿で隠れ家を後にし、山のふもとで夜を明かした。空が白み始めた頃、周囲に誰もいないことを確認したうえで、森から出てムラサキツメクサ、ヒナギク、セイヨウノコギリソウ、タンポポを探した。それらはタイムとナズナで風味をつけたサラダにした。ウルスの好きなホースラディッシュの時期はすぎていた。代わりにバラモンギクの根を掘り、それはフタナミソウのような味がした。よくゆがいてアクを抜けば、チコリーやタンポポの根もシラタマソウとイラクサを入れた鍋料理の中でよい味を出した。ときには廃屋になったと思われる畜舎のそばまで足を伸ばした。そこにはホウレンソウの原種がよく生えていた。

ウルスはもっと活動量を減らしてカロリーの消費を抑えることもできるはずだった。だが動き回っている間は自分自身と向き合わずに済む。思考と行動のすべてを体力維持に費やしている限り、心の問題をうちやっておくことができた。食料を得るためだけに、くたくたになるまで機械的に働き、眠りにつく前の自問自答を繰り返す時間をできる限り短くしようとしたのだ。

山菜採りに出かけてウサギ用のネットをいっぱいにして帰る途中、まだ露に濡れている牧草地でキノコの群生を見つけた。古い牛糞から生えており、高さ十センチ弱、小さな茶色の傘はニット帽のように見え、先端が尖っていた。手で触れるとねばついた。

見たことがある気がした。図鑑で調べるとマジックマッシュルームだとわかった。以前にジョーたちとトリップする際に口にしたものだった。

ウルスはそのキノコを火のそばの温かい石の上で乾燥させ、徐々に青く変色する様子をじっと眺めた。

そうやってウルスの献立表は変化に富んだものとなったが、山で二ヵ月を過ごすうちに、だんだん顕著になってきた欠乏品がいくつかあった。それは脂、小麦、砂糖だった。

脂は木の実と狩りの獲物から間に合わせた。おもにウサギとノロジカの子供だった。砂糖はある程度果物や野生のゴマノハグサの茎、カエデのシロップで補えた。だが毎日物足りなく感じたのはパンだった。さらに最近では塩分も。

基本装備の中にはいっぱいに詰まった塩のふりかけ容器と一キロの食塩があった。だが生きていく上でこれが不可欠であることが徐々に明白になってきた。遅かれ早かれ、なんとかして補給せねばならなかった。その期日をできるだけ先延ばしにするためにウルスは節約した。だが今では数グラムしか残っておらず、逆立ちしてもこれでやっていけるわけがなかった。ウルスは山を降りてリンメルンの村へ行く決心をした。

初めてこの山を訪れたときからリンメルンを知っていた。急勾配の小さな村で、観光客を集めるにはこれといって美しい景色が望めるわけでもなく、林業を促進するにはあまりに山深いところに位置していた。廃校になって久しい学校の駐車場に以前車を停めたことがあった。その近くに日用品を売っているであろう小さな店があったことを漠然と覚えていた。

ウルスは朝早くに出発した。リンメルンまでは二時間の距離だったが、迂回することにした。まずは誰も通らないような山を林道に出るまで進み、それからリンメルンへの分岐点までは道なりに歩いた。だが曲がる代わりにウルスはまっすぐに進んだ。道は森で覆われた小さな谷を横断していた。そこで道からそれ、川原をたっぷり二キロ、ロートハンゼンとリンメルンを結ぶ県道に突き当たるまで歩いた。そこでハイカーたちがロートハンゼン行きの一番列車に乗る九時すぎまで草むらに隠れて待ち、ウルスはリンメルンに到着した。

牧草の刈り入れどきで、村には人影ひとつ見当たらなかった。売店の前に古い軍用バイクが一台停まっていた。入り口の上の開いた窓からラジオの音が聞こえた。天気予報が終わり、男声のコーラスが流れた。

ウルスがドアを開けると、頭上のベルが鳴った。ミルクとチーズの匂いがし、カウンターの奥に様々な大きさのパンが並んでいた。天井から吊られた広告ディスプレーがウルスとともに入りこんだ風で翻った。誰も姿を現さなかった。

ウルスは待った。そして再びベルを鳴らすためにドアを開け閉めした。誰も現れない。

「こんにちは」

ウルスはそう言ったつもりだった。だがしわがれた声がかすかに出ただけだった。二ヵ月以上しゃべったことがなかったのだ。

ウルスは咳払いをした。店の奥でトイレの水を流す音がし、足音が近づいてきた。肥えた中年の女性が白いエプロン姿でカウンターに現れ、とげのある声で言った。

「いらっしゃい」

ウルスは塩を三キロ、植物油を二キロ、半つきの小麦を三キロ、砂糖四キロ、板チョコ三枚、サラミを数切れ、石鹸五個、練り歯磨き、マッチ、糸、ずっと切らしていた懐中電灯の電池を買った。

「持って帰るのが大変でしょう」

ウルスが十四キロにもなる品々をザックに上手に詰めるのを眺めながら女性がつぶやいた。

「いえ、ブレン村に車を停めてあるから」

ウルスは答えた。それは巧妙な嘘だった。山向こうにあるブレンへ行くと言えば、林道に姿をくらましても怪しまれずに済むと考えたのである。

「まあ、ブレンに！」

女性は驚いた。「あそこにもスーパーがあればいいんだけどね」

ウルスは店を出た。ベルの音がやんだあとで、女性がとげのある声で言った。

「お気をつけて」

バイクの隣に五十代の男が立っていた。脂でてかついた狩猟帽をかぶり、ブリッサーゴ・シガーを吸っていた。ウルスはあいさつをし、先へ進んだ。

さらに行ってブレンへの道が分かれている古い校舎の前でウルスは振り返った。バイクの男がまだウルスのほうを見ていた。ウルスは大きな過ちを犯した気がした。


ある晩、ウルスは不気味な音で目を覚ました。罠にかかったクマのうなり声のようだった。それはあるときは悲しそうに、あるときは威嚇するように、あるときは怒ったように、またあるときはあきらめきったように聞こえた。

ウルスは夜の山の不気味な音に慣れていた。キツネの陰気な鳴き声、リスの怒ったような舌打ち、ヤマネの心配しているような口笛、モリフクロウの不安にさせる鳴き声などはもはや眠りを妨げなかった。だが別次元から来るこの音にウルスは落ち着きをなくした。寝袋から這い出し、服を着てロープを伝って岩によじ登り、辺りを見渡した。

涼しく、星が澄んで見える九月の夜だった。向かいの谷の上、東の空にやせてゆく月が懸かっていた。深夜を少し回った頃に違いなかった。ウルスの小さな隠れ家がこの山で唯一安全で確かな場所に思えた。

不気味な音の正体はシカの声だった。発情したアカシカの雄が世界と張り合おうと挑発しているのだった。

ウルスは見張り台に立ったまま、冷たい夜風に寝袋が恋しくなるまで、発情したシカのピャー、ミューといった鳴き声に耳を澄ましていた。


翌朝、ウルスがくつろぎながらパンケーキ、メープルシロップ、ハーブティーの朝食をとっていると、山に銃声が響いた。日曜日ごとに谷の下にある射撃場から遠く聞こえてくる音ではなかった。キツネ狩りの散弾銃の単発的なものでもなかった。大きく、はっきりと、空気を切り裂くような音がすぐそばで鳴った。狩猟が解禁になったのだ。

ウルスは隠れ家周辺の深い藪と崩れやすいがれ場が猟師の侵入を防ぐものと思っていた。だがウルスをかくまっているこのエリアを多くの動物たちが利用していることも事実だった。すぐ近くに聞こえた銃声から猟師たちもこのことを知っているらしかった。

猟師たちのことはあまり心配していなかった。隠れ家はうまくカモフラージュされていた。だが最初の銃声に続いて吠え始めた犬たちが気にかかった。ウルスは風上に位置していた。

ウルスは焚き火に土をかぶせて消し、長い待機に備えた。だがまもなく犬の吠え声は遠ざかっていった。一時間後、森は鳥の鳴き声だけに包まれていた。

ウルスはその日の残りの時間をペミカンを作ることで過ごした。シカとウサギの乾燥肉をすりつぶし、脂を混ぜてこね、乾燥したブルーベリーを加えて塩と野生のタイムで味付けをする。それを一口サイズに小分けし、煙でいぶした。この保存食で数週間は生き延びることができる。

ほぼ毎日、銃声と犬の吠え声が聞こえた。あるときは遠方から、あるときは反対にすぐそばで。猟師の行動は予測できなかった。一度も心の休まることはなく、ウルスは自由行動を制限された。

猟師はウルスの一日を左右した。通常であればキノコや果物を探しにでかける時間帯にもじっと隠れていることを余儀なくされた。犬にペミカンを嗅ぎつけられないように、死んだウサギでニセの足跡をつけねばならなかった。

猟師はそれまでとは異なる現実をウルスに突きつけた。ウルスだけの世界にどっと押し寄せ、世界と彼自身を守っている薄いベールに対する脅威となった。とりわけそのためにウルスは日ごとに猟師を恨むようになった。

ある日、ウルスは猟師の一人を捕まえた。

すでに朝早くから山のふもとで銃声がし、襲いかかる猟犬の甲高い吠え声が聞こえていた。犬が自分のほうへ近づいてくるのを確信して、ウルスは隠れ家を後にした。向こう数日を四十平方メートルの隠れ家でじっと座ったまま過ごさねばならないと思うと、我慢できなかったのだ。ウルスはフランケをよじ登り、すばやく前進した。地図は頭に入っていた。それにこの数ヵ月の暮らしのおかげで体調は万全だった。

まもなく犬の吠え声は遠くにこだまするだけになった。一時間で尾根に到着するはずだった。そこにはヤマドリタケが採れる平坦地があった。最近そこで大きなキノコを三本見つけ、残りは後日採るために残しておいたのだ。

平坦地の数メートル手前でウルスは猟師を発見した。肥えた男だった。緑の迷彩ズボンに、ポケットのたくさんついたウィンドブレーカーとリュックサック。猟師帽のバンドには小さな鳥の羽根を挿していた。右肩にカモシカ用のライフルを担ぎ、ベージュの犬を連れていた。

ウルスは山の中で人に会ったときにするように地面に伏せた。そして猟師が尾根の向こうへ姿を消すまで目で追った。それから立ち上がり、キノコのもとへ向かった。

キノコが生えていた場所の土が掘り返されていた。この間に育っているはずの固体はもとより、その茶色い傘を腐葉土がまだ覆っていたようなものまで、根こそぎ掘り起こしていた。ウルスが目にしたものは、古い傘の一塊だけで、ナメクジに食べられた跡があった。あの猟師が折り取ったに違いなく、傷口はまだ新しかった。

ウルスは猛然と引き返した。背筋を伸ばし、決心したように、釈明を求める男のように、走りはせず、大股で歩いた。

すぐにウルスは猟師に追いついた。平坦地から立ち去ろうとするところで、尾根の北側の崩落に沿って生えているトウヒへのんびりと近づいていた。

ウルスが声をかけようとしたそのとき、犬がウルスに気づいた。身をかがめ、二、三歩ウルスに近づいて吠えた。ウルスは怖くはなかった。猟師が振り返り、ウルスを認め、犬に命令した。

「静かに！」

犬は吠えるのをやめた。

ウルスはまっすぐ男に近づいた。

「キノコを出せ」

男は四十を少し超えているようだった。怪訝そうにウルスを見た。

ウルスは手を伸ばした。

「リュックの中を見せろ」

犬が再び吠えだした。

「伏せ！」

ウルスが命令すると犬は地面に伏せた。

「ヤマドリタケは採ってもいいキノコのはずだが」

猟師は抗弁しながらリュックを差し出した。

リュックを開けると新鮮なキノコの匂いがした。キノコはハンカチに包まれていた。ウルスはそれを取り出し、地面に置いた。

「狩猟許可証を」

ウルスは命令した。

猟師は上着から許可証を出し、ウルスに見せた。真新しい許可証だった。『法学博士　ロレンツォ・ブルンナー』とあった。ウルスは萎縮している同僚に、許可証とリュックを返した。

「ありがとう」

猟師は言った。

「次は何をすれば？」

「ついてこい」

猟師はウルスと並んで湾曲したトウヒにわざとよろけながら歩いた。犬は二人の周りを跳ねながら歩いた。

「キノコのことで思い違いをしていたら、すまなかった。私は本当に悪気はなかったんだ……」

二人は張り出した岩の上に来た。ウルスは立ち止まった。下方には深い谷が口を開けていた。村々が景観を台無しにしていた。村の中心部には古い農家の様式をならった新興住宅地があった。

「あそこを見てみろ」

ウルスは言った。

「何があるんだ？」

ウルスは猟師のリュックに体当たりをした。猟師は悲鳴を上げつつ、崖を転がり落ちた。はるか下方で重たいものが転がりつつ起こす、木が折れる音と崖の崩れる音がした。

犬は尾を振りながら崖の縁に立ち、下をのぞきこんで、ウルスを見上げ、吠え、再びのぞきこんだ。

「伏せ！」

ウルスが命じると犬はおとなしく伏せた。ウルスは男を呼び止めた場所に戻り、しゃがんでハンカチに包まれたキノコを拾い上げた。


隠れ家に戻ると、テントにもぐり、罪悪感が起こるのを待った。

いつものように三つの波が現れた。一つ目は自分のしたことを受け入れることに対する拒絶。あれはなかったのだと自分に言い聞かせようとした。だが記憶からほぼ追い払ったと思う頃にいつもよみがえって来た。相手のわからない悪夢のようだった。

二つ目は自分のしたことと対峙すること。細かな点に何度も苦しめられた。男の下ろしたての狩猟服、規則を遵守しようとする誠実さ、崖の縁までついてくる猜疑心のなさ、転落するときの悲鳴、おそらくまだ崖の縁で主人の帰りを待っているであろう犬の姿。

三つ目は麻痺するような憂鬱さ。対処法はなく、それにすべてをゆだね、自分以外は重要ではないという認識が再び頭を占めるまで待つしかなかった。

この段階にいるウルスは寝袋にもぐり、起きるでもなく、寝るでもなく、ときどき無理に水を飲んで、体力を保つためにペミカンを一口食べた。

どれくらいそうやって寝ていただろうか、ウルスはカサコソという音で目が覚めた。目を開けるとペミカンの残りをネズミがかじっていた。ウルスは手を挙げ、傍らの地面を叩いた。ネズミはそれを見て、ウルスの手のひらの下に一目散に逃げこんだ。

ウルスは親指と人差し指でネズミの尾をつかみ、テントから放り出した。やんわり投げたので、死骸はテントの入り口から二メートルと離れていない場所に落ちた。

次に目を覚ますと夜になっていた。すぐ頭上に張られたテントの生地をじっと見つめた。縫い目が暗闇の中でゆっくりと浮かび上がり、ウルスは再び目を閉じた。

ウルスは犬の吠え声で目が覚めた。ブルンナーを捜しているのかもしれなかった。もし見つかれば運のつきだ。そうでなければついていると思った。

トイレが我慢できなくなり、テントを抜け出した。再び寝袋の中で苦しみだしたとき、テントの前のネズミの死骸が目に入った。

目を閉じ、犬の吠え声が近づいてくるのに耳を澄ました。

まどろみの中にすぐ近くでジージーという音が聞こえた。ウルスは肘をついて上体を起こし、外の様子をうかがった。ネズミの死骸から音がしていた。二匹の甲虫が集まっていた。大きいほうは二センチほどで、背中にオレンジ色の縞が入っていた。シデムシの一種だった。

二匹はネズミの下の地面をガリガリと引っかいていた。はるか頭上ではヘリコプターのパラパラという音がしていた。

再び暗くなるまでウルスはせっせと働くシデムシとネズミの死骸をじっと見ていた。それから目をつむり、自分がその甲虫によって地中に埋められてゆくさまを想像した。そうするうちに寝入った。

翌朝、ネズミは森の柔らかい土に半分近く埋まっていた。ウルスは水を飲み、ペミカンを少し食べ、瞑想を続けた。

ウルスはネズミだった。体の下に甲虫の引っかく感触と冷たい地面を感じた。ゆっくりと土に埋まっていった。乾いたトウヒの葉の匂いがする層を通り、キノコの菌が張り巡らされたかび臭い層、黒い腐食質からなる土の層、そして岩に突き当たるまでどんどん深く。目の前を土が再び覆ってゆく。ウルスは山の一部となった。

午後に目が覚めた。体を起こし、調子がよくなったと気づいた。たしかに体重は落ちていたが、四肢のだるさは消えていた。

ブルンナーのことが頭に浮かんだ。胸が一瞬痛んだが、一番辛い段階は乗り越えたと感じた。これからは毎日よくなってゆくだろう。まもなく罪の意識は落ち着くだろう。

そしていつか再び起こるだろう。誰かがウルスの邪魔をし、ウルスの隠れ家を発見する。あるいはその前に冬がウルスを山から降りさせるかもしれない。

腹をすかした獣のように。

山はウルスを元の彼に戻すことはできなかった。今の状態を受け入れることに力を貸すだけだった。もしウルスが昔の自分に戻りたいのであれば、そうなるように自ら努力するしかなかった。

ウルスは立ち上がった。ネズミの死骸があった場所には何も見当たらなかった。辺りは静かになっていた。ヘリコプターの音も犬の吠え声もしなかった。

第十五章

九月の後半は街のユースホステルにとってオフシーズンだった。レクリエーションルームでは工業大学の電気工学セミナーに参加予定のフィンランド人が卓球に興じていた。玉を打ち合う音はカナダ人の孤独なバックパッカーの気に障った。共同スペースで手紙を書こうと思っていたのだ。ユースの従業員は『入室禁止』と書かれたドアの向こうへ下がっていた。この日はもうこれ以上の宿泊客はこないはずだった。

ところが三時前にベルが鳴った。オーナーのサミがドアを開けると、中年の男が立っていた。夏の間を旅して回っている多くのバックパッカーと同様、髪を伸ばし、やせて、白いものの交じったひげを生やしていた。そして洗いざらしのスポーツシャツに、リュックサック。男は初めての客の大半がそうであるように、シャワーのついた部屋がいいと言った。

「一人部屋は空いていますか？」

男はたずねた。

「空っぽのベッドが中に五台あってもかまわないなら」

サミは笑いながら言った。

男はウェルナー・マイヤーと名乗った。サミは外国人以外には身分証の提示を求めなかった。一泊の料金十九フランを受け取り、部屋の鍵と玄関の鍵、規則の書かれたパンフレットを渡した。

「夜中に騒がなければ、門限はないですよ」

しばらくしてマイヤーが外出する音をサミは聞いた。夕方頃、ディスカウントストアの買い物袋を提げて帰ってきた。

マイヤーが下ろしたての短靴、スラックス、シャツ、ネクタイ、ブレザー姿で再び出かけたとき、サミはとうに眠りについていた。

法律事務所はユースから歩いて十五分の距離にあった。深夜の一時。市電は最終時刻をすぎ、大半のバーは店を閉め、二、三台のタクシーが流しているだけだった。

入り口の地味な真鍮の表札には依然として『ガイガー・ベルク・ミンダー&ブランク法律事務所』と書かれていた。オフィスの入っている四階は電気が消えていた。

ドアを開けたときにタクシーが通り過ぎたが、ウルスは気にしなかった。深夜に会社へ出入りするサラリーマンの姿は、たとえ長髪でひげを生やしていても、この街では怪しまれなかった。

ウルスが使っていたオフィスのドアには『クリストフ・ゲルバー』と掲げられていた。ウルスは中に入った。レイアウトはさほど変わっていなかったが、壁にはイギリスの狩猟の写真が飾ってあった。自分が飾っていた絵はどうなったのだろうか、とウルスは一瞬考えた。

ウルスはデスクに座り、パソコンが以前使っていたものと同じであることにほっとした。オフィスのパソコンには有名企業の多くの機密情報という爆弾が詰まっていた。そのためにパソコンは個人パスワードで保護され、パスは不定期に変更されていた。

ウルスは新しいパスを覚えるのにいつも大変苦労したので、コンピューター会社の技術者にホットキーをインストールしてもらった。そのおかげで彼だけが知っているキーの組み合わせでパスワード入力画面を回避できた。その組み合わせとは『KOTZ《ゲロ》』で、彼がまだ自分を抑えることができていた頃から使用していた。

ウルスはこの四文字を入力し、パソコンを起動した。モーターのうなる音がし、モニターが明るくなった。もし誰かがホットキーのからくりに気づいていれば、パスワードの認証画面がすぐに現れるはずだった。

モニターに現れた言葉はこうだった。『こんにちは、ウルスさん』

ウルスは新しいシャツの胸ポケットからメモを取り出した。ブロイリングについてのジョーの覚え書きだった。それをキーボードの横に置いた。

〈ブロイリング〉
傘　：七～九ミリ、シアンブルー、ぬめり、光沢あり、先の尖った釣鐘型、条線あり
ひだ：サフランイエロー、柄の付近にはなし
柄　：傘と同色、二～三センチ、細く、もろい

肉　　　：ひだと同色、軽い不快臭
胞　子：バラ色
採取場所：ループリホルツ周辺か？

ウルスはこれまでパソコンに特に興味を持ったことはなかった。きちんと作動し、仕事がはかどればそれでよかった。必要最低限の使い方しか覚えなかった。会社がインターネットにつながったとき、少しだけ試してみたが、すぐに興味を失った。調べ物をするのに役立つかもしれなかったが、そういったことは部下がやってくれた。そういうわけでこの日までネットでブロイリングを検索しようという考えが浮かばなかったのだ。

ネットにアクセスして検索画面を見つけるのに少し手間取ったが、『シロシビン』と入力すると、すぐにマジックマッシュルームの世界につながった。数百のサイト、リンク、ファイル、チャットルームなど、『シロシビン』を一語でも含むページが表示された。ウルスはインターネットから遠ざかった理由の一つを思い出した。情報が多すぎるのだ。

ウルスはオフィスの明かりを消した。窓は道路に面していたが、モニターの淡い光は外からは見えなかった。

二時間後、ウェブ上の情報の山から興味をひいた、とりわけマジックマッシュルームについて詳細に記述したサイトを抜き出し終えた。

ウルスは情報の中を体系的に調べた。モニターには化学組成のリストや学術的なスケッチ、芸術写真が並んだ。そのうちのいくつかは同じサイトから引用しているように見えた。興味深いサイトは、あとで印刷するために保存した。

そのとき廊下で足音がした。

ウルスは昔、自分の名前がまだレターヘッドに載っていなかった頃、しばしばオフィスで夜を明かした。クリストフも同じく勤勉だとは思いもしなかった。

ウルスは席を立ち、ドアに近づいてポケットからナイフを出し、構えた。

足音が近づいてきた。誰かがドアの向こうで立ち止まった。ドアノブが回され、ウルスは息を呑んだ。

ノブは戻され、足音は遠ざかっていった。隣の部屋のノブも回され、足音はさらに遠ざかった。

クリストフではなかった。夜警が巡回しているのだった。ウルスはナイフをしまった。


明け方になって、保存しておいた二百ページほどのサイトを印刷し始めることができた。プリンターがのんびりと紙を吐き出している間、何気なくクリストフのファイルをのぞいて回った。その一つに『ウルス・ブランク』というファイルがあった。驚いたことに顧客と関係のないものまで、あらゆる文書が含まれていた。プライベートなメール、議事録の下書き、税金の記録、預金口座一覧、メモ帳などなど。どうやらウルスはオフィスのパソコン上ではまだ生きていることになっているらしかった。

『あれやこれや』と書かれた一つのファイルが目に留まった。このような子供じみた名前のファイルには心当たりがなく、ウルスはそれを開いてみた。

中には〈エクステルナーク〉という会社の設立にまつわるやりとりと二つの国際的金融機関であるボノトラスト、ユニフォンダが出資する旨を取り決めた契約書が保存されていた。注目したのはエクステルナークの経営陣だった。ガイガー、ベルク、ミンダー、ヒューラー、オットー、そして小さくではあったが、クリストフの名前もあった。

それ以上のことはウルスには興味がなかった。パソコンの電源を切り、印刷された用紙を丈夫な封筒に入れ、オフィスの中が元どおりになっていることを確認し、事務所に別れを告げた。ユースへ戻る道すがら、市電の始発の音を耳にした。他の惑星の住人になった気がした。


ユースの窓は一つだけ明かりがついていた。ウルスは玄関の重いドアを開け、暗いロビーに足を踏み入れた。受付のドアがわずかに開き、足音を聞きつけたユースの女将さんが顔をのぞかせた。ウルスはうなずいて見せた。彼女もうなずき返し、ドアを閉めた。

同じフロアにあるシャワールームに入ると、カナダ人の女性がトイレに座り、本を読んでいた。彼女は顔を上げ、非難するように首を振った。ウルスは謝り、ドアを閉めた。上にかかっているプレートを見過ごしていた。人物のイラストが二本の赤線で消され、その下に三ヵ国語で『使用中』と書かれていた。

ウルスは上のフロアでシャワーを浴び、自分の部屋へ戻った。二つの窓を大きく開け放ち、すぐそばのベッドに横になった。あまり眠れず、山の夢を見た。

目を覚ますと外は明るかった。腕時計に目をやると十時十五分だった。朝食は九時まで、とユースのパンフレットには書いてあった。

近所の店でパンとチーズ、ミネラルウォーター、板チョコを買った。部屋に戻り、印刷した二百ページを読み直した。

資料の一部はトリップの体験談で、マジックマッシュルームを試したアメリカの学生たちによるレポートだった。それらは調子も内容も似ており、色彩の変化や突然の悟りについて、あるいは転生や天使、悪魔との邂逅《かいこう》について書かれていた。大半がウルス自身の体験と何らかの共通点があった。ある学生は、以前は正しいと信じていたことがすべて誤りであり、価値がないと認識したとさえ書いていた。またある学生は自分が神であるという悟りを得ていた。

だが日常生活に支障をきたすほどこれらの認識に強く囚われ、しかも回復できなかった例をウルスは一つも見出せなかった。

正午前にユースの女将さんが部屋を訪ねてきた。

「今晩も宿泊されますか？」

ウルスがうなずくと、下で宿泊代を払って欲しいと言った。

午後、資料の三分の二をなんとか読み終えたが、特に役立つ情報は見つからなかった。ウルスは窓辺に行き、裏庭に生えている二本の巨大なモミの木を眺めた。その陰で金属製のガーデンテーブルがさびていた。ウルスは深呼吸し、残りの資料に取りかかった。

マジックマッシュルームの化学組成についての冗長な論文の中で、ＭＡＯ阻害薬について触れられていた。それは脳内のドーパミン等を分解する酵素の働きを抑え、シロシビンの作用を強めるらしかった。

論文の著者はマジックマッシュルームの効果を高めるためにＭＡＯ阻害薬を用いることに注意を喚起していた。ある種の食品と一緒に食べると重篤な呼吸器障害を招く恐れがあるからというだけでなく、シロシビンとともに服用した際の症状はまだ解明されていないからということだった。にもかかわらず著者は手近なＭＡＯ阻害薬として、中東の植物に多く含まれるハルミンやハルマリンを挙げていた。

ウルスはマジックマッシュルームのＦＡＱの中で、この植物の種が話題になっていたことを思い出した。そこではトリプタミンとＭＡＯ阻害薬の併用についての危険性が指摘されたのち、シリアンルーのほか、アヤワスカやパッションフルーツの種が列挙されていた。さらに再現実験が困難であるらしかったが、中央ヨーロッパ産の希少なキノコである conocybe caesia も候補に挙がっていた。

残りの資料にも軽く目を通したが、目新しい情報はなかった。目ぼしい資料だけを抜き取り、残りをレジ袋に入れて街角のバーへ行く途中でゴミ箱に捨てた。

タバコの煙が充満した騒々しいバーで、ソーセージとオニオンソースのかかったマッシュポテトを注文した。山での生活でときどき恋しくなった料理だったが、一口も食べられなかった。

「ご注文の料理とは違いましたか？」

ウェイトレスが料理の残った皿を片付けながらたずねた。

「いや、そうじゃなくて。ただお腹がいっぱいなんだ」


ユースに戻るとベッドがすべて荷物でふさがっていた。

「見習い工の団体がドレスデンからやってきたんです」

ユースのオーナーは説明した。

「大人しい子ばかりですよ」

ウルスは自分の荷物をまとめ、ユースを後にした。買ったばかりの衣服は袋に詰め、市電の停留所へ行く途中でゴミ箱に捨てた。そして郊外へ向かう市電に乗った。


翌朝、ウルスはロートハウゼン方面のローカル線の一番列車に乗っていた。前日の晩は、はるか昔にエレガンスタとその社長にとどめを刺した〈ヴァルトルーエ〉からそう離れていない場所で、ビバークザックにもぐって子供のように眠った。

列車に乗りこんだときにはほぼ満席だったが、田舎へ行くにつれ、他の乗客は降りていった。ウルスは乗客が残していった新聞をめくった。

経済欄でコンフィードの合弁にからむインサイダー取引疑惑の記事を目にした。大量の株式を売買して四億ドル近くの利益を上げた金融機関と関係者とのつながりは何ひとつ立証されなかったと半ページにわたって報じていた。

ウルスは金融機関名を見て、ひげで覆われた口元をニヤリとさせた。それはボノトラストとユニフォンダだった。

少し読み進めると訃報の欄があり、法学博士ロレンツォ・ブルンナーの痛ましい転落死への多くのお悔やみと、それに対する遺族からの謝辞が述べられていた。

ウルスはロートハウゼンの次の駅で降り、大きく迂回をして山の隠れ家へ戻った。

第十六章

フリッツ・フェンナーはリンメルンの村で育った。母親は十五歳のときに近くの町の文房具店で見習いを始め、十七歳で妊娠した。父親が誰であるかは明かさず、フリッツを産むとすぐに町へ戻った。フリッツは祖母のアンナに預けられた。

アンナはわずかな寡婦年金とごく小さな食料品店の売り上げで暮らしていた。甲状腺腫を患っていたが、自分のことよりもフリッツを心配していた。店と住居と八万フランをフリッツに遺して、アンナはこの世を去った。それほどの大金をどうやって貯めたのか不思議だった。

いつしかフリッツは五十歳をすぎ、どこの村にも一人はいるような変わり者になった。付近の建築現場で日雇い労働をし、毎日ロートハウゼンの郵便局へ自分の私書箱を確かめるために軍用バイクで通った。ビールの王冠を集め、世界中のペンパルと文通した。週末は山で過ごした。

幼い頃からすでに山はフリッツにとって村の子供たちの嘲笑から逃れられる唯一の場所だった。山を隅々まで知り尽くし、今日まで彼しか知らない隠れ家で一日中過ごすこともあった。

数日前、隠れ家のうちの一つが誰かに発見されたと気づいた。

九月の初め、ザックを背負ったハイカーが村にやってきて、売店で買い物をしていた。ハイカーが去ると女店主が言った。

「おかしな話よ。塩とか砂糖とか買いこんで、ブレンまでえっちらおっちら運ぶなんて」

フリッツはブレンまでバイクを走らせたが、途中でハイカーの姿を見かけることはなかった。山に入ったに違いなかった。

食料を持って山に入る目的は何だろう？　ひょっとして犯罪者か？　刑務所から脱走してきたのか？　見た目からして怪しい男だった。

フリッツは山で脱獄犯を捕まえて村中をあっといわせようと思った。脱獄犯であればどこに隠れるだろうかと考え、自分の古い隠れ家を一つ一つしらみつぶしに調べた。

三日目に、がれ場を登ったところにある平坦地を調べた。脱獄犯は入り口をモミの若木と藪でカモフラージュしていた。中は住みやすく整えられていた。テント、テーブル、ベンチ、屋根、かまど、トイレ、貯蔵庫のほか、リンメルンで売られている塩や油、小麦、砂糖なども見つかった。脱獄犯は不在だった。

フリッツはすべて元どおりにしておいた。しばらくは自分だけの秘密の楽しみにしたかった。好きなタイミングで警察に通報するつもりだった。

ウルスはユースから戻る際、やや迂回しすぎたように感じた。三時間前に山に入ってからは雨が降り続いていた。ウルスはひたすら先を急いだ。一時間前にハイキングコースをそれ、隠れ家まではあと三十分ほどと思われた。すでに二回、シダ陰のコケが生えた石で足を滑らせるほど、あせっていた。自分の隠れ家が人に見つかっていないか心配だった。それにキノコ図鑑でconocybe caesiaを一刻も早く調べたかった。

モミの茂みが見えてきた。入り口に小さなモミの木が立っているのを双眼鏡で確認した。すぐに歩み寄り、モミの木を引き抜いた。茂みの中に分け入り、モミの木をまた地面に突き刺した。通り道をカモフラージュしている枝や藪も元のままだった。隠れ家の中は出かける前よりもいくらか散らかっているような気がした。物が乱雑に置かれていたのだ。だがそれ以外に変わった点はなかった。

ウルスは火をおこし、湯を沸かした。ユースの売店で奮発して買ったぜいたくなインスタントコーヒーを飲みつつ、キノコ図鑑をめくった。

conocybe caesiaのドイツ語名はサフランイエロー・ザムトホイプヒェンだった。大きさ、形、その他の特徴がジョーの証言と一致した。その黄色の鮮やかさから今まで何度も図鑑で目に留めてはいたのだが、さほど興味を抱いたことはなかった。シアンブルーでも、食用でもないからだった。だが今回は紹介文にじっくりと目を通した。生息地の欄に〈イチイの下　八月末から十一月初頭にかけて　雨後　きわめて希少〉とあった。

特徴の欄には〈ラテン語名conocybe caesiaはキノコの出現率（caesius＝きわめて稀）が由来とも、摘むとただちに青く変色する現象（caesius＝灰青色）が由来ともいわれている〉

ウルスは図鑑の写真を注視した。傘と柄が青色だと思えば、それはまさにジョーの言っていたブロイリングそのものだった。ウルスは〈イチイの下〉の箇所に赤のボールペンでアンダーラインを引いた。

　夜には雨が上がるように祈った。ウルスはイチイが生えている場所に心当たりがあった。


　クリストフは午後遅くにオフィスに戻った。オットーの代理でスポーツウェアの企業とパリでの予備会談を終えたところだった。クリストフは自分宛の郵便物に目を通し、パソコンを立ち上げた。オットーの自宅で軽食をとりながら報告することになっていたので、その前に会談の内容をまとめておこうと思ったのだ。

　クリストフはパスワードを入力し、最近使ったドキュメントのリストを開いた。目的の文書に到達するのに一番の近道だった。

　だがリストアップされた十あまりのドキュメントのうち、ひとつもパリの文書はなかった。出発前に開いていたドキュメントが最新のものになるはずだった。

　それだけで十分に不安にさせられたが、最近開かれたドキュメントを見てパニックにおちいった。すべて『あれやこれや』の文書だった。誰かがセキュリティを破ってエクステルナークの関係者とボノトラスト、ユニフォンダとのつながりを証明する文書を閲覧したのだ。パソコンに精通していて目的の文書を見ることのできる者の仕業に違いない。

　最近使ったプログラムの履歴を開き、目の前が真っ暗になった。最近使ったのはプリンターであり、侵入者は文書を印刷したのだった。

　さらにインターネットブラウザも最近使用されたことがわかった。パリに発つ前に何度も使っていたので不思議ではなかった。だが発ったあとに使われたデータやプログラムの履歴を調べると、誰かがデリケートな文書をひっかき回して印刷あるいはネット経由で流出させたのではないかという疑惑が少し薄らいだ。

一昨日から昨夜にかけての間に三百二十のキャッシュファイルが存在した。そのうちのいくつかを開いてみると、どれも薬物に関するウェブサイトにつながった。ほとんどがマジックマッシュルーム関連だった。

クリストフは胸をなでおろした。ドラッグ中毒者が侵入してネットで調べ物をしたのだ。クリストフは電話でペトラを呼んだ。今では彼女はクリストフの秘書となっていた。

「僕の出張中に泥棒が入ったのかい？」

「え？」

「誰かが僕のパソコンを使ってネットで検索していたようだ。ドラッグ関連のサイトばかりを三百もね」

「本当ですか？」

「うん。一昨日の夜中の二時から四時にかけてだ」

「でも泥棒なんて入っていません」

「じゃ、誰かこのオフィスの鍵を持っている者の仕業だ」

「あなたのオフィスの鍵を、ですか？」

「ひょっとして僕がかけ忘れたのかもしれないが」

ペトラは首を振った。

「私が施錠しました」

二人は顔を見合わせ、同じことを考えた。

「でもパスワードは？　彼は知らないはずだし、パソコンにも詳しくなかったはずだ」

ウルスが犯人だという間接証拠がほかにもあるとクリストフは考えていた。パソコンに詳しい者ならこれほどの痕跡を残さないだろうと。

ペトラは来客用の椅子に腰を下ろした。

「ウルスさんはホットキーを使っていました」

「何だい、それは？」

「パスワードの認証をすり抜けるキーの組み合わせです」

「初耳だな」

「もう亡くなったことになっていましたから」

「どういう組み合わせだ？」

「わかりません。立ち上げるときにいくつかのキーを押していたことしか」

クリストフは真っ青になった。ウルスは生きていた。そしてエクステルナークのことを知られてしまった。

「警察を呼びましょうか？」

ペトラが声をひそめて言った。クリストフはよく考えた。

「その前に上司に相談しよう」

日は沈んでいたが、薄墨色の空に丘の稜線がはっきりと見て取れた。湖岸沿いを走る車はヘッドライトを灯し、対岸の家々にはいくつか明かりが灯っていた。

オットーは春にはウルスと腰を下ろしていた暖炉の前の革椅子にクリストフと座っていた。使用人が様々な肴を載せたワゴンを運び入れた。クリストフの知らないイタリアワインのデザイナーズボトルもあった。高価なものではなかったが、最近になってワインに興味を持ち始めたクリストフには目新しかった。

クリストフはパリでの予備会談の報告書に口頭で少し付け加えた。クリストフの見た感じでは相手は関心を抱いているようだった。オットーはそのことに対し、うれしそうにした。だがクリストフが謎の侵入者のことを話すと、オットーは真顔になった。エクステルナークの裏側を知られたということよりも、ウルスが生きているらしいことに強く反応した。

オットーは驚くほどパソコンに詳しく、専門的な質問を簡潔にした。閲覧されたウェブサイトについてクリストフが話し始めると、膝の上にずっと載せていた皿を一口も食べずに脇へやった。

「ドラッグだと？」

「正確にはマジックマッシュルームです」

「そのサイトのリストを見せてくれないか？」

第十六章

「三百近くありますよ」

「構わない」

クリストフはオットーに逆らえないことを知っていた。

「ほかにこの件を知っている者は？」

「私と秘書だけです。しかし明日、上司に報告しなければなりません」

「警察は呼ばないほうがいい」

「承知しています」

「君の上司も賛成するだろう」

「はい。あとは上司の指示に従います」


クリストフが退室するとオットーは剝製を飾った壁の前をそわそわと歩き、ライオンの頭部の前で立ち止まった。たてがみはつやを失い、ぼさぼさで、耳は半分欠けていた。鼻梁を傷跡が斜めに走っていた。その下の真鍮製のプレートには『オウラ　一九八五年一月十五日』と記されていた。

とりたててすばらしい戦利品というわけではなかったが、一番大切にしていた。あれは本当に偶然だった。

ジンバブエのサファリに行ったとき、ある村を通りかかったが、そこの村人が三人襲われていた。禁猟区だったが、相手は人食いライオンだった。

四日にわたってオットーはガイドとともにライオンを追った。一番興奮した狩りだった。相手を敵とみなし、やるかやられるかの勝負だった。

あれ以来、これを上回る敵に会ったことはなかった。

次の日、フリッツはバイクで転倒した。たいした怪我はなかったが、惨めな思いをした。村人が牛の群れに道路を渡らせていた。田舎の親戚を訪ねてきた子連れの女性が運転するトヨタとフリッツのバイクが並んでそれを待っていた。売店の前でミルクを運んできた二人の農夫が立ち話をしていた。少し離れた民家の戸口で、老夫婦が孫の到着を楽しみにしていた。

まもなく道路が空き、フリッツはアクセルをふかしてトヨタを追い越した。真新しい牛の糞でタイヤがスリップした。バイクはひっくり返り、フリッツはトヨタの前で牛の糞の上に投げ出された。売店の前の農夫、トヨタのドライバーとその子供たち、牛飼いとその妻、戸口の老夫婦の全員がこの様子に笑った。見ていなかった者は釣られて笑った。

フリッツは力を奮い起こして立ち上がり、バイクを立て直してエンジンをかけようとした。五回目でやっとかかった。エンジンが音を立て始めると拍手が起こった。

今に見ていろ、とフリッツは思った。

ウルスの記憶では、イチイの生えている場所は木陰になった急な斜面のかなり上にあった。そこにたどりつく道は険しく、危険を伴った。転落することよりも人に出くわす可能性が高く、ウスルはそれを危惧《きぐ》した。迂回しようがない牧場を二つ横断しなければならず、しかもこの時期には牛が再び放牧されていた。家畜の付近には犬と人間もいるはずだった。

一つ目の牧場ではトラブルはなかった。牛飼いが小さなトラクターに乗って谷のほうへ行くのを見送るだけで済んだ。だが二つ目の牧場で問題が起きた。

農家に街から親戚が遊びに来ていた。小さな娘を二人連れた女性だった。空が雲に覆われ、草が雨でまだ濡れているにもかかわらず、ピクニックをするのにこの日を選び、てこでも動きそうになかった。

ウルスは待つよりほかはなかった。人が去るとすぐに牧場を横断し、イチイの生えている場所まで一息で登るつもりだった。

ウルスは大人たちがだんだん騒ぎだし、子供たちがだんだん退屈してくるのを眺めていた。だが大人たちは五時前までねばり、それから歩いて帰っていった。ウルスがイチイのそばにたどりついても、彼らの声が聞こえた。

ブロイリングは生えていなかった。だが幸いなことに岩の突き出し部である程度快適にビバークできる場所を見つけた。大抵のキノコは雨の二日後から生えてくる。ひょっとして翌日に期待できるかもしれなかった。

牧場からカウベルの音が聞こえた。日が暮れるのが早かった。上方の林でカケスが他の鳥の鳴き声をまねていた。涼しい風が吹き上がってきた。ウルスは寝袋にもぐり、ビバークザックのファスナーを閉め、街で買った黒パンとサラミを食べた。かつてはその街が彼の生活の拠点だったのだ。

翌日ウルスはイチイの周りを丹念に調べたが、一晩では生えていなかった。秋の朝日に照らされながら、希少なキノコをすぐに見つけられると本気で考えたのは、自己を過大評価する癖が再発したからだと思った。

家族がピクニックしていた場所に人の姿はなかった。ウルスは牛たちの好奇の目にさらされながら牧場を横断した。だが二つ目の牧場で人の声を聞いた。

牛を運ぶトレーラーを連結したトラクターが木の間から見えた。二人の農夫が牛をトレーラーに載せようとしていた。牛は嫌がり、けたの上で足を突っ張った。農夫は悪態をつきながら力ずくで引き、押し上げた。ウルスは腰を下ろし、じっと待った。

二十メートルほど先にトウヒの巨木があり、その下には草が生えていなかった。牛たちが日差しや雨をしのぐ場所にしているらしく、地面は古い牛の糞で覆われていた。マグソタケの絶好のポイントだった。

双眼鏡で隈なく調べてみると、土が牧場の表土と混ざり合う辺りに小さな傘をしたキノコの群生があった。

二人の農夫はようやく牛をトレーラーに載せ終えた。板をバタンと跳ね上げ、トラクターに乗りこんだ。彼らの姿が見えなくなると、すぐにウルスはキノコに駆け寄った。

ブロイリングではなかったが、マジックマッシュルームが三十本ほどあった。ウルスはすべて摘み取った。あとはブロイリングさえ見つければ、いつでもトリップできるはずだった。

ウルスは足早に牧場を横断し、山の中へ姿を消した。


ウルスはシダの生い茂った北西側のくぼ地に着いた。モミの茂みが見えてくると、すぐに双眼鏡で確認した。モミの若木はいつもの場所に刺さっていた。

ウルスは腰につけたケースに双眼鏡をしまい、隠れ家に向かって慎重に一歩ずつ、シダの生えた亀裂の多い岩場を進んだ。しかし入り口の数メートル手前でおかしな匂いに気づき、立ち止まった。

山で三ヵ月過ごす間にウルスの感覚は鋭くなっていた。風向きが味方をした。風に乗ってブリッサーゴ・シガーの匂いがウルスのほうに漂ってきた。

ウルスはゆっくりと回れ右をし、来た道を一歩ずつ引き返し始めた。くぼ地まであと少しというところで呼び止められた。

「おい！」

ウルスは構わず進んだ。

「止まれ！」

コケに覆われた岩で身を隠せるところまであと数メートルだった。別の声がした。

「動くな。警察だ！」

ほぼ同時に犬が吠えだした。

ウルスはスピードを上げた。両手両足を使い、岩山をよじ登った。人の声が次第に遠ざかり、ウルスは逃げられそうだと思った。だが犬の吠え声は迫ってくる気がした。

小さな岩棚の上でウルスはザックを下ろした。携帯用のワイヤーソーを伸ばし、トウヒの枝を切って葉を落とし、ナイフで先端を尖らせた。この槍を手に岩棚の縁に立った。

犬の姿が見えた。シェパードだった。ウルスの姿を見ると、吠え声が甲高くなった。最後の数メートルは牙をむき出し、岩棚へ駆け上がってきた。ウルスは槍を構えた。

シェパードが足に嚙みつこうとしたそのとき、全身の力をこめて槍を突き刺した。クンクン鳴くのを予想していたが一瞬で鳴き声がやんだ。槍は胸骨の下へと突き抜け、心臓を貫いたに違いなかった。

シェパードは槍もろとも岩棚から数メートル転がり落ち、岩間に生えているアスプレニウムの茂みに消えた。ウルスは息が整うのを待ち、再びザックを担いで山をよじ登った。

はるか下方で笛の音と「パーシャ！」と呼んでいる声が聞こえた。

第十六章

テント、防水シート、鍋、コンロ、皿、カップ、ズボン、下着、シャツ、ウールの帽子、手袋、ロープ、カラビナ、動植物図鑑、サバイバルハンドブック、キノコ図鑑、様々な蓄え、乾燥肉、キノコ、塩、植物油、小麦、砂糖、板チョコ、サラミ、石鹸、その他いろいろな自家製の容器、日用品が州警察の手で押収された。

フリッツは押収した品をリンメルンまで運ぶのを手伝った。そこに警察の車両が停められていた。警察犬の担当官であるウェルチは現場に残り、パーシャが戻ってくるのを待った。

リンメルンの売店の店主は押収された食品や日用品は自分が売ったものだと認め、買っていった男の年齢や人相などを語った。それはフリッツの証言と一致した。

そうしているうちに店の前に村人たちが集まってきた。フリッツは隠れ家を見つけた経緯や警察に通報したときの様子などを彼らに繰り返し語った。

「俺はピンときたよ、あいつが犯罪者だってね」

警官が店から出てくると、村人がたずねた。

「どうして男を取り逃がしたんだ？」

年配の警官がフリッツを指して答えた。

「こいつが臭いブリッツサーゴを吸っていたからだよ」

ウルスは一定の歩調で北東へ向かって機械的に歩いた。大抵はのぼりだった。二万五千分の一の地図の収録範囲をとうに超えていたので、五万分の一の地図で間に合わせねばならなかった。ここ数ヵ月を過ごしたフランケのある尾根をできるだけ速やかに離れたかった。そのためには横断する必要があった。地図によると標高千四百メートル。滅多に交通のない峠道が走っていた。ウルスは樹木に身を隠しながら道路沿いに進む計画を立てた。

一時間ごとに短い休憩を取り、水を一口飲んだ。昼食に黒パン少しとサラミを食べた。それ以外には少々の砂糖と塩、脂、ペミカン、オイルサーディン一缶が、隠れ家に置いてこなかった、手元に残された食料のすべてだった。

　午後になって初めてアカマツを目にした。広い平坦地に何度も行き当たり、そのたびに面倒な迂回を強いられた。

　車のエンジン音を耳にしたときには、すでに日が暮れかけていた。すぐそのあとに視界が開けた。ウルスは尾根の岩場にたどりついていた。下に峠道が走っている。地図によれば、ループリホルツとおぼしき場所までは車で一時間ほどの距離であり、うまくいけば三日でたどりつけそうだった。

　炎を隠せるような場所で焚き火の準備をし、小さな火をおこした。今朝トウヒの下で採ったマジックマッシュルームを熱した石の上で乾燥させた。寝床をしつらえ、手袋とウールの帽子がないのを残念がった。


　州警察はこの件を重要視していなかった。被害者がいるわけでもなく、捜索願いも出されておらず、男は罪を犯しているわけでもなかった。山でキャンプをすることは違法ではない。

　ただ一人ウェルチだけは見過ごすことができなかった。要請されて市警察から出動した警察犬の担当官である。日が暮れるまでパーシャの帰りを待ち、翌日には同僚二人とシェパードを連れ、現場へ再び出向いた。犬たちはテントの匂いを嗅ぐと、すぐに男を追跡した。一時間もしないうちにパーシャが岩の間に横たわっているのを発見した。

「必ず挙げてやる」

ウェルチはパーシャの死骸を土やシダ、トウヒの枝で覆いながら誓った。同僚が肩を抱いて慰めた。ウェルチの目には涙が浮かんでいた。

ウェルチは押収された食器や本から指紋が採取されたか気になった。

キノコ図鑑の欄外に『ピウス・オットーのくそったれキノコ！』と書きこみがあったのも目にしていた。


オットーはダックスブラッケを連れて忍び猟をしていた。ここ二、三週間の間、立派な角をしたカモシカを狙っていた。それは類いまれな記念品のコレクションにぴったりのはずだった。

この日も手ぶらで帰ることをすでに覚悟していたが、下山中に小さな平坦地の隅で獲物を見つけた。風下にいたので気づかれずに済んだ。カモシカは静かに草を食《は》んでいた。角がはっきりと三本に枝分かれしていた。

オットーはライフルの安全装置を外し、構えた。辺りは暗くなりかけていたが、距離は百メートルほどしかなった。そしてマグナム弾のガス圧はゆうに三千バールを超えた。オットーは腕も確かで、二百メートル以上先の獲物を一発で仕留めることもまれではなかった。

スコープの中でカモシカを捉え、肩甲骨を探し、引き金の遊びをなくして、撃った。

カモシカは雷に打たれたように跳び上がった。オットーは小さくののしった。撃ち損じた野生動物はよくそのような反応を見せた。弾はカモシカの脊髄のほんの上部をかすめ、気絶させただけだった。

「行け！」

オットーは犬に命令し、自分はゆっくりと獲物のもとへ向かった。

距離を半分にまでつめたとき、カモシカが跳ね起きた。オットーはとどめを撃つ準備をしてはいたが、カモシカは障害物のすぐそばにいた。撃つ前にカモシカは下生えの中へ逃げこんだ。今度は大きくののしった。

オットーはカモシカのいた場所で膝をつき、地面を調べた。皮膚のついた毛を一束見つけた。毛の色から背中のものだとわかった。予想どおり、弾は背骨をかすめただけだった。まるで初心者だった。

オットーはモミの枝を折り、この場所に目印をつけた。獲物を追跡するには時刻が遅すぎた。翌朝に出直すつもりだった。


オットーはダッジのピックアップ・トラックでの帰路、秘書からの録音メモを聞いた。ウェルチという名前の警官が折り返しの電話を求めていた。オットーはその番号にかけた。

ウェルチは押収されたキノコ図鑑にオットーの名前が記されていたことを説明した。書き主を特定できるかもしれないので、一度見ていただけないかとウェルチは言った。

「急ぎますか、ウェルチさん？」

「どれも急用ばかりで」

「それでは今から伺いましょう。明日はスケジュールに空きがないので」

夜の七時にオットーは狩猟服のまま中央署に出向いた。人でごったがえした待合室に通され、その二分後にウェルチが現れた。二人が部屋から出ると待合人の一人が言った。

「いかした服ね」

数人が声を上げて笑った。

ウェルチはオットーを取調室に案内し、キノコ図鑑の書きこみを見せた。『ピウス・オットーのくそったれキノコ！』

「この字に見覚えがありませんか？」

オットーは首を振った。

「どういう意味かわかりますか？」

「いいえ、まったく。どこでこれを？」

ウェルチが押収した経緯を説明している間、オットーは図鑑をパラパラとめくった。アンダーラインを引かれた箇所や書きこみのある箇所がいくつもあった。すべて客観的かつ学術的なメモだった。持ち主は様々な本から知識を習得する訓練を積んでいると思われた。『くそったれキノコ！』のような怒りをこめた走り書きとはどれも異なっていた。

「この持ち主を見たのですか？」

オットーは図鑑をめくりつつたずねた。

「私は目撃していませんが、同僚が。やせて中背、髪はやや伸ばして黒っぽい色、白髪の交じったひげを生やしていたそうです」

オットーは赤のボールペンでアンダーラインを引いたページを見つけた。赤のペンが出てきたのはそこが初めてだった。ラインは何重にも引かれ、あまりに強い筆圧のため、次のページに跡が残っているほどだった。キノコ名はサフランイエロー・ザムトホイプヒェン。学術名はconocybe caesia。『イチイの下』の箇所に強くラインが引かれていた。オットーはこのキノコの名前を記憶にとどめ、次のページをめくった。

「それで、その男はキャンプをする以外に何をやらかしたんですか？」

オットーはたずねた。

「まだ調査中です。ですが警察犬を刺し殺すなど正気の沙汰ではありません」

「あなたの犬ですか？」

ウェルチはうなずいた。

「パーシャといいました」

オットーは何か思い出したら連絡すると約束した。

夜明けとともにオットーはカモシカを撃ち損じた場所に立っていた。やや曇り空で、雨が降りだしそうだった。ブラッケを長いリードにつなぎ、匂いを嗅がせて命令した。

「捜せ！」

ブラッケは地面に鼻を寄せ、跡を追い始めた。オットーはいつも追跡に熱を上げた。決して逃れることのできない、運命の変え難さ。獲物は体力を消耗して命を落とすか、オットーに見つかって撃たれるかのどちらかだった。

だが今回ばかりは違った。ウルスのことを考えていた。一晩中ウルスのことを考え、今も頭から離れないでいた。

ウルスは山に潜んでいたのか。狩りをし、肉を貯蔵し、キノコを乾燥させられるほどに、生き延びるすべを身につけていたのだ。警察の手から逃れるほどの勘のよさと体力を備え、警察犬を刺し殺すほどの冷酷さを持ち合わせていたのだ。

この山のどこかで、世間では死んだと思われている男が生きている。そしてオットーがそれを知っている唯一の人間だった。

ブラッケがリードを引き、オットーをせかした。そして立ち止まり、何かに向かって吠えた。オットーはそばへ寄った。

重傷を負ったカモシカが立ち上がろうともがいていた。だが後脚がいうことをきかなかった。オットーは重傷の獣を撃つのは好まなかった。自分のやり方を採った。ナイフを手にし、カモシカの脇にしゃがんで肋骨の間から肺へ突き刺した。

カモシカが息絶えるのを待った。それから仰向けにし、解体した。気管支を表に出して咽頭の上で切断し、食道を結んで陰嚢とペニスを切り取り、内臓を取り出して処置した。

オットーはトウヒの小枝を折り、カモシカの血を少しつけ、帽子に挿した。さらに太い枝を追跡成功の褒美として犬の首輪に留めた。三本目の枝をカモシカの口に最後の食事としてくわえさせた。

オットーは狩猟の掟を心得ていた。


ハーダー書店はガーデニングと自然関連の書籍を専門に扱う小さな店だった。旧市庁舎内に店を構え、正面にある塔に似た出窓はウェルチがキノコ図鑑のブックカバーで目にしたロゴマークとそっくりだった。その図鑑を脇に挟み、ウェルチは店に入った。

こういった聞き込みは本来、警察犬担当の業務ではなかった。正直に告白すると、捜査の経験はなく、その権限も持たなかった。ウェルチはオットーから山の男の手がかりを得られるものと期待していたが、失敗に終わった。オットーが正直に答えたのかどうか、やや疑問の余地があったが、取りつく島もなかった。オットーがアドバイスをくれただけでもよしとせねばならなかった。山の男は裕福でサバイバルに長けているとオットーは言っていた。

幸いハーダーは警察嫌いではなさそうだった。ガーデニングと自然に特化していることから、警官にもこだわりなく応対してくれるものとウェルチは期待した。

彼を迎え入れた老主人は期待を裏切らなかった。ウェルチの身分証を一瞥し、レジの奥の狭い部屋へ案内した。テーブル一つと椅子が二脚あり、それらの上に本が山積みされていた。コーヒーメーカーから残りのコーヒーの煮えた匂いがした。

老主人はマインラード・ハーダー・ジュニアと名乗った。ウェルチは主人にキノコ図鑑を見せ、ハーダー書店のスタンプを示した。

「この本を買った客を覚えていますか？」

店主は眉間にしわを寄せた。

「少々お待ちを」

店主は部屋を出て、すぐに同じ図鑑を手に戻ってきた。帳簿を開くと、そこには恐ろしくていねいな字と日付印で販売記録が書きとめられていた。

「今年に入って十一冊売れています。領収書を出したり、カードで支払いをいただいたものは誰にお売りしたかわかります」

「調べてもらえますか？」

「お急ぎでしょうか？」

ウェルチはうなずいた。

「では今週中にお調べいたします」

ウェルチはもっと迅速に対応してもらえるものと思っていた。しかし礼を言い、連絡先を渡して店を後にした。


戦利品の剝製の下、オットーはインターネットで conocybe caesia を検索していた。ウルスが何重にもアンダーラインを引いていたキノコである。

検索の結果、十二個のサイトが見つかった。クリストフのパソコンで閲覧されたサイトのリス

ト と比較すると、一致するものがあった。オットーがそのサイトを開くと、マジックマッシュルームに関するFAQのリストが現れ、その中の一つが conocybe caesia について言及していた。

Q：シリアンルーの種子の代用品はありますか？

返事からオットーが読み取れた限りでは、このキノコはMAO阻害薬を含んでいるらしかった。

オットーはMAO阻害薬を検索した。いくつものリストが表示され、マジックマッシュルームの作用を強める働きがあることがすぐにわかった。

するとウルスはマジックマッシュルームの作用を強めるキノコを探しているのか？　ウルスは薬物中毒で、そのためにリハビリセンターにいたのか？

ウルスが歩いている山には身を隠せる場所がほとんどなかった。トウヒは整然と並んで生えており、そこには大きなチェーンソーを構えられるように十分な間隔があった。二、三百メートル進むごとに林道に行き当たった。それは山を歩きやすい小さなエリアに区分けしていた。鳥のさえずりはアウトバーンの轟音でかき消されていた。

数日でルーブリホルツにたどりつけると考えたのは誤りだった。今日は五日目で、先はまだまだ長そうだった。

北東へ向かうウルスの進路上にはいくつもの村があった。日中に通り抜けるにはあまりに広く、あるいは人が大勢住んでいた。ウルスは迂回するか、日没まで待つしかなかった。

一度は新兵の演習に出くわし、八時間近くもくぼ地に隠れていなければならなかった。

そして今は一時間前からアウトバーンの横断を試みていた。

食料を調達するにも苦労した。わずかな保存食をセーブせねばならず、開発の進んだ山でキノコを探すことを強いられた。収穫を終えたばかりの大根畑で砂糖大根の残りをあさり、煮て食べた。

人に会うことを避けるのがだんだん難しくなってきた。きこり、散歩中の人、農夫らに対し、ウルスはハイカーのようにあいさつし、そのつど彼らに怒りを覚えた。

ついに幹の間から跨道橋《こどうきょう》が見えるようになった。渡ろうとしたとき、一人の老人が立っていることに気づいた。老人は欄干にもたれ、轟音を立てて下を通過する車をじっと見ていた。ウルスはザックを下ろし、材木の山の陰に座った。十五分たっても老人は欄干にもたれたままだった。ウルスはさらに十分間待った。

さらに十五分すぎても老人はその場から離れなかった。ウルスはザックを担ぎ、橋を渡り始めた。

近づくと、老人が手に何かを持っているらしいのがわかった。車が通るたびにそれを押している。老人は車の台数を数えていたのだ。

ウルスは老人のすぐそばまで近寄った。老人はアウトバーンを見下ろし、カウンターを押すたびに唇を動かした。

ウルスは老人の背後を通り過ぎた。老人はアウトバーンから一瞬たりとも目を離さなかった。

第十六章

もし老人に話しかけられたら下へ突き落としてやろうとウルスは考えていた。

第十七章

十月の土曜日は公認のキノコ検査官にとって一年で最も忙しい日だった。テオ・フーバーは野菜市場の隅に設けられた小さなスタンドに出向き、人々が持ち寄るキノコを選別した。食用キノコはテーブルに残し、そうでないものはゴミ箱に捨てた。毒キノコは黒くペンキを塗ったドクロマークのついたバケツに入れた。この日はすでに三本のドクヤマドリが入っていた。誰かがヤマドリタケと勘違いして採ったのだ。このキノコは重篤な胃腸障害を引き起こすが命を奪うほどではなかった。それに対してコレラタケは六本で一家全員を死に至らしめるほどの毒があった。

フーバーは常々言っていた。

「センボンイチメガサとコレラタケの区別がつかない人は採っちゃだめだよ」

フーバーはこの仕事にやりがいを感じていた。人々にキノコについて少々の講釈を垂れ、料理法などを教えた。

「シロカノシタだね。この若いのは食べられる。けどこちらの古いのは苦い味がする」

あるいは、

「ショウゲンジはコムソウとも呼ばれている。とても美味だが、カドミウムが多いし、チェルノブイリの事故以降はセシウムも含んでいる」

あるいは、

「これはキシメジだ！　めちゃくちゃ美味い。でも次に見つけたときは採らないで欲しいな。絶滅危惧種だからね」

あるいは、

「アカモミタケは蒸すよりも焼いて食べるほうがいい。バター少々と塩コショウで十分」

あるいは、

「びっくりするかもしれないけど、このクギタケは調理中にバイオレットに色が変わるんだ。でも味は最高だ」

フーバーのもとを訪れるキノコハンターのうちの何人かは昔からの常連客だった。彼らはフーバーとキノコについて存分に語り合うためにやってきた。選別はただの口実だった。フーバーはこの国で一番キノコに詳しいのだった。

正午頃、客がまばらになった。十二時にフーバーが店をたたむのを大抵の人は知っていた。フーバーは食べられないキノコをコンテナに捨て、バケツを噴水の水ですすいでテーブルと日よけをたたんだ。備品を返却しようとしていたそのとき、やせた白髪の男が話しかけてきた。

「サフランイエロー・ザムトホイプヒェンがどこに生えているかご存じないですか？」

「あれは食べられませんよ」

「化学的な成分に関心があるんです」

「研究者の方ですか？」

このキノコについて質問されたのは初めてではなかった。学術的に興味深い成分を含んでいるからだ。それにマジックマッシュルーム愛好家の若い世代も数を増していた。この男はむしろ前者のようだった。

「何でも知っているという噂を耳にしたんです。あなたのことでしょう？」

フーバーはうぬぼれやではなかったが、お世辞を言われて黙っているのも気が引けた。

「あのキノコは絶滅しました。なぜだかわかりますか？　イチイと共存していたのに、人間がイチイをすべて伐採してしまったからですよ」

研究者風の男は興味を持ち、フーバーからそれとなく聞き出した。イチイはその弾力性から弓の材料として大変需要があり、中世にはすでにあちこちで切り尽くされたこと。そして残ったものは馬が中毒を起こすという理由で切り倒されたこと。それでも生き延びたものは自然界の競争に敗れ、枯れていったこと。

とりわけ最後の点に男は興味を持ったようだった。備品を市庁舎の物置へ運ぶのを手伝い、広場のカフェでコーヒーをご馳走すると言った。

フーバーはビールを注文した。

二人はしばらく山の害獣について語り合った。男もよく知っているテーマだった。二杯目のビールで再びザムトホイプヒェンの話題に戻った。

「傘と柄は摘むとすぐに青く変色する」

フーバーは講釈した。

「まだ生えていそうなところを知りませんか？」

「イチイのある場所だね」

「たとえば？」

「あまり人には教えたくないんだが、あなたは研究者だから言うよ。最後に見つけたのはループリホルツだった。ずいぶん昔だが」

三杯目のビールでフーバーは道順を教えた。


ハーダー書店の店主は約束どおり、キノコ図鑑の販売記録をその週のうちに調べ直した。警察とは違い、書店主にとって『今週中』とは、土曜日の午後までにという意味だった。

だがウェルチも職務中だった。保留音が二、三分流れたあと、ウェルチが電話口に出た。

「購入された方のうち、三名様まではわかりました」

書店主はウェルチに客の氏名と住所を教えた。一人は月払いをする常連客。一人は教師で学校の事務を通しての購入。一人は弁護士でクレジットカードで買ったという。

「彼は最近まで定期的に動物学や植物学の本をたくさん買っていました。でも参考にはなりません。今年の七月に湖で亡くなったんです」

ブレイザーは優れた警官であったが、特に秩序を愛するというわけではなかった。彼のオフィスは書類棚がいっぱいになって初めて片付けられた。ブラインドを上げると書類や古紙、ゴミ、日々の証拠品などであふれかえっているのが見えた。ブレイザー自身も探し物をするのに苦労した。

キャビネットの前に立ち、ジョーに関するファイルを探していた。

一時間前に市警察から電話があった。重要参考人だったウルス・ブランクの自殺についての問い合わせだった。ウルスが購入したキノコ図鑑が山に潜んでいる男の隠れ家から押収されたという。男は逃亡中だが、ウルスと何らかのかかわりがあるとみられる。ブレイザーがジョーの焼死に関連してウルスを事情聴取しようとしていたことを聞きつけたらしい。ウルスを自殺に追いこんだとして当時取り沙汰されたのである。

ウェルチという名の警官はオフィスにお邪魔してもいいかとたずねた。ブレイザーは承知した。

「一時間後に伺います」

ウェルチは言った。

そして今、ブレイザーはファイルを探していた。

ウェルチが来る直前にファイルが見つかった。あるはずがないと思って探していなかった場所から出てきた。新しい暖房設備が導入されるまでオフィスで着ていたグレーのジャケットと、なぜか捨てずにおいた新聞の間に挟まれていた。

ウェルチは三十代半ばの、肌色の明るい、筋骨たくましい男だった。赤い手をしてブレイザー

第十七章

よりも髪が薄く、好感が持てた。ウェルチはウルスと思われる男を取り逃がしたときのことや隠れ家の様子を詳しく話した。そしてどうやってウルスの名前にたどりついたか、やや得意げに語った。なぜそれほどこの件に入れこむのかとブレイザーがたずねると、パーシャの悲惨な最期について触れた。

ウェルチが押収したキノコ図鑑を見せると、ブレイザーは思い出した。

「そうだ。ウルスはキノコに関心があった」

ジョーのキノコサークルについてブレイザーは説明した。ウルスもそのメンバーであり、火事の直前、ウルスの車と思われるジャガーが現場付近で目撃されていると。

二人はブレイザーの行きつけの店で食事をした。食後のコーヒーを飲みつつ、ブレイザーはキノコ図鑑を指してたずねた。

「指紋を照合したのかい？」

ブレイザーは割り勘のボジョレーを飲みながらウェルチを『君』と呼び始めていた。

「指紋はいくつも採取されましたが、ウルスのものかはわかりません。過去のデータには載っていませんから」

「彼の勤務先に、鑑識が入ってもいいかと問い合わせたらどうだ？」

「理由をどう説明しましょうか？」

「まだ生きているかもしれないとなると、彼らも協力するだろう」

ブレイザーは図鑑を手に取り、めくり始めた。

「隠れ家から押収したのはどのキノコだ？」

「干からびていましたよ」

「種類を同定して欲しい。マジックマッシュルームが交じっているかもしれない」

「わかりました」

「ついでにこのキノコについても調べてくれ」

ブレイザーは赤のアンダーラインが引かれたconocybe caesiaの写真を指した。

ウェルチはメモを取った。ウェルチは巡査でブレイザーは巡査部長だった。二人は業務外で会っているうえ、それぞれ別の組織に属していたが、階級の差はたしかにあった。

第十七章

ブレイザーとウェルチがいるレストランから二十キロと離れていない湿った峡谷で、件の男はブナの倒木に寄りかかっていた。隠れ家に現れた警官たちをふりきってから六日がたっていた。ゆうに二百キロ以上の道のりを歩き、よじ登り、さまよい、走り、忍び足で歩いていた。最短コースではおそらく百キロの道のりだったが、目的地に近づけば近づくほど誰にも姿を見られないように迂回を重ねた。最後の行程は夜中に進んだ。ほぼ満月で、秋風が雲を押し流し、すでに落葉し始めたブナの樹冠が明るく照らされていた。

ルーブリホルツはウルスの地図には載っていなかった。だが『ルーブリフルー』と書かれた道標を夜明けの薄明かりの中で見つけることができた。矢印の方向へ丸太橋にさしかかるまで進み、そのあとは道をそれて沢を登った。イチイはローム質の急斜面によく生えていると何かで読んだことがある気がした。

谷は徐々に狭まり、左右には急な斜面が続いた。辺りにはつかまるものがなく、去年の白くなったブナの落ち葉で足を滑らせながら苦労して登った。

突然、はるか頭上の木々の間にイチイの群生が現れた。黄色く色づき始めているブナの葉を背景にして、それは黒く際立って見えた。ウルスはブナの倒木に寄りかかり、よじ登る力が回復するまで待った。

三十分後、イチイの下にたどりついたときには息を切らしていた。長い距離を歩き続け、ろくに食べ物を口にしなかったことで、いかに体力を消耗したかを痛感した。水筒の水を少し飲み、最後から二つ目のペミカンを半分かじった。そしてブナの木にザックを結わえつけ、様々な落ち葉の下を丹念に探した。

イチイの匂いに子供の頃を思い出した。クラスメートの家の庭に生えていて、イボタノキに囲まれていた。細く尖った葉は地下室の保存ビンのような緑色をして、種に毒のあるべとべとした実は、夏の午後に喉が渇くとよく飲んだラズベリーシロップのように赤かった。横へ広がった低い枝の木陰は涼しく、そこで彼らは異性の体についての無邪気な想像をめぐらした。

今、急な斜面でブナの下に低く生えているイチイは子供の頃の記憶ほど厳粛でも神秘的でもなかった。まばらに生えていたり、ナナカマド、シカモア、エゾヒョウタンボク、スイカズラの間で小さな藪を作ったりしていた。

ウルスはイチイを探しながら岩場に出るまで斜面を進んだ。そこで引き返すことにし、谷の反対側の斜面へ移動した。岩棚が谷の南側にせり出し、基盤を削りとられていた。砂岩層が侵食されて礫岩《れきがん》があらわになっているところに幅五メートル、奥行き二メートル弱の洞穴があった。左手には四畳ほどの岩棚があり、右手はイチイの茂みで守られていた。入り口はすべて岩のせいで発育不良になった、いびつなトウヒの根で覆われていた。

ウルスは洞穴を詳しく調べた。おそらくずいぶん前にキツネが残したと思われる羽毛と骨が見つかった。人間がいた形跡は見られなかった。

ウルスはザックを取りに戻るために谷の反対側へ苦労して渡った。イチイのそばを通るたびにキノコを探した。ブロイリングは見つからなかったが、カラカサタケの群生を見つけた。その傘は焼くとカツレツのように美味だったので、慰められた。

法律事務所にとって警察からの問い合わせは非常に具合が悪かった。だが対等な立場で話をするという条件で応じた。

警察からの電話を受けたベルクは速やかにパートナーを召集した。状況の危険度をかんがみ、クリストフとオットーにまで召集の輪を広げた。

「警察はウルスがまだ生きていて山に潜んでいると推測している。彼の隠れ家とおぼしき場所で採取した指紋をこの事務所にあるものと照合したいそうだ」

オットーだけが驚きの表情を見せた。

「署長にかけ合ってみよう」

軍隊にいた頃からの知り合いが警察にいるガイガーは提案した。

ミンダーは首を振った。

「我々のパートナーの生死を確かめるのに、拒否するわけにはいくまい」

「もし生きていたら？」

クリストフは興奮気味にたずねた。まだ始まったばかりの自分のキャリアが終わることを危惧していた。

「たしかに困ったことだな」

ベルクが漏らした。

「正直に話し合おう」とガイガー。「もしウルスがエクステルナークの裏側を知っていたら、我々にとって大きな脅威になる。そのような男の捜索には協力できない」

「ウルスが捕まるはずがない」

これまで黙って聞いていたオットーが口を開いた。

「なぜそう言い切れる？」

ガイガーはたずねた。

「そんな気がする」

「君の勘が正しければいいが」

「私の勘は滅多に外れない」

クリストフは警察をオフィスへ入れるように指示された。

翌日、鑑識官がただ一人でやってきた。定年間際の、肩幅の広い、粗雑そうな感じのその男は、汗と胃酸の混じった体臭でオフィスを満たした。クリストフはペトラの香水の匂いを嗅ぎに、何度も部屋を出た。その間隔は次第に短くなっていった。

一度クリストフが部屋に戻ったとき、鑑識官はプリンターから指紋を採取していた。

「それは必要ないですよ。ウルスが失踪したあとに購入したものですから」

クリストフがそう言ったにもかかわらず、鑑識官は浮かび上がらせた指紋をフィルムに採取していた。そのうちの二つの指紋に、山の隠れ家で採取されたものと同様、親指にある斜めの傷跡が見られたからである。

テオ・フーバーは二十年近くアパートで一人暮らしをしていた。別れた妻は自分をとるかキノコをとるか、選択を迫り、彼はキノコを選んだ。

市場の仕事がないときや店頭に並べるキノコの検査をする必要がないときには、自著の執筆に取り組んだ。長年温めてきたもので、十二年目に入って、まだ半分も書き上げていなかった。以前にもキノコに関する本を出版したことがあったが、今回は野心に駆られていた。できるだけすべての写真とイラストを自分の手で撮り、描こうというのだ。そのため、ここ最近は山で休日を過ごしていた。暗くなるまで山にいて、帰宅する頃にはぐったりと疲れていた。

ウェルチの姿をアパートの庭に認めたとき、いい気はしなかった。

「こんな時間に何の用ですか」

フーバーはたずねた。

苛立っているように聞こえたらしく、ただちにウェルチは威圧的な態度をとった。

「どれほどあなたを捜したと思っているんですか！」

フーバーはキッチンへ案内し、ウェルチが持ってきたキノコをテーブルの明かりで同定した。干からびてはいたが、フーバーにはわけもなかった。

「クギタケ、ガンタケ、アンズタケ、ヤマドリタケ」

五番目のキノコを前に目を見張った。

「なんと珍しい」

フーバーはそのキノコを電灯にかざし、薄く笑った。

「これはすごく人気のあるマジックマッシュルームだ」

ウェルチはあろうことかフーバーにたずね直した。

「間違いないですか？」

公認のキノコ検査官が語るウンチクは三十分ほど続いた。ウェルチがサフランイエロー・ザムトホイプヒェンについての質問を挟んだことで、ようやくフーバーは話を終えた。

「まったく」

フーバーは少し口を休めてから言った。

「珍しいものほど好かれる。初めはマッシュルームの愛好家、次は研究者で、今度は警察か」

「研究者とは？」

「数日前にもある研究者が質問してきたんだ」

「名前は？」

「聞いていない」

「特徴を覚えていますか？」

フーバーは思い出すように、

「年齢は六十くらい。小柄で、瘦せ型、短い白髪だった」

ウェルチはメモを取った。

第十七章

アルフレートはブレイザー刑事と会う約束をすっかり忘れていた。

「ブランク氏についての問い合わせは非常に多かったものですから」

アルフレートは応接室に案内しながら謝罪した。六時に会う約束をしていたが今は七時だった。最後の患者が帰るまで、ブレイザーは三十分ほど待たされた。

「最後に連絡があったのはいつですか？」

「失踪する数日前です。なぜそのようなことを？」

「彼がまだ生きているという確かな証拠があるんです」

アルフレートは驚いた。

「本当ですか」

ブレイザーは最小限のことを話した。そして真新しいカバンを開けてキノコ図鑑を取り出し、ヒトヨタケのページの書きこみを指した。

「『ピウス・オットーのくそったれキノコ』ですか。これはたしかに彼の字です」

アルフレートは隠す必要はないと判断し、ウルスがオットーにヒトヨタケを食べさせられた話をした。

「それで彼はどういった行動に出たんですか？」

ブレイザーはたずねた。

「相手の顔を殴りました」

「なるほど」

ブレイザーはカバンの中を探り、キノコの入ったビニール袋を取り出して、アルフレートに渡した。

「我々の捜査では彼がマジックマッシュルームを摂取していたことがわかっています」

この点に関してはアルフレートは守秘義務があると考えた。

「それについてはお話しできかねます」

ブレイザーにとってはこの返事だけで十分だった。キノコ図鑑の二つ目のしおりのページを開き、アルフレートに見せた。アルフレートは conocybe caesia の紹介文を読んだ。

「赤のボールペンでアンダーラインを引いたのは彼です。ＭＡＯ阻害薬と書かれています。これはどういう意味ですか？」

アルフレートはうなずきながら、

「モノアミン酸化酵素阻害薬。ある特定の幻覚剤の作用を強める働きがあります」

「これに対しても？」

ブレイザーは乾燥キノコの入った袋を持ち上げて見せた。

「おそらく」

ブレイザーはキノコと図鑑をカバンにしまった。


アルフレートはデスクの前に座ったままでいた。ウルスが山に潜み、ＭＡＯ阻害薬として働く希少なキノコを探している。つまり、キノコのトリップで元に戻りたがっている。ということはまだ凶暴なままなのか。

アルフレートは受話器を取り、エブリーンにかけた。五回目の呼び出し音で彼女が出た。だがアルフレートは再び受話器を置いた。ウルスが生きているという知らせは、死んだという知らせよりもショッキングに違いなかった。


ウェルチは新しい警察犬ランボーの訓練から戻ってきた。ランボーはシェパードの若い雄で、恐ろしく覚えが悪く、育ての親がつけた名前に慣れさせるところから始めねばならなかった。パーシャのことを忘れる助けになればと考えていたが、とんだ誤算だった。正反対のことが起こった。ランボーはあらゆる点でパーシャに劣っていた。ただ追跡する能力だけは優れていた。

自分のデスクに内部郵便の封筒が届いていた。鑑識からの報告書で、法律事務書で採取した指紋がキノコ図鑑のものと一致したとあった。

『やもめ君へ』。誰かが冗談めかして表紙にそう書いていた。パートナー犬の殉職という憂き目に遭ったウェルチに許される猶予期間は終わったらしかった。業務の合間を縫って山の男を捜しに出かけることがだんだんと難しくなってきた。

それでもウェルチの気持ちは変わらなかった。今では山の男は間違いなくウルス・ブランクで、隣の州警察がジョーの死に関連して捜している、自殺を装っている男だと確信していた。これは署内において、ウェルチがウルスを追うことの十分な説明になると思われた。

報告書にはこう記されていた。キノコ図鑑の所有者は、ウルスのかつての職場で採取された三十二個の指紋を持つ者と同一人物であると。次に採取場所が挙げられていた。キーボード、テーブルの裏側、多くのクリアファイル、CD‐ROM。さらにプリンターからも四つ採取された。この事実に感嘆符が三つ添えられていた。

ウェルチは鑑識に電話を入れた。

「感嘆符のことか？　あれは私が個人的につけたんだ。オフィスの若造が、例の男が失踪したあとに購入した物だとほざいていたからね。だが肉眼でも同じ指紋だとわかる。三十年もこの仕事をやっているんだからな」

ウェルチは礼を言った。プリンターはウルスがいた頃からあったのだろうと思った。

今回はウェルチがご馳走する番だった。ブレイザーがウェルチの勤務する中央署まで出向き、二人はウェルチの運転で郊外のレストランへ行った。店に入ると熱いチーズの匂いが鼻をついた。

「ラクレットが嫌いじゃなきゃいいんですけど」

ブレイザーはノーとは言えなかった。ほかにメニューがなかったのだ。

ウェルチはラクレットが大好物だった。ジャガイモと溶けたチーズ、ピクルス、タマネギを皿に盛大に盛り、コショウとパプリカで風味をつけ、順番に口へ放りこんだ。ブレイザーはその間にアルフレートを訪ねたときの様子を話した。

「僕がオットーに『くそったれキノコ』の書きこみを見せたとき、知らないふりをしたのはどうしてでしょう？」

ウェルチは口にものを入れたまままたずねた。

「何かやましいことでもあるんだろう」

「会ったことがあるんですか？」

ブレイザーは首を振った。

「彼は法を犯す人じゃありませんよ。……料理が口に合いませんか？」

ウェルチはブレイザーの皿を見て言った。溶けたチーズが冷え、表面に脂が浮いていた。

「いや、うまいよ」

「じゃ、どんどん召し上がってください」

ブレイザーは言われるままに食べやすそうなものにフォークを刺した。

「MAO阻害薬にはマジックマッシュルームの作用を強める働きがあるらしい」

ブレイザーはそう言いながら一口食べた。チーズはすでに固くなってゴムのようだった。ウェルチは自分の分を平らげ、ウェイターに合図をした。

「ジョーの件が殺しである可能性はどれくらいでしょう？」

「遺体の頭部には外傷がみられた。階段で足を滑らせて、吸っていたタバコかマリファナの火が何かに燃え移ったと我々は考えているが」

ブレイザーは粘つくチーズをお茶で流しこんだ。

「理屈を言えば誰かに突き落とされて放火された可能性も否定できない。どうしてそのようなことを？」

「放火殺人の被疑者となれば、図鑑から指紋が採取されたことと合わせて、捜査を開始できるかもしれません。たかが犬のことで、しぶとい男だと思うでしょうが」

ウェイターが二人前のチーズを運んでくるのを見て、ブレイザーは微笑むのをやめた。ウェルチはとうに食べ終えた皿を前に、鑑識の結果に奇妙な点があることを語った。ブレイザーにとっては冷めたチーズとの戦いを放棄する格好の言い訳になった。彼は皿を脇へやって言った。

「ひょっとしてその若造が勘違いしているのではなくて、ウルスがそれ以降にオフィスに現れたのかもしれない」

ウェルチは犬の扱いには長けていたが、推理力は乏しかった。

「それは思いもしませんでした」

「一からやり直すことになりそうだ」

レストランを出るとき、ウェルチが言った。

「郷土料理は少し癖がありますね」

「いや、うまかったよ」

「キノコ料理は好きですか？」

冗談にも聞こえなかったので、ブレイザーはウェルチの横顔をのぞきこんだ。

第十七章

ガイガーとオットーはインペリアルのロビーで二人だけで会った。状況は緊迫していた。

先日、警察から電話があり、ウルスがいたオフィスのプリンターはいつ購入したのかと、秘書のペトラにとても穏やかにたずねた。彼女は深く考えず、領収書を探し、正確に答えた。

「六週間前です」

「ということは、ブランク氏が失踪されてからずいぶんあとですね」

警察に念を押されてペトラは自分の失言に気づいた。訂正しようとしたが、警察は言った。

「いえいえ、ご心配なく。ゲルバー氏の証言と一致していますから」

「クソッ」

オットーは吐き捨てるように言った。二人はロビーの隅にあるウイングチェアに座っていた。

ピアノが奏でるガーシュウィンの曲がオットーの悪態を最上階に敷かれた絨毯のように吸収した。

「今日の午前中、刑事が二人やってきて、ウルスが失踪後にオフィスに現れたことをなぜ黙っていたのだ、とクリストフを問い詰めたそうだ」

「どう答えたんだ？」

「もしそれが本当なら、こっそり忍びこんだんだろうと」

オットーは天を仰ぎ、漆喰《しっくい》を塗られた天井を見つめた。またしてもウルスを取り逃がしたか。

「当然、警察は捜索を始めるだろう」

「そのようだ」

「こうなったら、君から署長に話をしてくれ」

「そうするつもりだ」

オットーは必要以上に声をひそめて言った。

「しばらく出かけてくる」

ガイガーはうなずいた。どこへ何をしに行くのかは訊かなかった。

第十八章

太陽がブナの梢をまぶしいほどの金色に輝かせていた。モミの木がわずかに山の緑色を保っていた。枝々で小鳥がさえずり、秋のさなかにプレゼントされた夏の日差しを喜んでいた。ウルスだけが雨を望んでいた。

ここ数日、イチイの周りを何度も丹念に調べながら、低い位置にある太陽が真横から斜面に照りつけ、地面を乾燥させていくさまを目の当たりにしていた。ほとんどの種類のキノコのシーズンは終わっていた。すぐにでも雨が降らなければ、十一月中に生えるキノコはもう採れなくなってしまうのだった。

ウルスは秋晴れの陽気を利用して薪を集め、突き出した岩棚と侵食でできたくぼみの間にそれを隠した。洞穴の半分まで様々な太さの粗朶と枯れ枝を詰めた。かまどは一番奥にあった。夜、寝る前に乾いた木で火をおこした。ほとんど目に見えない煙が洞穴の天井を伝って外へ流れ出た。入り口にカーテンのように吊るした救急シートで火のぬくもりを反射させると、穴の中は急速に暖まり、一晩中温度が快適に保たれた。

昼間は完全に火を消さないでおいた。念のため、壺にも火種を保存した。下の沢に豊富にある粘土で焼き上げた壺だった。その中に乾いたコケとともに入れておくと、熾《おき》は何日ももった。

この日までの偵察では自分の現在地をはっきりとはつかめていなかった。峡谷はモミとブナの森の中を北東の方角へ伸びていた。南にはブナの森があり、その先は急に開けていた。そこに身を隠せるような藪や茂みはなかった。

ウルスは峡谷の西側からやってきたので、その方角の様子は把握していた。雑木林と植林された森からなる小さな平地で、畑や公園が点在し、林道やハイキングコースが何本も走っていた。周囲の山のどれかがルーブリホルツだとすれば、北東にあるそれが一番可能性が高かった。そこにはイチイの木もまばらに生えていた。

ウルスは洞穴の前の小さな見晴らし台に座った。粗朶の束の一方の端をひもで縛り、しなやかな若い枝で作った二つの輪を内と外にはめこんだ。粗朶の間隔が均等になるように固定し、隙間には葉のついたトウヒの枝を編みこんだ。すると長いかごが出来上がった。入り口に枝を漏斗状に挿して中に入った魚が出られないようにした。相当慣れた手つきだった。魚用の罠を作るのはこれが四度目だった。

罠を下の沢へ運び、川幅の狭くなったところに仕掛けた。罠の両脇には石を積み上げ、ほかに魚が通れないようにした。

食料の蓄えは底をつき、新たに手に入れるのは困難だった。木の実が採れるシーズンは終わり、キノコが生えるには雨が足りず、ウサギの巣穴はこれまでに発見できていなかった。初日にはすぐにマスが二匹獲れた。一匹は焼いてすぐに食べ、二匹目は非常時のためにさばいて燻製《くんせい》にした。

翌々日にはすでに非常時になっていた。罠は空のままだった。二つ目の罠を設置し、三つ目、そして今四つ目を設置したところだった。

斜面を伝って沢をさかのぼり、他の三つの罠を調べた。二つ目の罠を引き上げると、中でマスがぴたぴたと暴れた。ウルスはナイフを取り出し、罠の入り口から手を入れた。暴れ回る滑りやすい魚をしっかりとつかむと、罠の隙間からナイフの刃先を入れ、魚の延髄を切断した。ナイフで肛門からえらの下まで一直線に切り開き、腸《わた》を抜いて沢で洗った。腸は土手を掘って埋めた。

三つ目の罠は空だった。斜面をよじ登って洞穴へ戻り、魚をさばいて切り身を串に刺した。頭と尾、皮、鰭《ひれ》は鍋に入れ、水筒の水を満たした。熾に粗朶をくべ、火をたきつけ、鍋を火にかけた。スープにうまみが出るように、皮に脂が乗っていることを期待した。食用油の残りはわずかだった。塩にいたってはほとんど残っていなかった。

自給自足の暮らしはもはや限界に達していた。


ルーブリホルツは地元の繊維メーカーが土地を借りきっている地域にあった。狩猟目的でそこへの立ち入りを許可してもらうことはオットーには造作なかった。このメーカーにとってエレガンスタは大切な取引先の一つだった。

数日前からオットーはこの地域へ足繁く通い、地図の上でチェックした区画を二頭のブラッケを連れて系統的に踏査していた。我ながら恐ろしく勘が働いた。この付近でウルスを発見できると予想していた。ウルスは希少なキノコを探していて、オットー同様にそのキノコがルーブリホルツで採れることに気づいている――。このいたるところに急な崖のある歩きにくい山の中をしらみつぶしに捜すことは骨が折れるうえに貴重な時間を費やすことになり、根拠とするにはこの推測は弱いものだった。だがそれ以外にも理由があった。彼の直感だった。それはウルスが近いうちにここへ現れるか、もしくはすでに来ていると告げていた。彼の猟師としての勘が外れたことは滅多になかった。

オットーはこの日の捜索エリアの東の外れにいた。数メートル先で林道が分かれていた。オットーは道標に歩み寄り、そこに書かれている文字と地図を見比べた。『ルーブリフルー』とあった。

オットーは地図をたたんだ。雨が降り始めていた。

雨は警察署のトタンのひさしを打っていた。ウェルチはブレイザーのデスクの前で来客用の固い椅子に座っていた。私服姿だった。車から降りるときに雨に打たれたせいでジャケットが濡れていた。

デスクにはウルスのカラー写真があった。市警察の画像処理班がひげと長髪の姿に加工したものだった。リンメルンでの目撃者と隠れ家でウルスをちらりと見た同僚は、これを他の人物の写真の中から選び出した。

「どうしてこの写真を一般に公開しないんだ？」

ブレイザーはたずねた。

「公開捜査をする事件は非常に限られているそうです。あまり頻繁にやると効果が薄れますから」

「世間は面白半分に騒ぎたてるからな」

「本当のわけを知りたいですか？」

ウェルチは怒りで顔を真っ赤にして続けた。

「捜査を妨害する輩がいるんです。有名な法律事務所の人間がお尋ね者になるのが迷惑なんでしょう。うちの署長は部下を呼び戻して、この事件はお蔵入りってわけです」

「それで私にどうしろと？」

「州警察は殺人事件として捜査を続けてください。あなたからメディアに働きかけてもらっても構いません」

ブレイザーは笑った。

「国際メディアを相手に田舎の刑事に何ができる」

ブレイザーは用事が済むと帰宅するつもりだった。だが雨のせいでウェルチの長広舌に付き合わされた。切りのいいところでブレイザーは言った。

「じゃあ、この写真を預かっておくよ」

ウェルチは別れを告げて市内へ戻った。ブレイザーは帰る支度をした。雨がもう少し降り続けばいいと思った。雨の日にソファで妻と二人、テレビを見るのが好きだった。

洞穴の入り口を覆っているトウヒの根は配水管のように雨水を中へ導いた。だがウルスがワイヤーソーで切断すると、もう大丈夫だった。

火に薪をくべ、入り口の雨垂れが炎の明かりを反射するさまをじっと見つめた。ロウソクの明かりを反射するクリスマスツリーの銀の糸のようだった。

煙と魚とコケと濡れたブナの落ち葉の匂いがした。乾いた地面に寝転ぶと暖かかった。外では雨がイチイの木にしとしとと降り、滴がポタポタと落ちて、地面に染み渡っていた。雨のあとのイチイの下にはブロイリングが生えていることを祈った。

翌日、ブレイザーが出勤する頃には雨はやんでいたが、雲は低く垂れこめたままだった。またいつ降り始めてもおかしくはなかった。

デスクの上にはウルスの写真が置かれたままだった。ブレイザーは本庁の広報課に電話をし、アポをとった。

「フェリックス、マスコミに公表したいことがあるんだ」

フェリックスは快諾した。解決が見込める、ほどよい事件。州警察がマスコミに情報を公開する機会はそう頻繁にあることではなかった。

本庁から戻る途中、ブレイザーはダッジのピックアップ・トラックを見かけた。珍しい車種だった。この車を取り扱っている、アメリカの四駆専門の輸入業者は数えるほどしかなかった。濃い緑のメタリックカラーで、幅広のタイヤをはき、スモークガラスをはめていた。

追い越し禁止のセンターラインにもかかわらず、そのピックアップはものすごい速度でブレイザーの車を追い越した。長く警官をやっているブレイザーはダッシュボードに取りつけてあるマグネット式のメモブロックに車のナンバーをひかえた。

カーブを過ぎ、見通しの利く長い直線道路でピックアップを見失った。右に折れてルーブリホルツへ向かう村道に入ったに違いなかった。

ブレイザーはブロックからメモをはぎとり、シャツの胸ポケットに入れた。雨がまた急に強く降りだした。彼は速度を落とし、ワイパーを慌ただしく動かした。

署に戻り、傘を傘立てに入れると、窓口にいた同僚から声をかけられた。今しがた広報課から電話があり、折り返し連絡して欲しいと。

ブレイザーは自分のオフィスに入り、電話をした。

「ブレイザー、問題が起きた」

「詳しく話してくれ」

「上層部が公表に反対なんだ。市警察と話し合った結果だそうだ」

「理由は？」

「事件性が薄いからだと」

ブレイザーは礼を言って受話器を置いた。

大粒の雨がトタン屋根を打っていた。ブレイザーは先のピックアップを思い出した。きっと猟師だろう。雨の日に山へ行く理由はそれしかない。

ポケットに入れていたメモを取り出し、係に電話をして、車の所有者を調べてもらった。すぐに返事が来た。

「オットー・ファイナンスに登録されている車です」

ブレイザーは礼を言った。なるほど。テオ・フーバーに希少なキノコについてたずねた白髪の研究者とはオットーだったのか。ウルスの公開捜査を妨害しているのも、おそらく彼だろう。

ブレイザーはウェルチに電話をした。

「ウルスの写真をもう一枚貸してくれ」

アルフレートはこれまでに一度も大衆紙を買ったことがないことを誇りにしていた。だが今朝、いつものように診療所前の売店で新聞に手を伸ばしかけ、思わず固まってしまった。目につく場所に並べられた大衆紙の見出しにこうあった。『山男に注意！』。写真はひげを生やして長髪にしたウルスのものだった。『山に潜伏。死んだと思われていた一流弁護士、ウルス・ブランク』

アルフレートは一部買い求め、応接室で読んだ。マッシュルーム愛好家ジョー・ガッサーの死に関与していると疑われ、自殺を装うことになった経緯が、それらしく書いてあった。続いてジョーと彼の最期についての簡単な記述と、殉職した忠実な警察犬パーシャにまつわる感動的な話。ウルスが手がけた大規模なM＆Aがいくつか挙げられ、もちろん事務所についても触れられていた。事件解決に役立つ情報を編集部に寄せて欲しいとのことだった。

アルフレートはこの日の最初の患者に集中するのに骨折った。患者を外へ送り出すと、助手が急用の電話メモを二つ手渡した。一つはエブリーンから、もう一つはルシールからだった。

アルフレートは二人に電話をした。エブリーンは記事がでたらめだと怒りちらした。ルシールは鵜呑みにして、おびえきっていた。二人を落ち着かせるのは不可能だった。

〈金獅子〉での昼食中、ウェイターはこの件に一言も触れなかった。だが今回はウルスの分の食器は片付けられた。


法律事務所では二時間前から緊急経営者会議が行われていた。ガイガーは記事を目にするとただちに市警察長と電話で話し合った。州警察のひどく口が軽いことを言い訳にされた。

「落ち着いてくれ。今から内部調査を行う」

市警察長は請け合った。

「そんな調査なんてクソくらえだ」

ガイガーはののしった。周りの者はあっけにとられた。彼の口からはせいぜい『ふざけるな』くらいしか、聞いたことがなかったのだ。

ベルクは出版社の社長と電話で長時間話した。彼とはときどきゴルフをする仲だった。

「今からでは、もう手遅れだな。気の毒だが」

社長は法律事務所の名前を世間が早く忘れられるように努力すると約束した。

ミンダーはこの国でもっとも権威のあるメディア論の学者と連絡を取った。彼は法律事務所の代理人を快く引き受け、大学の講義後すぐに立ち寄ると約束した。

具体的な措置の手始めとしてペトラの解雇が決定した。プリンターにまつわるやっかいごとを引き起こした張本人である。クリストフは強い叱責だけで済まされた。彼は多くを知りすぎていた。

会議のあと、ガイガーはオットーのプライベートナンバーに電話をかけたが、つながらなかった。秘書の話では猟に出かけているとのことだった。

ウルスは森の外れのシダの茂みで腹這いになっていた。双眼鏡をつけたり外したりして眼の疲れをとった。

一時間以上前からある家の様子をうかがっていた。早朝のことだった。そう遠くないところで下肥をまいているトラクターの音が響いていた。十五分おきに二回、肥料のトレーラーを満杯にするために農夫が戻ってきた。舌を出して付きまとっている牧羊犬はその間、家の前の自分の毛布の上で横になっていた。トラクターが出発すると犬もそれに従った。

十分前、妻がりんごの入った桟箱《さんばこ》を抱えて玄関から出てきて、家の前に停めてあったステーションワゴンに積んだ。このまま出かけてくれればいいんだが、とウルスは思った。

学生カバンをさげた子供が二人、車に乗りこんだ。母親は二つ目の箱を車に積み、運転席に乗って出発した。

ほぼ同時にトラクターが戻ってきた。農夫は家の前を通り過ぎてエンジンを切り、トラクターから降りて家の中に入った。仕事を終えたかに見えた。

だが少しして何かを食べながら姿を現し、トラクターを肥料ホースの前に移動させて、つないだ。

トレーラーが満杯になって再び畑に向かうまで、十分かかった。トラクターが見えなくなると、ウルスは立ち上がり、家に忍び寄った。十五分間は農夫は戻ってこない。だが学校までどのくらいの距離なのか、妻がいつ戻ってくるのかはわからなかった。

玄関を開けるとキッチンにつながっていた。暖かく、コーヒーと熱いミルクの香りがした。テーブルには朝食に使った食器がそのままにあった。緑色の暖炉の上にトラ猫がいた。ウルスに気づくと、体を起こし、背を丸めてフーッとうなった。そして床に飛び降り、ドアから姿を消した。ドアの隙間からのぞくと、二階へ上がる階段が見えた。

ウルスは通気孔のある別のドアを開けた。階段を二つ上がると、窓のない部屋にたどりついた。ウルスは電気をつけた。

壁際に大きなチェストがあり、その両隣には頑丈な扉や格子戸がついた棚があった。目当ての貯蔵室だった。

ウルスは次々と棚を開け、油脂類、砂糖、とうもろこし、小麦粉、石鹸代わりの粉末洗剤など、必要なものをくすねた。

古い胡桃《くるみ》材の棚には燻製がしまってあった。脇腹肉のベーコンを取り出し、他のものと一緒にザックに詰めた。

下のキッチンで足音がした。

電気を消すにはもう遅すぎた。ザックと体を一番大きな棚の後ろに隠すのがせいいっぱいだった。

ナイフを取り出し、息を殺した。


エマ・フェルダーは風邪で日がな寝ていることには慣れていなかった。やるべき畑仕事はいくらでもあった。だが嫁にベッドで横になっているようにと言われた。

「ベッドで二日ほどお休みになるほうが肺炎で二週間入院されるよりよろしいですわ」

肺炎と聞いてエマはぎょっとした。夫を四年前に肺炎で亡くしたのだ。

そういうわけでベッドの中で周りの物音に耳を傾けていた。息子の運転するトラクターの音、キッチンにいる孫と嫁の声、犬の鳴き声。それらを聞きながらうとうとしていた。

気がつくと周りが静かになっていた。嫁は孫を学校へ送っていったらしかった。エマはガウンを羽織ってキッチンへ降り、コーヒーを温めた。コーヒーを飲んで気を紛らわせようと思ったのだ。

煙の臭いがするので見てみると、貯蔵室へのドアが開いて電気がついていた。彼女の夫は他の大勢の農夫同様、消防団に入っていた。火事の現場から戻ってきた夫と同じ臭いがした。制服を何日も吊るしていないと臭いが取れないほど、煙は生地に染みついていた。

エマは貯蔵室への階段を上がった。臭いが強くなった。だがそこには誰もいなかった。さらに数歩中へ入り、大きな食品棚の前で立ち止まった。煙の臭いがきつく鼻をついた。

「誰かいるの？」

エマはたずねた。

そのとき燻製をしまっている棚の扉が開いていることに気づいた。燻製と煙の臭いを風邪のせいで混同したのだと思った。

エマは電気を消し、ドアを閉めた。


ウルスは棚の後ろでキッチンの物音に耳を澄ましていた。女性が貯蔵室から出ていくとき、その背中のどこにナイフを刺すべきかと、そこまでウルスは考えていた。

トラクターが戻ってくるまであと十分足らずだった。五分間だけ待って、外の様子を見る。まだ彼女がキッチンにいれば、刺すつもりだった。


コーヒーが沸くとエマはマグカップに注ぎ、ミルクを少し入れた。キッチンの椅子に座り、コーヒーを吹き冷ました。

十一月の風がドアの隙間から入りこんでコンクリートの床を冷やし、エマの命を救った。足元から寒さが襲ってくるのを感じ、自分くらいの年齢が肺炎にかかりやすいことを思い出した。カップを手に、自分の部屋へ上がった。

ウルスがトラクターの近づいてくる音を耳にしたとき、まだ森までは半分の距離があった。近くのブナの木まで重いザックを背負って駆けた。木に隠れるや否や、トラクターが現れた。農夫はトラクターを前庭に停め、ホースの水でトレーラーを洗い始めた。

ウルスはザックを開け、ベーコンを一切れ切り取って、夢中になって食べた。

妻が車で帰ってきた。夫と二言三言交わし、二人とも声を上げて笑った。妻に続いて夫も家に入った。

ウルスは山に戻った。


一ヵ所だけ林道を歩かねばならないエリアがあった。ループリフルーへの分岐点を過ぎれば、また山に分け入るつもりだった。

そこに至る直前、ウルスは老人とすれ違った。つぶれたミリタリーバッグを背負い、黄色のポリタンクを持っていた。目が合うと、ジロジロとウルスを見た。

「おはよう」

老人は低く言った。ウルスは会釈をした。

分岐点の手前でウルスは振り返ってみた。老人は立ち止まったままウルスのほうを見ていた。

ウルスはループリフルーへ行きたかったが、ローテンシュタインへの道を選んだ。もう一度振り返ったとき、老人がまだこちらを見ているのが幹の間からうかがえた。ウルスは先へ進んだ。

道はふもとの村へと続いていた。畑や桜の木が見えてきた。その向こうにある山は、中腹の岩壁まで、トウヒとモミが占めていた。桜の木の辺りから小道が山へ向かって伸び、ウルスの位置からははっきりとは見えない平坦地につながっていた。

ウルスはその小道に見覚えがあった。双眼鏡で桜の木や山裾にある納屋を確認した。フィヒテンホフに通じる道だった。ティピーのそばに流れ落ちるはずの滝が岩肌に見えた。

ウルスは引き返し、大きく迂回をして峡谷へ戻った。


大衆紙の編集部には『山男』に関する情報が六十三件寄せられた。

編集長のムーアは記事を書くのに役立つ情報を選び出し、そのあとでブレイザー刑事にも送った。ブレイザーはそうすることと引き換えにウルスの件を編集部に漏らしたのだ。

山男は国中で目撃されていたが、大抵の情報は不毛だった。ムーアはウルスに対する世間の関心が冷めないように謎めいたほのめかしとインタビューで補った。目下の頼みの綱は元秘書のペトラだった。魅力的で、今では事務所のことをはばかりなく語ってくれた。ウルスのまれな変容と山に憑かれた様子を彼女は詳しく語った。だがそれは二日前のことだった。もうその手の話は読者に飽きられていた。

ムーアは山男の目撃情報を集め、地図の上に小さな旗を記していった。そのうちの一つはジョーの火災現場であるフィヒテンホフのすぐそばだった。

記事にまた新たな命が吹きこまれた。

ムーアはカメラマンを連れて老人の家を訪れ、インタビューを終えてからブレイザーに連絡を入れた。今回ばかりはブレイザーも苦々しく思った。

老人が山男について語った話は興味深かった。山男は写真のとおりで、やや乱れた感じがした。たしかにザックを背負い、普通のハイカーと変わらない服装をしていたが、ザックも衣服も薄汚れていた。もうずっと野宿をしている様子で、焚き火のそばで寝ている人の臭いがした。

老人は山男がローテンシュタインへ向かったと言った。そこからフィヒテンホフまでは目と鼻の先だった。

ブレイザーはウェルチに電話をした。次の日は非番らしかった。

「じゃ、七時にきてくれ。ランボーも連れて」

ブレイザーは言った。

八時頃になってようやく、キノコを探すのにちょうどいい明るさになってきた。まず洞穴の前のイチイから調べ、行き止まりの岩場までゆっくりと進み、次に反対側の斜面を調べた。

探索は正午頃にほぼ終わり、モエギタケ、クダアカゲシメジ、ヒダハタケしか見つからなかった。すべて食用ではなかった。

だが洞穴のすぐそばで努力が報われた。多株イチイの下に黄色いものが生えているのが遠くからでもわかった。ブロイリングではなかったが、すばらしく美味なトキイロラッパタケだった。ナメクジが食い荒らしたあとで、何本かは柄の部分しか残っていなかったが、ウルスは食べられそうなものをすべて摘み取った。採れたてのものを食べるのは久しぶりだった。沢は増水し、罠が二つ流され、残りの罠は空のままだった。

ウルスはキノコをかまどのそばの平らな石に置いた。テーブル代わりに使っている石だった。熾に粗朶をくべ、パチパチとはぜるまで息を吹きこんだ。

キノコを見ると、柄の一本が青く変色していた。

第十九章

オットーはお茶でも飲みながらウルスについての記事に目を通しておこうと思い、カフェに立ち寄った。山男関連の記事は第一面に返り咲いていた。

『山男、犯行現場に引き返す？』

見出しはこうだった。記事にはウルスの似顔絵と目撃者の写真が添えられ、ウルスと出くわした際の様子が、ひどく煙の臭いがしたことまで、ことこまかに書かれていた。

オットーは小さくののしりながら新聞を脇へやり、席を立った。お茶には手もつけていなかった。

オットーは一日中、ループリホルツの山奥を捜し回った。モミとブナが茂る急斜面で、ロープを使わないと降りられないようなところだった。藪、巨大な石、岩、その他身を隠せそうな場所がいくらでもあった。犬をリードにつないでおくことは不可能だった。犬たちは自由に歩き回り、獣の足跡をいくつも見つけた。そこから引き離すのにオットーは苦労した。主人が何を捜しているのか、犬たちは理解していなかった。

オットーは辛いとは感じなかった。狩猟の熱に憑かれていた。獲物を長い間追っているとき

のようなトランス状態にいた。そして突然、感じ取った。《間違いない。ウルスはすぐそばにいる！》

空は厚い雲に覆われ、日が暮れるのが早かった。この日は捜索予定範囲よりも広くこなしていた。あと二日もあればループリホルツ一帯を捜索し終えるだろう。

山を下りる途中、木の橋が渡された沢に行き当たった。地図上ではループリホルツに属していない峡谷から流れてきていた。雨で増水した沢を見下ろすと、橋げたに粗朶の束が引っかかっているのが見えた。マスが一匹、中にとらわれていた。

オットーは斜面を降りて粗朶を引き上げた。粗朶ではなく、原始的な漁具だった。

オットーは予定を変更し、次回はこの峡谷を捜索することにした。

思っていたよりも早く日が暮れ、ブレイザーとウェルチも捜索を切り上げざるを得なかった。二人は山のふもとにブレイザーのオペルを駐車し、フィヒテンホフの廃屋まで歩いて登ってきたのだった。

廃屋の周りに張り巡らされた鉄条網は数ヵ所、下に引き下ろされていた。おそらく子供たちがここで冒険ごっこをしているのだろう。

火事の中を生き延びたタデが、木や塀の残骸の上にかわいらしく生い茂り、まるで火事現場の悲惨さを和らげようとしているかに見えた。

ウェルチはウルスの隠れ家から押収したウールの帽子をランボーに嗅がせ、長いリードにつないだ。だがランボーは帽子と同じ匂いがするものを見つけられなかった。激しくリードを四方へ引く代わりに、まだトレーニングを受けていない犬のようにウェルチの足元を歩いた。

二人は山道を登ることにし、小一時間ほどで平坦地にたどりついた。

ティピーはもうなかったが、サウナはどうにか無傷の状態を保っていた。ランボーに捜索させると、ワインのボトルが二本と使用済みのコンドームが三つ出てきた。

周囲の森を探したが、隠れ家らしきものは見つからなかった。早く日が落ちてブレイザーはほっとしたが、より熱心なウェルチは残念そうだった。


ウルスは小麦粉に水と少々の塩を加え、こねてひも状にし、棒に巻きつけた。それを火にかざし、生地が狐色になるのを見つめた。焼きたてのパンの香りが洞穴の中に広がった。

まだ熱いパンをベーコンと一緒に食べ、ミント茶を飲んだ。すばらしく美味だった。

このような栄養価の高い食事に体がもはやついていけないことが夜中になってわかった。ベーコンは胃にもたれ、膨れた腹が横隔膜を圧迫し、動悸がした。

ウルスは何も考えないようにした。だが繰り返しブロイリングの特徴が頭に浮かんだ。柄は傘と同色、二～三センチ、細く、もろい。先日採ったトキイロラッパタケのうちの一本がこれに合致していた。しかも青く変色し、形状がラッパタケとはまったく異なっていた。ラッパタケであれば上部が漏斗状に開き、柄の根元まで中空になっているはずだった。

ウルスはリラックスして規則正しく呼吸しようとしたが、ふと気がつくと、息を止めてモリフクロウの低い鳴き声を待っている自分がいた。この日の夜はフクロウの声が不気味に聞こえた。

翌日は朝から鳥がさえずり、よい天気になりそうだった。ここ数日、これほど早く夜が明けることはなかった。茶色くまばらなブナの梢からのぞくほの白い空には雲ひとつなかった。ウルスは服を着て、砂糖を加えたミント茶を飲み、昨日焼いたパンの残りを食べた。

洞穴の前の見晴らし台に立ち、近くのイチイの赤い実が見分けられるようになるまで待った。ラッパタケとブロイリングの柄を見つけた場所に真っ先に向かいたいのを我慢した。といっても特に強い意志が必要というわけではなかった。そこは西側の斜面を探すときの三番目のチェックポイントになっていた。

その場所に近づくと、シナモン色の幹の間に輝いているものが見えた。ウルスは我慢できなくなり、最後の数メートルはつまずきながら駆け寄った。

ラッパタケがたくさん生えていた。全部で九本。その中に、ずっと小さく、華奢《きゃしゃ》な別のキノコが二本交ざっていた。

ウルスは指先でそれを摘み取り、詳細に調べた。傘の直径は七〜九ミリ、サフランイエロー、ぬめり、光沢あり、先の尖った釣鐘型、条線あり。ひだはサフランイエロー、柄の付近にはなし。柄は傘と同色、二〜三センチ、細く、もろい。肉はひだと同色、かすかな不快臭。

ウルスはこの二本のキノコがともに青く変色するさまをじっと見つめた。

谷の下方で犬の吠え声がした。ウルスが双眼鏡をのぞくと、二頭のブラッケが獣の足跡をつけていた。鋭い口笛の合図でブラッケは足跡から離れ、主人のところへ戻った。ウルスは二本のブロイリングを手のひらで優しく包み、洞穴へ持ち帰った。ラッパタケは放置した。

ブレイザー刑事はフィヒテンホフの廃屋から上の山を隈《くま》なく探すつもりだった。ウェルチは仕事があり、捜索に加われるのは次の日からだった。ブレイザーは内心喜んだ。昨日はランボーがむしろ邪魔になると思っていたのだ。

だが新たな情報が入り、計画を変更せざるを得なくなった。

フィヒテンホフへ向かう途中、ブレイザーは署に立ち寄った。昨夜変わったことはなかったか、ムーア編集長から新しい情報が入っていないか調べた。

電話中の同僚が軽く手を挙げたので、ブレイザーは電話が終わるまで待った。

「農家が食料品の盗難に遭った」

「誰かほかの者をやってくれ」

「犯人は消防服のような臭いがしたらしい」

「犯人を目撃したのか？」

「いや、臭いを嗅いだだけだ」

「私が直接行く」

「そうくると思った」

ブレイザーはすでに署を飛び出していた。だが次の瞬間、引き返し、
「ムーアから連絡があっても、このことは内緒にしておいてくれ」

峡谷にはブナの乾いた落ち葉が積もり積もっていた。犬たちは興奮して何度も首まで落ち葉に埋もれた。オットーは急な斜面と格闘し、できるだけ音を立てないようにしたが、それは無理な相談だった。近くにウルスがいれば、とうに気づかれているはずだった。

二、三メートル進むごとにオットーは立ち止まり、落ち葉の下にいくつもの獣の足跡を見つける犬たちをおとなしくさせた。そして双眼鏡で辺りの地形を詳しく調べた。

はるか上方の突き出た岩の下に洞穴のようなものを発見した。オットーはよじ登り始めた。犬たちはいち早くそこにたどりつき、熱心に尾を振り回して、オットーがくるのを待っていた。実際そこは洞穴だった。枝でカモフラージュされ、中には太さによってえり分けられ、きちんと束ねられた薪が蓄えられていた。

オットーが枝を元の位置に戻していると、数メートル先で犬たちが吠えた。半矢《はんや》の獲物を見つけたときのように、殺さんばかりに犬たちは吠え立てた。

オットーは連発銃を肩から下ろし、慎重に近づいた。

根がカーテンのように垂れ下がった横長の洞穴に向かって犬たちは吠えていた。オットーは銃の安全装置を外し、構えて近寄った。

「出てこい！」

「……」

「三つ数える。一つ」

「……」

「二つ」

「……」

「三つ」

オットーは空へ向かって発砲した。銃声は狭い谷に射撃場のようにこだました。洞穴の中で動く気配はなかった。

オットーは銃身で根をかき分け、身をかがめて中へ入った。

洞穴の半分は薪が占めていた。かまどには粘土を焼いて作った原始的な壺がいくつかあり、燻が保存されていた。

オットーは日用品の蓄えやベーコンの大きな塊を目にした。天井は黒くすすけ、燻製室のような臭いがした。寝袋もザックも見当たらなかった。

オットーは何にも手を触れず、痕跡を残さないようにして洞穴を後にした。そして犬を呼び戻し、沢へ向かって斜面を降りた。

第十九章

第二十章

十時頃ウルスはフィヒテンホフに着いた。森の陰から焼け跡がはっきりと見えた。ウルスは双眼鏡を下ろした。

何の感慨もなかった。廃屋はずっと以前からそこにあったかに見えた。焼け焦げた醜い防火帯を目の当たりにして初めて、わずかに後悔の念が生じた。焼け跡にはトウヒの苗が植えられていた。すっかり元どおりになるまでには何十年もかかるだろう。

ウルスは数ヵ月前にルシールやジョーたちと歩いたときの光景を思い浮かべながら、最後のトリップへの山道を登った。

ティピーがまだあるとは期待していなかったが、その跡地に足を踏み入れ、片付けられたかまどの跡や、支柱の立っていた地面の穴を見たときには落胆した。

その代わりにサウナはまだ残されていた。

ウルスは入り口のそばに石でかまどを作り、薪を集めて火をおこした。石を熱している間にサウナの中を掃除した。断熱マットを広げ、入り口にカーテンの代わりに救急シートを垂らした。

滝の下手のプールで鍋に水を汲んだ。トウヒの太い枝を二本切り、かまどの前に平行に置いて、熱した石を別の枝で転がしてその上に載せた。そして落とさないように気をつけながらサウナの中へ運び、中央のくぼみに移した。

石を全部運び終えると、服を脱いだ。擦り切れて糸目の見えたパイル地のタオルの上に座り、石に水を注いだ。

熱い蒸気に一瞬、むせそうになった。目を閉じ、数秒間待って、規則正しく深呼吸した。全身から吹き出す汗のくすぐったさに意識を集中した。徐々に緊張がほぐれていった。

ウルスはミントや樹脂、ジャコウソウを焚いた。風に傾いたサウナ小屋は夏の牧草地と森の香りでいっぱいになった。石にさらに水を注ぎ、湯気を立ちのぼらせ、限界まで熱さを我慢した。それから滝へ向かって走り、冷たいプールに身を沈めた。

サウナの中で体を拭き、服を多めに着た。トリップが順調にいけば、これからの数時間を森で過ごすことになるだろう。

シャツのポケットからビニール袋を取り出し、ひっくり返した鍋の上に中身を空けた。乾燥したマジックマッシュルームが三十本と採ったばかりのブロイリングが二本。その鮮やかな黄色はとうに毒々しいシアンブルーに変化していた。

今回は中くらいの大きさのマジックマッシュルームを二本と小さいそれを三本選んだ。当時よりゆうに十五キロはやせていた。記憶が確かなら、体重により用量が変わってくるはずだった。ブロイリングに関しては考えるまでもなかった。二本ともごく小さいものだった。

キノコを次から次へと口の中へ放りこみ、噛み始めた。目を閉じ、当時の情景を思い起こした。綱渡りをしているかのように両腕を広げて噛んでいたシバ。それがヤギみたいだとささやいたときにクスクス笑ったルシール。

濡れた靴下のような臭いと噛めば噛むほど増してくる苦味も思い出した。

我慢できなくなってから、さらにルシールと十まで数え、飲み下したことも。

今回は三十まで数えた。


鍋はタンバリンの代用品として悪くはなかった。底を打ち鳴らすことができ、うまく振れば、つるが縁に当たって別の音がした。

曲調が変わり始めた。演奏はウルスから出るだけではなく、彼の中に入りもした。しかもリズムを授けているのは彼自身であった。

様々な音が聞こえた。鍋の縁から出る鈍い音、鍋の底から出る高い音、つるのガラガラという音、サウナの中での反響。それらすべてが独立していた。だがすべてがウルスの意思に従って一つのハーモニーを奏でていた。

床が傾き、外に逃げ出さざるを得なくなるまで、ウルスは指揮をした。

冬枯れの草むらがウルスを呑みこんだ。その中は明るく、ウルスは透明だった。彼の中でサフランイエローとシアンブルーの色彩が爆発した。

草むらがウルスを吐き出し、彼は立ち上がった。

森は大きく波打っていた。

盗難に遭った農家の貯蔵室では二人の鑑識官が立ち働いていた。ブレイザーは農夫の証言をもとに、盗まれた物品のリストを作成し終えていた。被害額は百フランほどだった。ブレイザーにはほかにすることはなかったが、同僚たちが仕事を終えるのを待っていた。ウルスの犯行を裏づけるものはないか、確かめたかったのだ。

彼はキッチンで農夫たちとコーヒーを飲み、繰り言を聞かされた。

「まったく白昼堂々と！」

「この手でとっ捕まえてやりたい！」

「雑誌で山男が煙臭いというのを読んだとき、あたしゃ驚いて腰を抜かしたよ！」

ウルスはバイオレット色のコケのクッションに座り、森の万華鏡をのぞいていた。

マゼンタ色のシダが黄色のトウヒの前に伸び、黒いモミの幹がシアン色のペイズリー柄で覆われていた。

ウルスは森を溶かして原色にし、新しく配色し直した。

次に形を変えた。色鮮やかな直方体、立方体、円柱、水玉、ベールからなる森が現れた。

そして人間からなる森。

フルリはオシダに、ハルター＆ハフナーはムチゴケに、オットーは枯れたトウヒに、アルフレートは生真面目なモミに、エブリーンは扇状に広がったシダに、華やかなルシールは野イチゴに、ジョーは腐ったトウヒの切り株に、ガイガー、ベルク、ミンダーはラズベリーの茂みになった。

友人、ライバル、かつての恋人、彼の人生の中で何らかの意味を持った人々と、特別な意味を持たなかった人々すべてが踊りながら登場した。

もし生真面目なモミのアルフレートがいなければ、ウルスは皆殺しにしていただろう。

だがモミの木は言った。

「君は自分でコースを選択できる。道を選べるんだ」

そこでウルスはオシダに、フルリに戻れと命令した。ムチゴケはハルター＆ハフナーに、モミはアルフレートに、シダの扇はエブリーンに、野イチゴはルシールに、トウヒの切り株はジョーに、ラズベリーはガイガー、ベルク、ミンダーに、枯れたトウヒはオットーに戻った。

友人、ライバル、かつての恋人、重要な人やそうでない人がウルスの周りに集まり、森の地面に立った。そしてウルスやシダ、コケ、木々とともに宇宙の穏やかな流れの中で体を波打たせ、その一部となった。

第二十章

オットーは長袖の保温下着にタートルネックのセーターとフリースの上着を着て、防水・防風の綿入りスパッツに靴下を二枚重ね、防寒ブーツをはいた。さらに頭から首までを覆う帽子と手袋、二重のミトンをつけ、通湿機能を持つ裏地のついた防風パーカーを羽織った。ザックには救急シート、ミューズリーバー、ドライフルーツ、干し肉、サワーブレッド、水筒、双眼鏡、懐中電灯、折りたたみスコップ、暗視スコープ、弾薬を詰めた。

オットーは銃の保管庫を開け、扱いやすい連発式のライフルと光学照準器のついたスコープを選んだ。腰のホルスターには九ミリのルガーを差した。

チロリアンハットをかぶりピックアップ・トラックに乗りこむと、湖上の雲が赤く染まっていた。雪になりそうだった。


ウルスは異様な静けさの中で目を覚ました。鳥の鳴き声も風の音も木々の葉ずれも遠方の飛行機の音も、滝の音さえもしなかった。

真綿に包まれているようだった。

目を開けると、サウナの板張りの隙間から白い光が差しこんでいた。温かな寝袋の中でまどろんでいると、戸口に吊るした救急シートの脇から白い条が見えた。

ウルスは寝袋から這い出し、シートをよけた。辺りは一面雪に覆われていた。モミの木は湿った雪の重みで枝がしなっていた。

ウルスは靴をはき、洗面器を手に雪を踏みしめながら滝へ向かった。誰かが流れをせき止めたかのように、細くなった滝は岩肌を伝い、プールへ音もなく流れ落ちていた。

ウルスは顔を洗い、小屋へ戻った。ベーコンを少しかじり、水を飲んだ。ザックに荷物を詰め、発つ準備をした。

上空をオオタカが音もなく滑翔していた。ウルスは周囲の静けさがゆっくりと自分の内側に広がるのを感じた。

ザックを背負い、真新しい雪の上を一歩ずつ、慎重に歩いた。

森の入り口にさしかかったとき、背後で物音がした。振り返ると、相当な量の泥、木、土砂、雪がどっと押し寄せる水とともに岩肌をプールへとなだれ落ちるところだった。滝は元の姿に戻った。


遅れてきたウェルチはくたびれていた。夜勤明けで、終業間際に面倒な交通事故の現場に行かされた。戻ってから、ようやく犬を迎えに行くことができた。

盗難に遭った農家で採取された指紋はウルスのものとみてほぼ間違いない、と昨夜のうちにブレイザーから連絡があった。彼のオフィスに着いた頃には科学的な裏づけが取れていた。

ブレイザーはウェルチにコーヒーを一杯飲む時間だけを許した。三十分前に新しい情報が入っていた。林道でウルスとすれ違った老人が雪の中にフィヒテンホフから続く足跡を見つけ、盗難の被害者に知らせた。彼は老人を迎えに行き、フィヒテンホフのできるだけ滝のそばまでジープで登った。足跡はサウナ小屋から伸びており、小屋の中には誰かが泊まった形跡があったという。

第二十章

雪の降り積もった山の静寂を破るのはトウヒの枝から落ちる雪の音だけだった。雪解けの陽気をウルスは喜んだ。数時間後には彼の足跡は消滅するはずだった。

途中、誰にも出くわさなかった。一度だけ、畑を横断する必要があったとき、トラクターが近づいてきた。ウルスは木の陰から双眼鏡で農夫を観察した。農夫はトラクターを停め、後ろを振り返っていたかと思うと、トラクターから降り、トレーラーを点検して、そそくさと運転席に戻り、また進みだした。トラクターが去ったあとには幅広の茶色い下肥の筋が雪の上に残された。

沢の雪はすでに解けていた。ウルスは斜面の一番上の、泥灰岩が薄い岩棚から突き出しているところまで登った。そうして降りながら洞穴にアプローチすることで、沢から続く足跡を残さずに済むのだった。

ウルスは幹や茂み、木の根につかまりながら慎重に一歩ずつ足を運んだ。

もし足元に注意を払っていなかったなら、糞の山に気がつかなかったかもしれない。ウルスは用を足す場所を洞穴からやや離れた下手と決めていた。

ウルスは静かにザックを下ろし、若いトウヒの幹に縛りつけた。そしてポケットからナイフを取り出して刃を開いた。

ブナの落ち葉は雪で湿り、足音を立てずに進むことができた。一歩踏み出すごとに一分間静止した。

二十分後、ウルスは洞穴の入り口脇の砂岩石にへばりついていた。

じっと待った。

しばらくして咳払いが聞こえた。

ウルスはここ数ヵ月、いくつものウサギの巣穴の前で、このように何時間も待機することを強いられていた。自分の気配を消して時をやり過ごすことを覚え、ウサギが突然飛び出してきても驚かないまでになっていた。

「さあ、捜せ」

ウェルチはリードを懸命に引くランボーに繰り返し命令し、その合い間に褒めた。

「よくやった、よくやった」

ウェルチは誇らしげに、息を切らしながらついてくるブレイザーを振り返った。二人はサウナ小屋からここまで迷うことなく追跡してこれた。

ブレイザーには大したことだとは思えなかった。独りでもできる自信があった。雪の上にはまだ足跡がはっきりと残っていたからである。

やや遅れをとったブレイザーは、ウェルチが自分を待っていることに気づいた。追いつくとその理由がわかった。二人は森の外れにいた。目の前には新たに下肥をまいたばかりの広大な畑が広がっており、足跡はその中をまっすぐに続いていた。

「ここはランボーを連れて行けない。犬の嗅覚がダメになってしまう」

「私も無理だ。もし中に入ったら女房を失ってしまう」

二人は畑を迂回した。畑の周囲を東側へ、まだ雪が白く残っている地点まで進んだ。

そこから細い道が山の中へ続いていた。道路脇にスモークガラスをはめた深緑のピックアッ

第二十章

プ・トラックが停められていた。雪が降る前からそこに停められていたらしかった。

洞穴から出てきた男はライフルを手にしていた。パーカーを羽織り、頭からすっぽりと帽子をかぶっていた。

わずかな気配を感じ取ったのか、ウルスが襲いかかるのと同時に男が振り返った。男はライフルを落とし、ナイフを握っているウルスの手を押さえた。

ウルスは男の左手首をつかんで向き合った。男はウルスよりも小柄だったが、筋肉質でタフだった。

男がオットーだとウルスは気づいた。

オットーはウルスの急所を膝で蹴ろうとした。ウルスは応戦し、オットーを投げ飛ばした。

オットーはテリア犬のように勇敢だった。二人は洞穴の前で取っ組み合いをし、足を滑らせ、もつれ合ったまま斜面を転がり落ちた。

沢のブナの木にぶつかって止まった。

オットーは衝撃で意識が遠のき、手を放した。ウルスの手は自由になった。

ウルスはオットーの腕を後ろへねじ上げ、ナイフの刃先を左脇の肋骨の三本目と四本目の間に当てた。

汝、ためらうなかれ《ネバーヘジテイト》。

だが何かがウルスを思いとどまらせた。

ウルスはオットーを放して立ち上がり、ナイフをたたんでポケットにしまった。

オットーは落ち葉と泥と雪の交じる地面に、あえぎながら横たわっていた。

ウルスは首を振り、かすかに笑っていた。

オットーの右手がパーカーの中にゆっくりと滑りこんでいくのをウルスはじっと見つめていた。手を押さえる時間は十分にあったはずだった。だがルガーを握った右手が現れるまで微笑んだまま待っていた。

ウルスはこれでいいのだと思った。

撃たれてもなお。


オットーは小さな穴のかたわらで厳粛に立っていた。柔らかい地面に折りたたみシャベルで掘られた穴だった。しばらくそうしたあと、帽子のバンドに挿していたイチイの枝を手向けとして穴に投げ入れた。

オットーはシャベルを取り、穴を埋め始めた。

黒っぽい腐葉土の層。

菌糸類が交じった、すえた臭いのする表土の層。

去年に散った柔らかいブナの落ち葉の層。

昨日に散った明るい茶色のブナの落ち葉の層。

ウルスは山の一部となった。

「ほら、見てください」とウェルチは得意げに言った。「ランボーに追跡をやらせたら世界一ですよ」

二人はピックアップのドアを開けた。車の開錠はブレイザーの得意技だった。そしてランボーに運転席のクッションの匂いを嗅がせた。ランボーは一直線に跡を追った。

「まるで磁石のレールを伝っているみたいだ」

ウェルチは興奮気味に言った。

二人はランボーに引かれるまま、しばらく林道を歩き、小さな木の橋から沢へ降りた。

二百メートルほど進むと、向こうから猟師がやってきた。泥だらけの格好で、パーカーは幾ヵ所も引き裂かれ、顔にはみみずばれができていた。そして葉巻を吹かしていた。

ランボーは牙をむいて吠え立てた。

「オットーさん」

ブレイザーは言った。

「銃をお預け願えませんか」

オットーはライフルを渡した。

そしてパーカーの下に手を入れ、ルガーも渡した。

数日後、法律事務所の真鍮製のプレートからウルスの名前が消えた。

そして数ヵ月後、そのプレートも取り外された。

（終）

訳者あとがき

本作品を読みながら思い出した日本の小説がある。広津柳浪《ひろつりゅうろう》が書いた『雨』、『黒蜥蜴』、『変目伝』などがそれである。柳浪は下層社会の生活を描き、その作品は深刻小説、悲惨小説などと呼ばれた。登場人物たちは貧しい暮らしの中で金に困って物を盗む。あるいは酒びたりの舅を毒殺する。あるいは顔にある傷を嘲笑され、もてあそばれた挙句、借金を返済するために人を殺めて金を奪う。みな最後は自分の命で罪を償うのである。

本作品の主人公であるウルス・ブランクもまた、マジックマッシュルームを摂取して以降、次々と人を殺めていく。特に八章の終わりから九章の冒頭にかけて描かれた、車ではねたホームレスの様子を見るために引き返すシーンは、柳浪作品の中盤から結末にかけて現れる薄気味悪さを漂わせている。このほかにもパッシングしてきた後続車を事故におとしいれ、ヒッピーの家に放火して、キノコを横取りした男を谷に突き落とし、そのたびにウルスは罪の意識をもつのだが、ホームレスに対するときと比べ、あっさりと書かれているか、心理描写に紙幅が割かれているため、さほど気味悪さを感じなくてすむ。作者のマルティン・ズーターはさすがにベストセラー作家だけあって、読者の心理的負担を考慮しているようだ。

本作品は、ズーターの第一作 Small World（邦題『縮みゆく記憶』シドラ房子訳）と第三作 Ein perfekter Freund（邦題『プリオンの迷宮』小津薫訳）の間に発表されたものである。なるほど、殺人の場面などがややショッキングで敬遠されるむきもあるかもしれないが、ズーターの他の作品、たとえば Der Teufel von Mailand などでも殺人は描かれており、必ずしも本作品が例外というわけではない。

場面転換が激しいので、あらすじを書いておく。

企業買収を手がける弁護士のウルスはある日、マジックマッシュルームのパーティーに参加して重度のシロシビン中毒におちいってしまう。摂取したキノコの中にシロシビンの作用を強める働きを持つ希少種〝ブロイリング〟が交ざっていたことをつきとめたウルスは、もう一度トリップをやり直すために、ブロイリングを求めて山をさまよう。一方、警察犬をウルスに惨殺された市警察のウェルチは、山火事の件で同じくウルスを捜していた州警察のブレイザーの協力を得て、捜査を開始する。その頃、ウルスのかつてのクライアントであったオットーもまた、山に潜むウルスを狩猟のターゲットとして、執拗に迫っていた。

作者マルティン・ズーターについては、すでに小津薫、シドラ房子両氏によって詳しく紹介されているので、軽く触れるだけにしておこう。髪を撫でつけ、お洒落なスーツを着こんだその容姿とは裏腹に、実はナチュラリストである。執筆生活に入って以降、最近まで一年の大半をヒッピーの楽園イビザ島やグアテマラで、畑仕事をしながら自給自足に近い生活を送っていた。貯蓄はしない主義であるらしく、作品中には高級レストランでの食事風景やブランド物のインテリアなどが多数描かれている。一方で徴兵・軍備廃止論者として知られており、本作品中にある、軍隊での階級がその人の出世を左右するというくだりは、スイス国民の軍隊に対する考え方を強く批判しているのである。

友人のヨアヒム・クンツには前回と同様、たびたび助言をしてもらった。

また出版の機会を与えてくださった鳥影社の百瀬精一氏と編集部の方々には、この場を借りてお礼申し上げます。

Die dunkle Seite des Mondes
by Martin Suter

〈著者紹介〉

マルティン・ズーター（Martin Suter）

1948年チューリッヒ生まれ。
小説家、コラムニスト、脚本家。
Small World（1997年）でチューリッヒ州名誉賞、
Ein perfekter Freund（2002年）でドイツ・ミステリ大賞２位、
Der Teufel von Mailand（2006年）でフリードリヒ・グラウザー賞を
それぞれ受賞。
本作品は2015年にモーリッツ・ブライプトロイ主演で映画化された。

〈訳者紹介〉

相田かずき（あいだ　かずき）

1974年生まれ。奈良県出身。
他の訳書に
『消せない記憶』（ハインツ・ゾボタ著　文芸社）
『山羊の角』（クリストフ・メッケル著　鳥影社）がある。
短歌結社「新アララギ」所属。

協力者　ヨアヒム・クンツ（Joachim Kuntz）

ダークサイド・
オブ・ザ・ムーン

定価（本体1700円+税）

2016年12月17日初版第1刷印刷
2016年12月23日初版第1刷発行
著　者　マルティン・ズーター
訳　者　相田かずき
発行者　百瀬精一
発行所　鳥影社 (www.choeisha.com)
〒160-0023 東京都新宿区西新宿3-5-12トーカン新宿7F
電話 03(5948)6470, FAX 03(5948)6471
〒392-0012 長野県諏訪市四賀229-1(本社・編集室)
電話 0266(53)2903, FAX 0266(58)6771
印刷・製本　モリモト印刷・高地製本

ISBN978-4-86265-584-4 C0097